U0093735

Fight 鬥駱駝

牛哥 著

上

書中三方主要人物簡介

駱駝家族

駱　駝——身材矮小枯瘦、禿頭、朝天鼻、稀疏的八叉鬍，一排大齙牙，其貌不揚，擁有高明騙術，但機智過人、幽默風趣，是騙子、老千這一行的祖師爺，行騙天下無敵手。

夏落紅——為駱駝的義子，所有騙術皆師承駱駝，是駱駝的接班人。風流成性。四處行騙，足跡遍及全世界。

查大媽——扒手幫祖奶奶，特徵為獨臂，扒術高超，在扒手幫內擁有極高輩分。

孫阿七——有飛賊之稱。鬼靈精一個。

彭　虎——有「大力士」之稱，擁有一身好功夫，也是駱駝的保鑣。

仇奕森——綽號「老狐狸」，足智多謀，身經百戰之江湖梟雄。為牛哥名著《賭國仇城》、《咆哮山崗》、《猛虎邨》等系列小說之主角。專好打抱不平，為朋友兩肋插刀。在本書中，因出手救助友人，與大騙俠駱駝、神槍左輪泰發生糾葛，決心分出勝負。

左輪泰——神槍縱橫、百發百中的亂世英豪，人稱「天下第一槍手」，槍法神準無比。擁有親王爵位，笑傲宮廷，涉身江湖。充滿了中年男性的魅力，頗具女人緣。在本書中，亦為友人之故，而與大騙俠駱駝及老狐狸仇奕森相鬥。鹿死誰手，非至最後一刻難以分曉。

鬥駱駝　上　目次

3　書中三方主要人物簡介
7　第一章　墨城盜寶
42　第二章　危險人物
65　第三章　三角鬥智
97　第四章　各逞奇謀
129　第五章　智慧競賽
159　第六章　三雄聚首
185　第七章　蒙地卡羅之夜
228　第八章　愛情的點心
240　第九章　相生相剋

第一章　墨城盜寶

墨城（這是一個假定的城名，不作任何影射。），每隔四年必舉辦一次「萬國博覽商展會」，規模之大是空前的，這也是配合了四年一次的大選，帶有慶賀的意味。

凡是友好國家都會被邀請參加展出，各自成立自己的商館，作商業競爭上的觀摩，產品上的交流，也誇耀自己國家經濟的成就。

是年的「萬國博覽商展會」，在「中國館」之外，有著兩件中國寶物展出，這是與「商展」無關的。它屬於墨城一位古董收藏家所有，是經墨城「萬國博覽商展會」主辦單位特別邀請，情商展出，使商展更多姿多釆，吸引更多的顧客。

兩件寶物，其一，是一件珍珠衫，以一千八百餘顆珍珠編織而成，霞光萬丈，有黑珍珠爲鈕扣，在衣襟的兩旁，還以奇珠寶石編織成龍的形狀。據說是清帝乾隆皇的所有物；能避水火兼避邪！乃無價之寶，是「八國聯軍」入京時流失海外的。另一件寶物，是一頂皇帝便帽，上面鑲有珍珠翡翠寶石，尤其是帽頂之珠，像燈光般的明亮，珠內還有著龍形的影子，所以稱爲「龍珠帽」。它也是屬於清代乾隆皇帝所有。同樣也是「八國聯軍」入京時流失海外的無價之寶。

在博覽會之中，自然還有其他國家的寶物被邀請展出的，但是哪會有寶物比這兩件中國古代皇室的寶物更值錢，更具吸引力呢？

博覽會主辦單位，特地在「中國館」附近畫地蓋了一所外型像天壇似的建築物，是專為展出這兩件中國寶物用的。

天壇的內部，特別請中國的美術家設計，雕梁畫棟，築有樓臺，以丈高八尺見方的玻璃罩將兩件寶物罩著，並製造了一具特別的人形，頭戴龍珠帽，身穿珍珠衫。下面設有電眼，警衛室設在天壇的背後，有警衛日夜輪流盯著遊客的動態，參觀者只要接近玻璃罩，就會映入電眼眼簾，在警衛室內的螢幕顯現出來。

若有人企圖偷竊寶物，只要踏上樓臺半步，整個博覽會的警鈴會同時大響，至少會震驚半個墨城。所以在玻璃罩的四周高豎有木牌，寫著有聯合國法定的四種文字「參觀者請勿踏上樓臺」等的字樣。

這兩件中國寶物的所有人，是墨城富豪蒙戈利將軍所有。蒙戈利家族世代都是將軍，歷代功勳顯赫，也因此富甲一方，光是他的城堡就夠瞧的。可是蒙戈利將軍卻是極富愛心，任何慈善義舉都義不容辭，因之，這兩件寶物在「萬國博覽商展會」附帶展出，略收門票，收入所得，悉數捐贈給「萬國孤兒教養基金會」。

博覽會的主辦單位為保護這兩件寶物展出的安全，除了在會場內設有警衛之外，還另外僱有私家偵探暗中保護，同時，還為它投保了特別的意外竊盜險。負責保險的，是一間華人開設的「燕京保險公司」。

所有的防範雖然嚴密，但是盜寶者仍然紛至沓來。

墨城的國際機場，起飛與降落的班機川流不息，有遠道專爲參觀「萬國博覽會」而來的旅客，也有參加大選後就職典禮的貴賓。

一架國際航空公司的班機降落後，旅客自進口處通過海關及檢查處檢查護照與行李，然後走出機場大廈。

人潮迎來送往。具國際性身分的貴賓，還得進入「貴賓室」，招待新聞記者發表談話一番。

在人潮之中，一位妙齡少女在進口處等候良久，她不時的注意著腕錶，臉呈焦急之色，好像在等候著什麼貴客似的。一連好幾架班機的旅客都已經入境了，她所要等候迎接的客人仍然未至。

在博覽會期間，國際機場上繁忙不已，總免不了有些班機誤點。這時，一位身材高大，面容消瘦，兩鬢略見花白，目光矍爍，唇上蓄著短鬚，西裝革履的中年旅客，雙手各提著一隻小皮箱，隨著旅客人潮，昂然步出入境處的閘欄。

女郎的臉上露出笑意，喊了一聲：「仇叔叔！」

這名中年旅客，正是江湖上赫赫有名的仇奕森。他怔怔地向女郎打量了一眼，彷彿似曾相識，怔怔說：「妳是誰？」

「金燕妮！家父吩咐我來接你的！」她很大方地說。由她的舉止可以看出，這小妮子活潑純真，又充滿了熱情。

「嗯！我認出來了，妳是金範昇的女兒，妳和妳媽長得一模一樣，我上次到墨城來的時候，妳還是鼻涕蟲呢！」仇奕森笑說。

女郎臉上露出少女的嬌羞，嫣然一笑，隨後向身後一招手，過來了一名司機打扮的青年。她吩咐說：「替仇叔叔拿行李！」

司機一鞠躬，接過仇奕森的皮箱，便在前面領路。

「令尊可好？」仇奕森禮貌地問。

「家父年老多病，本應該親自到機場來接您，但他臨時感到不適，在床上躺下了，老人家患有高血壓症，經不起刺激，遵照醫生囑咐，需要靜養！」

「有什麼事情會刺激他呢？」

「噢，太多了，比方說，仇叔叔突然來了電報，說要到墨城來遊覽，家父興奮不已，就等於受了刺激啦！……」

「在我的記憶中，妳還有位哥哥，比妳只大三四歲！」

金燕妮吁了口氣，說：「家門不幸，出了敗家子，那是家父最大的煩惱，他終日不務正事，吃喝嫖賭什麼都來，我們的家產，差不多被他搞得光光的了……」

「這樣糟嗎？」

「啊，仇叔叔剛到，我實在不該談這些掃興的事情！」

「說說也無妨，我們可以增進了解！」

「所以，家父說，仇叔叔抵達後，可以替他管教管教這個敗家子。也許這是上帝的安排，不使我們金家完全衰落，家父年老多病，已經沒有能力嘔氣了！」金燕妮好像很感慨地說。

「妳倒是十分孝順呢！」仇奕森稱讚說。

不久，他們步出機場大廈，年輕的司機已經將汽車駛過來了。

那是一輛豪華的「別克」轎車，兩側車門漆有「燕京保險公司」的商標和字樣，含有做廣告的意味。

「保險公司的業務可好？」仇奕森以寒暄的口吻問。

金燕妮一聲嘆息，說：「家父年高力衰之後，所有金氏企業的機構全交由家兄處理，但是幾乎所有的附設子公司全都被敗光了，就只剩下這間保險公司，等於是『空頭』的了！」

司機已開了車門，仇奕森攙扶金燕妮先行進入車廂內。

「令堂可好？」他改變了話題問。

「家母去年病故，也可以說是嘔氣而亡的！」金燕妮說。

「哎……」

汽車已駛離國際機場大廈，疾馳於寬闊的大馬路上，這是一個新興的都市，正步入繁榮中，「萬國博覽會」的旗幟到處飄揚，老遠就可以看到許多陳列館的建設，和五花八門的霓虹燈光。

金範昇在墨城的華僑社會中，可以說得上是一位傳奇人物，赤手空拳來到墨城創業，由洗衣店做起，發展到有一座金氏企業大樓。積數十年的努力奮鬥能有這樣的成就，可謂得來不易，但是不到第二代就要將它敗光了。這也難怪金範昇患上了過敏性的高血壓症，神經特別敏感，經不起刺激，隨時都可能會倒下。

金燕妮倒是一位孝女，她為父親聘請了特別護士，隨時侍候在老人家的身旁，提醒他按時吃藥，為他注射降血壓的針劑。

是夜，金宅歡宴這位自遠道而來的貴賓——仇奕森。

仇奕森和金範昇是「老弟兄」了，他們是患難之交，在金範昇還未得志時，曾接受過仇奕森的資助。在金範昇的事業到了最巔峰時，他們又處在「天各一方」。因之，在金範昇的心目中，好像永遠欠著仇奕森一個人情。

若以江湖上的義氣而言，金錢上的往返，原就算不了什麼大事情，可是金範昇又處在困境之中，他還得請求仇奕森從旁相助。

金範昇的大公子金京華，只有二十來歲，長得英俊瀟灑，只是年輕不學好，平日交友不慎，酒肉朋友特多，紈袴子弟總會有幾個「傍友」（**陪伴吃喝的損友**）跟在身邊胡混，因之沒向好的方面學，吃喝嫖賭什麼壞把戲全來。

金範昇年高力衰，把金氏機構的大權交落在這孩子的手中，金京華不知道天高地厚，以為有花不盡的金錢，日以繼夜的花天酒地，把附屬子公司的業務全荒廢了，再加上賭錢遇上「郎中」，輸了鉅額的金錢，一時周轉不靈，便倒掉了好幾個機構……。

金範昇很需要金京華和仇奕森見上一面。仇奕森是他的希望！他希望仇奕森能使金京華「改邪歸正」，那麼金家的事業今後還會有希望。

金範昇請他的特別護士幫忙，幾乎打遍了全市所有金京華經常出沒地方的電話，好容易才算把個寶貝兒子找到了。當金京華回返家中時，筵席早已擺開，金京華帶著幾分酒氣，說話顛三倒四的，差點沒將老父氣煞。

金京華對仇奕森早已是景仰不已，從幼年時，就經常聽父親談說有關他行俠江湖的事蹟，在廿世紀中，居然還會有這一類俠義的人物，可謂不多見呢。

金京華對仇奕森的印象奇佳，所以在見面後，表現得非常親切。

「聽說你是一名神槍手，開槍快如閃電，還從未遭逢對手！」他說。

「那是傳聞罷了！」仇奕森謙虛的回答。

「你可曾遇過對手呢？」他似乎對這問題特別有興趣。

仇奕森露出困惑之色，含笑說：「以一個槍手而言，假如遭遇了對手的話，就不會活著了！」

「這麼說，你就未曾遭遇過對手囉？」金京華笑著說：「用槍可有什麼秘訣嗎？比如特別技術之類的？」

「除了苦練之外，沒有第二途徑！」

停？」

「與天才無關嗎？」

「當然也需要天資靈敏！」

金範昇老先生聽得有點不大耐煩，說：「可以談的事情很多，爲什麼老是在兇器問題上講個不停？」

金京華沒理會他父親的打岔，又說：「仇叔叔，除了你之外，可還有和你一樣出名的槍手？」

仇奕森想了半天，說：「在華僑社會中，有一個名叫左輪泰的，也有人稱他爲『天下第一槍手』。他是以一支左輪手槍成名的，鬥盡天下無敵手，據說，他可以在百步之內擊滅蠟燭，從未有失誤！」

「你們可曾較量過？」

「左輪泰行俠仗義，嫉惡如仇，經常管閒事，打抱不平，鋤強扶弱是我們相同的宗旨，所以我們互相尊敬，不會起衝突的！」仇奕森笑著說。

「友誼性的較量也不行嗎？」

「槍手是不能隨便拔槍的，槍一出匣就會傷人，好友也會變成仇敵！」

「那麼你們是好友了？」

「也談不上！我和左輪泰只有過一面之緣，還是在澳門的一所賭場上經朋友介紹的！」

「他的槍法你也只是聽傳聞罷了？」

「無緣見識，很感遺憾！」

「實在說，應該找一個機會給你們較量一番才對！」金京華說。

金範昇再次向他們打岔說：「我們別再談槍手的問題罷；關於如何整頓『金氏企業大樓』，你應該好好的向仇叔叔討教才對！」

金京華對老父的囉唆深感不滿，說：「仇叔叔是江湖行俠人物，也許對商業不全感到興趣的！」

金範昇說：「仇奕森是智慧極高的人物，無論搞那一行，無不精通，他開過賭場、夜總會、酒店、輪船公司，沒有一項事業不成功的！」

仇奕森插嘴說：「聽說你的事業最近不太順利，倒閉了好幾個附設機構？」

金範昇一聲長嘆，說：「我已經是年老力衰了，沒有精力，自從交給京華之後，一天不如一天，看情形，遲早會被他全部敗光！」

金燕妮對她的父親十分同情，忙說：「爸爸不要衝動，否則又會影響你的血壓啦！」

金京華有點不大服氣，說：「你別以爲我整天花天酒地的，最近做的一筆生意，『萬國博覽商展』的中國寶物保險，可以穩賺廿萬元美金！」

仇奕森一聽，覺得詫異，說：「什麼保險？」

「竊盜意外保險！」

「你說是在萬國博覽商展？」

「是的，兩件中國無價之寶，乾隆皇帝的珍珠衫，和皇帝的一頂便帽……」

「是公開展覽的？」

「公開展覽，還售賣門票，收入所得捐給『萬國孤兒教養基金會』……」

「這兩件寶物的所有人是誰？」

「蒙戈利將軍！」

「墨國人嗎？」

金京華笑了起來，說：「仇叔叔，你好像很緊張呢，難道說你擔心它會被人盜竊走嗎？」

仇奕森說：「假如被盜，你的保險公司要賠償多少損失？」

「四百五十萬美元……」金京華吶吶說。

剎時間，金範昇的情緒緊張起來說：「萬一出事，那麼我們金氏企業大樓整個也不夠賠啊！」

「嗨！你們在發什麼神經？哪有這麼簡單？誰有膽量在博覽會眾目睽睽之下盜竊寶物？而且我們的防衛森嚴，會場內設有特別的電眼和警鈴……」金京華很著急地解說。

「你且說說你的防衛情形！」仇奕森正色說。

「仇叔叔爲什麼也這樣緊張？」金京華反問。

「和我同機到墨城來的，有一個像是妖怪一樣的人物，名字叫做駱駝！」仇奕森說。

「駱駝？」金範昇像是「談虎色變」，頓時撫著腦袋，是血壓上升了。

金燕妮知道父親的毛病，趕忙招呼特別護士給她父親侍候藥物。

「駱駝是什麼人？你們提到駱駝，就像魂飛魄散似的！」金京華感到莫明其妙地說。

「駱駝是一個大騙子，鬼計多端，神奇莫測，研究他的騙術，幾乎等於是魔術一樣，足跡走遍全世界，騙術也遍及全世界……」仇奕森說。

「他總不致於會騙到博覽會裡去吧？」金京華說。

「唉！」仇奕森嘆息說：「駱駝此人，雖然是個騙子，但絕不是個壞人，反而是個經常做慈善事業的大好人！並且有強烈的民族意識，他最痛恨國寶流失在外國人手裡，何況，這兩件寶物又是『八國聯軍』入京時被擄走的，等於是劫奪！它既在博覽會裡公開展覽，萬一惹起這位老妖怪動壞念頭，那就不是鬧著玩的了！」

「哈！」金京華失笑起來，說：「駱駝只是一個騙子，就算騙術高明，也不會飛天遁地，更不是什麼三頭六臂金剛之身，可以槍彈不入！博覽會裡警衛森嚴，我們有重重的佈置，任何人不得越雷池一步，否則教他插翅難逃！」

仇奕森說：「你是不知道大騙子駱駝的厲害，他曾經和世界各地的警探鬥過法，還從來沒有輸過，你的這點佈置，也許在他的眼中算不了什麼東西……」

金範昇吞過藥丸，舒了口氣，向金京華戰戰兢兢地說：「你要多聽仇叔叔的話！要知道，大騙子駱駝其人的事蹟，我也聽說過許多，他的綽號叫『陰魂不散』，只要他的陰魂在那兒出現，必然天下大亂……」

「駱駝出現，並不一定就會到博覽會行騙，同時，在場的警衛，都不是兩三歲的孩子，他們豈會簡單容易受騙呢？一件皇帝的珍珠衫，一頂龍珠便帽，置在玻璃罩內，四面是電眼，腳底下是警鈴。誰踩上臺階去，警鈴便會響遍半個墨城，駱駝就算會飛天遁地，他想取這兩件寶物的話，比登天還難！」金京華像是有恃無恐地說。

仇奕森說：「我希望聽聽你的佈置情形！」

金京華耐著性子，將詳情仔細說出：

「展覽會場，是一座像天壇似的建築物，地面及天花板上都裝置有電眼，警衛室設在天壇的背後，電眼傳遞會場內任何角度遊客的活動情形，警衛在螢幕上可以一目瞭然，在展覽場中，有防彈的玻璃罩，約有丈高，七八尺見方，將兩件寶物罩住，下面是一座約三尺高的舞臺，有感應裝置，若有人踏上去，整個博覽會場的警鈴全會響，全場所有的通道會立刻關閉，任何盜賊插翅難飛！」

仇奕森問：「警衛是你僱用的，抑或是博覽會分配的？」

「博覽會分配專門派給我們的一組人，總共十二名，每四小時換班六個人……」

「由大會分配，警衛可能會疏忽職守嗎？」

「應該不會，警衛是特別精選的一組！他們雖然吃公家飯，但是還滿認真盡忠職守的！」金京華頓了一頓，又說：「我另外還僱用了私家偵探在展覽場上巡查，查看遊客中有無可疑人物！」

「私家偵探是誰？」

「是我最要好的朋友，華萊士范倫，絕對靠得住的！」

「我是問他的能力如何？多大歲數？」仇奕森不厭其煩地問。

「華萊士范倫是一個很聰明的人，雖然只有二十多歲，但是全市有紀錄的歹徒他差不多全認得出！」

「你付給他什麼代價？」

「好朋友沒談到什麼代價問題，我打算付給他一千美元就可以了！」金京華好像很無所謂地說。

「以一千元的代價，保護價值四百五十萬的寶物嗎？」仇奕森以嗤笑的口吻說。

金京華不樂，說：「你認爲華萊士范倫會不夠朋友？」

「別忘記了『見財起異心』這句老話！」仇奕森很鄭重地說：「大騙子駱駝也許會有相同的野心，惹上他可就麻煩了！」

「仇叔叔，在你的心目中，也許任何人都是醜惡的，不值得信任的，同時，都會『見財起異心』，出賣朋友，或者作非法的勾當……」

仇奕森苦笑，說：「既然做保險工作，就得注意這類的事情！」

「我仍然反對你的論調！」

「另外一個問題，就是電眼和警鈴的工程，是什麼人設計包工的？」

「『羅氏父子電子機械工程公司』，是我的好朋友羅朋設計包工的，羅朋的父親是一位非常有名的電子工程師，他們父子合作，一向工程精良，十年內絕對不會故障……」

「但是你們保險展出的時間是多久呢？」

「我們的合約是三個月。」金京華很耐心地解說：「直到博覽商展會閉幕，寶物裝箱，押返蒙戈利將軍的古堡時候爲止。」

「三個月是很長的一段時間！」仇奕森躊躇著說。

金範昇非常著急，拭著汗，喃喃說：「也許在這三個月的時間之中，我畢生的辛勞所得，就全完

了！」

仇奕森搖手說：「這也未必，不過，既然接受了這類的保險業務，就得有特別的防範。」

金範昇說：「我以前從不敢接這類業務的！」

「既然做了，就不必害怕，提高警覺就是了！」仇奕森說。

金燕妮自作聰明，提出了意見說：「仇叔叔，你的意思是要防範大騙子駱駝嗎？」

仇奕森說：「還不止駱駝，社會上的歹徒多得很呢！反正你得負責三個月的展覽期間不能出任何的毛病！」

「我們可否找著駱駝的照片，分發給各警衛人員，以及私家偵探華萊士范倫的手下，讓他們提高警覺，發現駱駝在參觀遊客叢中時，就特別的注意？」金燕妮說。

仇奕森含笑說：「用處不大！但也未嘗不可行，這個騙子是用心計的，他並非是劫匪，妳在現場上注意他又有何用呢？同時，假如消息走漏，被駱駝知道我們印發他的照片，無異於向他挑戰，那時候，反而招致麻煩呢！」

「左也不是，右也不是……」金燕妮喃喃自語。

「這個人很容易辨識，個子不高，其貌不揚，既瘦又矮，大禿頭、顴骨高聳、銅鈴眼、朝天鼻、八字鬍、兩枚大匏牙是他的標記，一副不修邊幅的德行，教人一望而知，那就是大騙子駱駝！」仇奕森再說：「只要消息傳開，誰都可以認得出的！」

金京華道：「我們不可以就此抓人嗎？」

「你憑什麼抓他呢？」

「他不是個大騙子麼？」

「證據何在？」

「他總歸是犯案累累的！」

仇奕森說：「駱駝每在一個地方出現，幾乎都是以不同的身分出現，有時是大商賈，有時是大學教授，有時是在野政客，都是有點名堂的！」

「我們拆穿他的身分，不就可以將他逮捕了嗎？華萊士范倫最拿手做這類的工作！」金京華說。

「不！這一來，不等於是向駱駝挑戰了嗎？」仇奕森正色說：「假如說他並沒有打算惹你，豈不等於自惹麻煩？」

「可是，仇叔叔已經說了駱駝可能會『見財起異心』……」

「我只是希望你提高警覺防範！」仇奕森看了看手錶，將盞中酒一飲而盡，說：「喝完這杯酒，我們還有足夠的時間到會場上去巡邏一遍，也許我能了解你們警衛和防範的設備是否有疏漏之處，在這一方面，我是『行家』，或許能對你們有所幫助！」

金範昇大喜過望，忙關照金京華說：「對的，仇叔叔的生平，仗義勇爲的事蹟多矣，他經常能擊敗最頑強的敵人，你要多聽他的！」

金京華心如懸桶，七上八下，實在說，他已經被仇奕森的連哄帶嚇，弄得魂不守舍，失去主見，只有唯唯喏喏的，聽由吩咐了。

十餘分鐘之後，金京華、金燕妮兄妹兩人伴同仇奕森，走出金氏企業大廈。

這座大樓最高的一層，是金範昇留作住家自用的，乘電梯下降，可以巡視每一個企業部門，金京華經營不善，有幾項企業倒掉了，也有遭政府查封，待打官司的……。

入夜之後，差不多所有的辦公室都鎖上門，關了燈，看似一片凋零，令人感慨。

金燕妮在電梯中首先打開話匣，說：「仇叔叔一番話，爸爸雖然吃驚不小，但也等於吃了一枚『定心丸』！有仇叔叔在，他老人家就安心了！」

仇奕森還不及答話，金京華卻以責備的口吻說：

「仇叔叔，你是老江湖了，但在我的心目中，你不夠江湖，一味只會誇大，標榜自己，毫無道義可言！」

金燕妮連忙責備她的兄長說：「哥哥，你怎麼會說出這樣的話呢？」

「我當然是有理由的，我也結交了不少江湖上的朋友，還從來沒有丟臉過！」金京華說。

「此話怎講？我倒要聽聽看！」仇奕森說。

「仇叔叔明曉得家父患有血壓不正常的毛病，稍遇刺激，情緒一起變化，輕則躺下，重則不治！我今天冒險接下這項保險生意，縱然有疏忽或不到之處，仇叔叔有所指教，也應該迴避家父，背地裡向我教訓，在家父面前說，豈不要讓他擔憂嗎？」

仇奕森大笑，說：「這樣看來，你還是一個孝子呢！」

「我對父母並無不孝之處，說實在，家父將這樣大的一份事業交給我，我自量能力不足，很難將它搞得好，因而內疚呢。家母臨終時，也以怨言相對，使我感慨萬千，愧無容身之地。誰不希望將家父的事業搞好呢？只是天資所限，經驗不足，徒呼奈何而已……」金京華說時，眼眶也起了紅潤。

仇奕森搖手解釋說：「你別弄錯了我的用心，令尊患有高血壓敏感症，所以任何事要先說明白，讓他有心理準備，以免發生事情，在突然間受到重大刺激，後果就不堪設想了，因爲這個原因，所以我得在他的面前公開說明白，他有了心理準備，正像燕妮所說的，好像吃了『定心丸』一樣，就算事情爆發，也不會因此不治，要了他的命！」

「仇叔叔是有智慧的人，不會像你那樣愚蠢！」金燕妮再次責備她的兄長。

「妳真是一個刁嘴滑舌的女孩子，許多事情都是妳胡說八道謅出來的；總有一天，我會痛揍妳一頓的。」金京華說。

「仇叔叔在此，由不得你放肆！」金燕妮說。

「你們兄妹兩人，實在應該密切合作才是！」仇奕森說。

「燕妮一直在父母跟前撥弄是非，打算奪取我的大權，一切由她來『挑大梁』呢！」金京華說。

仇奕森沒想到他們兄妹之間會有這樣的成見，實在令人難以置信！可見得手足之情還不及權勢來得深厚，也可以說是人性的表露了。

「哼，我先揍你……」金燕妮惱了火，揑緊了拳頭，向她的哥哥亂搥亂打的。

金京華忙著招架，兄妹兩人圍繞著仇奕森，閃躲追擊鬧作一團，使仇奕森憶出這兄妹倆人的童年，

自幼就是吵鬧不已的。

不久，他們進入金氏企業大廈的停車場，乘上自用汽車，由金京華駕駛，向「萬國博覽會」的場地駛去。

是時，正是「萬國博覽會」的場地上最熱鬧的時間，遊人肩摩踵接，絡繹不絕。各色各樣的霓虹彩燈在閃耀著。特別是「兒童樂園」的部分，許多帶著彩燈的旋轉電動玩具，像「跑馬燈」似地，也有高懸在半空中的，旋迴不停地活動著。

由於場地過大，每一個被邀請參加展出的國家，都有他們自己的商展館，所有的建築物也都各自表現出民族性的特色。就算是用走馬看花的方式走完整個博覽會場，也需要兩天的時間，若仔細欣賞的話，整個星期也走不完。場面之大，可想而知。

金京華兄妹兩人帶領著仇奕森進入「中國館」。

「中國館」的場地佔地甚廣，建築物也富麗堂皇，奇怪的是，在入夜之後，參觀的遊人還是以外國遊客居多，中國人反而寥寥可數。

這個原因，是因爲門票售價過高，一般的華僑都比較儉樸保守，參觀博覽會，在白天，花一張門票的代價，至少可以走兩個國家至三個國家的展覽場。在夜間卻不然，花同樣的票價，幾乎連一個國家的博覽館也走不完。因之，白晝與夜間的遊人是兩路的。

金京華兄妹兩人，帶領著仇奕森先進入那間天壇形狀的寶物展覽所。

仇奕森首先注意到警衛人員的佈置情形，在門首的廣場進口處，佈置有一個人，天壇場地上有兩個人，一個人留在高樓迴廊上居高臨下監視，另外一名守在警衛室的螢幕前，由電眼傳遞遊客活動的情形。金京華另僱用私家偵探作加強性的防衛。

金京華曾說過，那是他的至交好友華萊士范倫所負責的。但是華萊士范倫並不在，只留了他的兩名助手。其中一名是黑人，名史葛脫，高頭大馬，虎背熊腰，看似是有一身蠻力而反應遲鈍的傢伙。另外一個是歐洲人，名威廉士，是個不修邊幅的酒徒，他手持酒瓶，守在大門口，正和那名警衛聊天，根本沒把當前的重責擺在心上。

金京華在仇奕森的面前感到很不滿，便問：「華萊士到那裡去了？」

威廉士回答說：「華萊士到『道奇俱樂部』去了，還不是和你一樣，把全副精神擺在追求安琪娜派克的身上！」

金京華頓時臉一紅，吶吶說：「真不像話！我把這裡的事情交給他，他倒跑到賭場去了！」

仇奕森取笑說：「『道奇俱樂部』是賭場嗎？」

金京華回答說：「那是墨城最高級的賭博俱樂部，能入會的都是名流大亨！」

「那麼，你也是名流大亨之一了！」

「不！我僅是敬陪末座！」

「安琪娜派克是什麼人？」

「發籌碼的女郎！」

仇奕森一笑，說：「那麼你的那位私家偵探好友，也是酒色之外再加上賭博的朋友了！」

金京華壓低了嗓子，對仇奕森附耳說：「在舍妹面前，拜託給我留一點面子！」

仇奕森點點頭，說：「金家的事業，全握在你的手裡，以後類似這樣的酒肉朋友，少交為妙！」

金京華在妹妹面前，只有唯唯喏喏的，他無法和仇奕森爭辯。

這寶物展覽所內還真夠熱鬧，黑魘魘的，只見人頭擁擠，紅男綠女，什麼樣的人都有。四盞極強的燈光分佈在玻璃罩的四周，把玻璃罩內的兩件寶物照射得更為明亮誘人。

外國人很好奇，珍珠為什麼能編織成馬褂呢？衣襟的兩旁還能編成龍狀？鈕扣是以黑珍珠釘上的。中國有五千餘年的文化歷史，在以往，一直被歐美人士視為是東方的神秘國家，如今事實證明，文化歷史確實比他們久遠。

再看那頂龍珠便帽，著實是夠使人疑惑的，在燈光照射下，帽頂那枚圓亮的珍珠，真似有若神龍的影子在其中。中國人以龍為皇帝的象徵，因之，這枚龍珠在帝皇時代便已是稀世之寶，遺留在今天的時代裡，它仍具有賞玩的價值。

參觀的遊客，有高談闊論的，也有交頭接耳的。古諺說：「疑心生暗鬼」，或許就是這個道理，這時候負責保護這兩件寶物的人員，常會懷疑每個人都是存心不良的。

在仇奕森的眼中，警衛人員以及私家偵探華萊士范倫派下的兩名助手，都是疏於職守的，他們並不以職責為重。但以現場上的防衛布置而言，大致上說，應該是絕無問題的了。

但這自是針對一般的毛賊而言，若是遇著了「高手」，他們卻可以進出如入無人之境，是所謂「道高一尺，魔高一丈」。社會愈是文明，犯罪者和防止犯罪者永遠在鬥智！以犯罪的紀錄來查看，犯罪者永遠是先佔上風的，因爲他們站在暗處，採取主動；防止犯罪者站在明處，處在被動，而最後以智慧取勝破案。

對付駱駝這種「犯罪專家」，若被他得手後，想破案就比登天還難了！以當前的防範情形，在駱駝的眼中能算得了什麼呢？

仇奕森被邀請進入警衛室，那裡面總共有著六部螢幕，透過佈置在現場上的電眼，播出遊客們活動的情形。

那是很乏味的監視工作，負責看守螢幕的警衛在打盹，任何人分配到這份差事，都同樣會打瞌睡的。這時有客人進門參觀，他們才振作起來，還招待大家喝咖啡。

仇奕森很注意那幾座螢幕，電眼的佈置甚爲恰當，整間展覽室的每一個角度都沒有疏漏，但是假如監視者粗心大意的話，等於沒有裝一樣。

金京華還在誇口，說：「有這樣重重的防範，你想還會有賊人膽子生毛，敢窺覷這兩件寶物嗎？」

仇奕森笑著說：「世間上沒有攻不破的防線，愈是認爲防範嚴密的『天羅地網』，愈能提高鬥智的興趣……」

忽地，仇奕森注意到東北角上螢幕中映出一個奇特的人物。高個子，削瘦身材，狹長的臉孔，兩眼矍爍，炯炯有光，半鷹鉤鼻子，唇上一撮小鬍子，頭髮梳得光亮，兩鬢略見花白，是個中年人，西裝革履的，衣飾甚為講究，有著中年男性的魅力……。

「咦！他怎麼也出現了？」仇奕森大為吃驚，失聲說。

「什麼人？」金燕妮忙趨上前問。

「左輪泰……」仇奕森說。

「就是你說的那位『天下第一槍手』嗎？」金京華怔然地說。

「這不是左輪泰嗎？」仇奕森驚訝不已。「他怎麼也來了？」

「嗨，『天下第一槍手』總不會跑到博覽會來耍槍吧？」金京華笑著說。

仇奕森沒有回答，匆匆奪門而出。是時，展覽場上遊客擁擠不已，四下裡盡是黑魘魘的人頭。仇奕森匆忙地向東北牆角的方向擠過去，他要找尋的那個人，正低下頭，注視著兩件寶物玻璃罩下端鑲嵌的一塊銅牌。那是「羅氏父子電子機械工程公司」的標記，連同地址電話全有，是做廣告用的。

這種特別的防盜設計，還要做廣告，不等於自找麻煩嗎？

仇奕森趨上前，站在那人的背後，觀察他的動靜。很顯然地，他是在默記「羅氏父子電子機械工程公司」的地址和電話。只見他唸唸有詞地背著，一遍又一遍的，他的企圖，只要稍為「內行」一點的人就可想而知！

倏地，他發現身後有人駐足不動，感到情形不對，回過頭時，眼光由下而上，由仇奕森的皮鞋，西裝褲，黑白相間的領帶，最後才看向仇奕森的臉孔。

「左輪泰，久違了！」仇奕森笑著說。

左輪泰露出驚詫之色，顯然想不到在墨城的博覽會裡也會有人認識他。

「仇奕森，嗨！真是人生何處不相逢，很奇怪會在這裡碰見你！」左輪泰興奮地說。

「我也想不到你會對博覽會感到興趣！」仇奕森伸出手和這位「江湖上」的朋友握手。

「你也是參觀博覽會來的嗎？」左輪泰問。

「不！」仇奕森搖頭，說：「我到墨城來看一位老朋友，順便到此……」

「嗯！能遇見你，真是巧極了，我正感到『孤掌難鳴』，是需要朋友的時候，有你在此，大部分的問題，全部解決了……」

「怎麼回事?別把我搞迷糊了！」仇奕森說。

「此處不是說話的地方，你瞧，它的四周全設有麥克風和電眼，任何人的一舉一動，全被警衛室錄音竊看，所以，我們最好找個地方談談！」

仇奕森的心中有了疙瘩，聽左輪泰的一番話，就可以證實他是有企圖而來的。

「到什麼地方去暢懷聊聊？」他說。

「在中國館裡，有一所酒館，金門高粱，陳年紹興，雙鹿五加皮，都是臺灣土產好酒，還有由臺灣來的廚子，供應蒙古烤肉，你可有興趣？」左輪泰問。

「異地逢知己，那有不奉陪之理？」

「好的，咱們去喝上兩盅！」

左輪泰領在前面，仇奕森向金京華兄妹兩人一擠眼，跟隨在後，出了天壇展場，要走上好幾十碼的地方，才進入中國館專供中國酒的酒館。

「BAR—B—Q」全世界聞名，蔥蒜的氣味早已經散播全場了。

「跟在你身後的一男一女，是什麼人？」左輪泰忽然停下了腳步問。

「世姪兒女！」仇奕森向金京華兄妹兩人招手，邊說：「你們過來，見過左輪泰叔叔！她們兄妹兩個，都是你的崇拜者呢。」

左輪泰愕然，說：「我曾聽仇奕森結交天下朋友，沒想到滿天下是親戚呢！」

「金京華、金燕妮兄妹兩人，都是做保險公司生意的，博覽會展出的兩件寶物，就是由他們的保險公司承保的！」仇奕森笑口盈盈地說。

左輪泰不樂，說：「仇奕森，你在擺什麼噱頭？」

「不！這是事實……」

「你好像是要打我的招呼呢！」

「我不得不如此，看情形，你好像是有企圖而來的！」仇奕森一語道破：「要不然，你怎會對『羅氏父子電子機械工程公司』的廣告招牌如此的注意呢？」

左輪泰格格笑了起來，說：「你的意思是，我有意盜竊那兩件寶物了？」

「不！絕無此意！我只希望你能特別幫忙，使展覽順利展出！」

「我能有什麼能耐？」

「不說大話，除了你之外，不會再有別的危險人物！」

左輪泰搔著頭皮，格格笑了起來，說：「真是陰錯陽差，無巧不成書呢！竟會在墨城的博覽會上遇見你！」

「有緣千里來相會，在這裡見到你，真是三生有幸焉！」仇奕森說。

他們在酒館內佔了一張桌子，左輪泰要了一瓶「雙鹿五加皮酒」，蒙古烤肉是論份計算的，要先購買餐券。金京華很乖巧的早購買了餐券。

不久，熱氣騰騰的烤肉端上來了，左輪泰將酒瓶打開，取酒杯倒了酒。

「我們曾聽仇叔叔說了很多有關左叔叔的故事，能有緣相識，真令人喜出望外！」金京華雙手端著酒杯敬酒。

「以後兩位世姪，還請老哥多多關照！」仇奕森說。

「聽你的語氣，好像是這間寶物館，由仇大哥做保鏢了？」左輪泰以譏諷的口吻說。

仇奕森心中暗想，假如左輪泰不買他的交情，該怎麼辦？便說：「我早聲明過，我是拜訪朋友來的……」

「順便搭上交情，以大鏢客的姿態出現嗎？」左輪泰笑著說。

「博覽會是龍蛇會聚之地，仇某有何德能，敢以鏢客的姿態出現？」

左輪泰和仇奕森乾了一杯酒，含笑說：「你仇奕森大名鼎鼎，縱橫江湖數十年，從未遭遇過對手，假如說，借某一個場地，和你鬥法一番，倒是很有趣的事情呢。」

仇奕森暗暗吃驚，聽左輪泰的語氣，著實是在打算盜寶了。

「論名氣而言，你左輪泰叱吒風雲不可一世，以一支左輪槍揚名天下，假如鬥法的話，我仇某人甘拜下風！」仇奕森說。

「你綽號『老狐狸』，智慧高人一等，恐怕最後吃癟的是我！」左輪泰說。

「我們實在沒有鬥的必要！」仇奕森誠摯地說。

左輪泰搔著頭皮，說：「幹槍手是最愚昧的工作，槍手出名了，只能在荒野或戰場上做鏢客，博覽會是世界上文明與文化交流的地方，還是只有『老狐狸』可以出人頭地！」

仇奕森說：「你真的要在墨城做案子嗎？」

「箭在弦上，不得不發！」左輪泰好像很堅決地說。

「什麼問題逼你如此呢？」

左輪泰的表情甚爲自得，但故意一聲長嘆，說：「唉，你我犯的是相同的毛病，老是愛管閒事，所以，經常給自己惹來一身麻煩！」

「又是管閒事嗎？」

「招呼打在前面，我得走了！」

「別忙！」仇奕森按著他的手，和婉地說：「管閒事的方式很多，但不一定要做案子！」

「唉，一言難盡！」左輪泰的樣子頗爲堅決。

「難得在此碰面，何不多喝一杯？」

「酒喝多了，就難免失言！」

仇奕森一比手說：「全是自己人不會見怪的！我請教一點，你管的閒事，兄弟我是否可以分勞？」

左輪泰一怔，但很快就了解仇奕森的用意，忙說：「我管我的閒事，你管你的閒事！」

仇奕森搖頭說：「不！天下人管天下事，假如說，你有朋友遭遇了困難，我們爲什麼不可以替你分憂呢？」

左輪泰格格笑了起來，說：「仇奕森的攏絡手段還蠻高明的呢，只可惜我無法領情！」

「解決問題，不比做案子高明嗎？」

左輪泰搖頭，又說：「喝完這杯酒，兄弟得告辭了，反正大家暫時還不會離開墨城，總還會有碰頭的機會！」

「急什麼呢？……」

左輪泰堅持要走，招侍者結帳，但金京華早已付清費用，不需要再付什麼帳了。他再三道謝，還向金燕妮禮貌地一鞠躬，昂然向酒館門口走去。

仇奕森匆忙送至大門口。

「你住在什麼地方？是住酒店嗎？」仇奕森問。

「不必打聽我的住處，反正有緣時，總歸還是要碰面的！」左輪泰走到酒館門外，一揮手，匆匆擠進人叢中，只片刻間就消失蹤影。

仇奕森面呈困惑之色，凝呆地停留在門口，似在思索。

「仇叔叔，剛才那位左輪泰先生說些什麼？我一點也不懂！」金燕妮趨上前問。

「妳不會懂的！」仇奕森說。

「聽左輪泰的語氣，好像是他堅決要盜取兩件寶物！」金京華也插口說。

「這個不無可能！」

「哪有做賊之前先加以聲明的？」金京華有點氣憤，說：「豈不是藐視法律嗎？憑他的幾句話，我們就可以將他捉進官裡去……」

仇奕森駁斥說：「證據何在？而且你得注意一點，要懂得『來者不怕，怕者不來！』的道理！」

「我去找華萊士范倫對付他！」金京華說。

「你的那個酒肉私家偵探嗎？」

「華萊士范倫在犯罪學方面懂得很多！」

「恐怕不是對手！」

「唉，仇叔叔，你未見其人怎可以就下定語呢？」

「擅離職守去追求賭場的籌碼女郎，此人就可想而知了！」仇奕森說。

「仇叔叔怎能因為華萊士范倫沒在現場就這麼說呢？」金京華有點不大服氣。

「我想你們還不了解左輪泰是怎樣難惹的人物。」仇奕森皺著眉，他已經開始為「燕京保險公司」所負責的保險擔憂了。

「仇叔叔，你認為左輪泰一定會來盜寶嗎？我不相信一個人在偷東西之前會事先言明的！」金燕妮不解地問。

「這就是逞能的表現，在江湖上有名氣的人，往往是如此的！」

「難道說，我們不會加緊防範嗎？」

「也許加緊防範，反而對他更有利！」

「此話怎講呢？」

「我只是這樣想！」仇奕森困惑地說：「自然，我希望左輪泰並非真的來犯！」

「我想，左輪泰可能是有意開玩笑的！」金燕妮還是不相信仇奕森所說的。

「我也希望他是開玩笑呢！」

「仇叔叔，你看那是什麼人？」金燕妮忽地朝寶物展覽室的門口一指。

由那天壇形狀的建築物處，夾在人叢之中，走出一個老頭兒。只見他穿著一身不合身寬大陳舊的西服，兩眼灼灼，顴骨高聳，鼻子朝天，尖尖的老鼠嘴巴露出兩枚大龅牙，有稀疏的鬍子，其貌不揚，體型也不驚人，瘦小的個子，五短身材，看就是一副怪樣子，走路時一搖三擺的。

仇奕森一看，不禁大驚失色。「喲，那可不是大騙子駱駝嗎？……」他吶吶說。

金燕妮噓了一口氣。她是聽仇奕森所說，憑外型的想像，指出了這麼一個怪人。

「奇怪，他竟然和左輪泰一起到了！」仇奕森甚爲不安地說。

「他就是駱駝嗎？」金燕妮也驚惶不迭。

「除了駱駝以外，還有什麼人會長成這副怪模樣？」仇奕森說著，已匆忙地向那個聞名的大騙子追

蹤出去。

別看那老頭兒個子瘦小，近乎有點老邁龍鍾，但是他的行動卻是矯捷俐落的。只見他在人潮中閃縮穿行，剎時間便不見蹤影了。

金京華也追了上來，說：「仇叔叔，你真的看見了駱駝嗎？」

仇奕森回答說：「不會看錯的！」

金京華說：「爲什麼會這樣巧？左輪泰和駱駝在同一個時間先後出現？」

「我也正在奇怪！」

「你想，他也是爲了盜寶而來的嗎？」金燕妮問。

「很難說呢！」仇奕森答。

仇奕森在人叢中穿行了一陣子，不再發現駱駝的影子。

他扭轉身，又向天壇展覽會場走去，心中不斷地盤算。左輪泰從來做任何的事情，都是單槍匹馬，獨來獨往的；駱駝卻不然！江湖上行騙數十年，「桃李滿天下」，手下人眾多，對付他比對付十個左輪泰還要難。真不可輕視呢！

同時，左輪泰在外面跑，行俠仗義，愛多管閒事，經常還講一點交情；駱駝卻不然，他決心要做案子時，是「六親不認」的！

駱駝真的是爲盜寶而來的嗎？

仇奕森得加以考慮，寶物失卻事小，但「燕京保險公司」賠不起，那麼他的老友金範昇就完全垮臺了，海外奮鬥數十年的心血將完全付諸流水……。以駱駝做案子的習慣，假如攸關重要的案子，他不會單獨行事的，若是真到墨城盜寶，相信他的幾個親信手下都會出現。

仇奕森知道，經常隨同駱駝做案的，不外乎是他的義子夏落紅，「扒手老祖母」查大媽，飛賊孫阿七，大力士彭虎……。

其中夏落紅最不簡單，他是駱駝的衣鉢繼承人，駱駝所有的本領幾乎都傳授給他了，尤其是夏落紅年輕力壯，拳腳上的功夫了得，是駱駝的最有力助臂。

飛賊孫阿七是駱駝的「死黨」，是「蜘蛛賊」出身，有飛簷走壁之能，憑一根繩索越房過屋，如履平地。同時，此人小有計謀，三教九流之中的「下三濫」玩藝兒全懂，凡是有危險性的任務，駱駝多半是派孫阿七出馬的。

老祖母扒手大王查大媽有個綽號稱爲「九隻手」，在扒竊幫的地位相當的高。「香頭」高，也等於輩分高，所以一般的小手手都稱呼她爲老祖母。但是查大媽只有一隻獨臂，另一隻手臂據說是在抗日時期扒竊失風，被日本軍閥砍掉的，可是這位老太婆的扒手技術高明，天下無雙，駱駝經常利用她的技術淆亂他人的耳目，使案子進行無往不利。

大力士彭虎是個大老粗，是江湖賣藝人出身，兩臂有千斤之力，是一個沉默寡言，不大愛用腦筋的人，他等於是駱駝的保鏢。

光只是這幾個人，就很不容易應付。

仇奕森趕進展覽場地裏舉目四看，沒發現這幾個人的蹤影，心中算是放下了一塊大石。

大騙子駱駝既然出現在這展覽會裡，事非偶然，他純是為遊覽觀光而來，或是有其他企圖目的？不得不先加以防範。

仇奕森心中有些內疚，他做夢也想不到事情會發生得這樣突然。

原來，在晚餐時，仇奕森和金範昇老先生相約好，故意提起大騙子駱駝，意思是教導金京華做保險生意不可大意。仇奕森故意將駱駝描繪得出神入化，和金範昇老先生一唱一和的，其實根本沒有這回事。但是在這當兒，大騙子駱駝卻真的出現了，他光臨展覽會場，目的不明！假如說，駱駝是真為盜寶而來，那豈不糟糕？

仇奕森雲遊四海，途經墨城，一則是遊玩；二則是拜會老朋友；遇上了這樣的麻煩，他能置之不顧嗎？

遇上左輪泰，仇奕森好像還有把握，因為左輪泰是「講江湖」，講交情的，只要問題解決，事情就可以擺平了。駱駝卻不一樣，這個老妖怪，有時不為金錢，他的興致來時，僅是為開玩笑，也會搞得天翻地覆的。

希望駱駝只是為觀光而來，那麼天下就太平了！仇奕森心中這樣想。

金燕妮看出仇奕森的臉色不對，悄悄向他說：「仇叔叔，你好像有著嚴重的心事，是擔心左輪泰和大騙子駱駝嗎？」

仇奕森苦笑，安慰她說：「既然已經來了，就不必怕，反正是要應付的……」

「以仇叔叔的鼎鼎大名，假如亮出『招牌』，我相信他們也不敢妄動的！」

仇奕森說：「千萬使不得，這兩個人，全是『馬蜂窩』，不去惹他們還好，惹上了，會像是冤魂纏身，沒完沒了的！」

「難道說，你鬥不過他們嗎？」

「鬥嗎？」

「家父常談及仇叔叔的事蹟，你在江湖上和歹徒們相鬥，還從來沒有失敗過！」

仇奕森搖首說：「我失敗的事蹟，令尊沒有提及過就是了！」

這時，金京華和華萊士范倫的兩名助手擠在一隅，指手劃腳地不知道在磋商些什麼事情。大概是兩個助手全找不著華萊士范倫，金京華認爲在仇奕森面前是很失面子的事情。

時間漸夜了，博覽會裡的遊人漸漸散去，麥克風也在廣播打烊的時間。

因爲左輪泰和駱駝的出現，金京華特別認真起來，他吩咐華萊士范倫的兩名助手，史葛脫和威廉士在會場裡過夜，不得擅自離去。

這兩個年輕人非常不樂，但是因爲找不著他倆的上司，也無可奈何。

在離開會場時，仇奕森好幾次欲言又止，終於，他還是忍不住，將實情向金京華說明了。他說：「在晚餐時我向你說及有關大騙子駱駝的一番話，是和令尊串通好的，我們舉出這個人爲例，無非是希望你做保險事業，要特別的謹愼小心，保險公司吃賠帳是很吃不消的！特別是類似這種寶物展覽保險……」

金京華頓時不樂，說：「原來仇叔叔是存了心開我的玩笑呢！」

仇奕森說：「我純是出自善意的！」

「仇叔叔是長輩，我對你崇拜已久，現在不免令我失望！」

仇奕森搖手說：「天底下的事情，往往是會出人意料的，現在大騙子駱駝竟然真的出現了，另外還多出一個左輪泰，都是十分難惹的人物！同時，看情況，他們可能是真的爲盜寶而來！」

「我看這兩個人貌不驚人，也並非是什麼三頭六臂的人物，你有意將他們形容得神乎其神，是存心恫嚇我罷了！」金京華說。

金燕妮卻搶著說：「駱駝貌不驚人是事實，但是左輪泰倒是英氣勃勃，倜儻灑脫，你只看他的眉宇間就可以知道這個人充滿了智慧……」

「呸，黃毛丫頭，難道說妳看中了這個糟老頭兒不成？」金京華取笑他的妹妹。金燕妮臉紅過耳，趕忙揑著粉拳就打。

仇奕森連忙阻止，說：「現在不是鬧著玩的時候了，你們兄妹兩人要同心協力，遏阻賊人盜寶，以免保險公司的賠款才是！」

「不關我的事，主持負責保險公司的是『窩囊廢』！」金燕妮嬌嗔說。

「丫頭，妳再刁嘴的話，我真揍妳了！」金京華警告說。

仇奕森繼續勸阻，說：「同時，左輪泰和大騙子駱駝真在展覽會場出現的消息，還不能讓令尊知道，他老人家患有血壓不正常的毛病，是經不起憂鬱加刺激的！」

金京華和金燕妮這才停止爭吵。金京華還有點不識「天高地厚」的樣子，金燕妮卻臉呈憂鬱之色。

「仇叔叔，該怎麼辦呢？」她說。

「目前，我們只好以靜對動，且看他們要怎樣下手？到時候，『兵來將擋，水來土掩。』除此之外，別無他途！」仇奕森說。

第二章　危險人物

左輪泰並非是頭一次光臨墨城。

他是一個遊俠，也是一個浪子，經常在世界各大都市亂跑。他在墨城還有一個女性朋友。有人說，他是天生的「桃花命」。

在墨城的這位女性朋友比較特別，在左輪泰的心目中，不是「路柳牆花」之類的對象，而是有著特別的情感的。他雲遊四海，想起這位女性朋友就順道到墨城來走一趟。

此女名朱黛詩，是一位絕色佳麗，曾當選過一屆「華埠小姐」，家庭也頗富有，世代久居墨城。祖蔭傳下來有一座龐大的農場，種甘蔗，還擁有一座糖廠……。

當左輪泰二度光臨墨城之際，不想卻正值朱黛詩家庭遭遇慘變。事情發生得非常突然，也含著有兩代恩怨。

原來，朱黛詩的「滿山農場」，是由朱黛詩的祖父朱滿山赤手空拳創業的。「滿山農場」和蒙戈利將軍的農場比鄰，同時，有部分的土地還是租用蒙戈利將軍的。

當初在開墾時，只是一塊荒地，水利沒建設好，等於是廢地。租用期間是十年，但是經過了朱滿山的十年經營，有了極好的成就，收成極豐，使蒙戈利將軍的家人看得眼紅。於是，租期屆滿之後，就打算終止租約，要將土地收回。

「滿山農場」的糖廠固然是建築在自己的土地之上，但是隨著糖廠的發展，一些附屬的建築物，就建在租賃的土地上了。

蒙戈利將軍世代在墨城聲譽極佳，以慈善著名，又以講公道、講理性流傳於民間。朱滿山在建廠時也絕想不到蒙戈利將軍會見利忘義，將土地硬要收回。

不過，據傳說，蒙戈利將軍是被底下人蒙蔽了，這老傢伙已經老糊塗，根本還不知道這回事。又另有一種說法，是因蒙戈利將軍府內的一位管事先生曾向朱黛詩求婚被拒，因而遷怒而加以報復的。

問朱黛詩，她也搞不清楚，實在因為求婚的人太多了，張三李四搞不清楚是誰？反正朱滿山苦苦經營了十年，上面還有著各類建築物的一片土地，將被強行收回是事實。朱滿山因而一氣成疾，連一條老命也給賠掉了。「滿山農場」便開始由朱黛詩的父親朱三貴接掌，比鄰的兩個農場就成為仇人似的。

論勢力和財富，「滿山農場」和蒙戈利將軍的農場相比，那簡直是差得太遠了，「滿山農場」處處都在劣勢。光說蒙戈利將軍古堡後山所開闢的一條公路，就把「滿山農場」大好的農田分割成兩半。這是將軍的特權，凡接近該古堡的土地，在蒙戈利將軍認為有築路的必要時，得由政府議價收買，地主不得有異議，所以，蒙戈利將軍府的汽車，是經常在「滿山農場」上風馳電掣的。

一天傍晚，朱三貴從農場歸來，騎著一匹頑騾，竟被將軍府的一位帳房先生開快車，如閃電路過，把朱三貴連人帶騾一併撞翻。該車竟不顧而去。

朱三貴經農人救起，折了雙腿，他的兒子朱建邦暴跳如雷，手持獵槍，聲言要找那位帳房先生算帳。

蒙戈利將軍的手下親信，幾乎和蒙戈利將軍都是有著一點親戚關係的。據說那位帳房就是娘舅的姪子，名喚佛烈德，也曾經向朱黛詩求過婚。佛烈德在蒙戈利將軍的面前，算是一位大紅特紫的人物。他負責兩個機構，一間是酒廠，另一間是酒精廠。朱建邦持著獵槍先找到酒廠去，來勢洶洶的，使佛烈德的手下也吃驚不已。一些擅長拍馬屁的傢伙早給佛烈德傳遞了消息，讓他躲避風頭。

朱建邦又趕到酒精廠，卻在該廠內和佛烈德的爪牙起了衝突，幾至動武。朱建邦人勢孤單，在廠內朝天開了一槍。

這一槍卻釀成大禍。酒精廠全是易燃之物，因為那一槍，引起了火災。剎那間，風趁火勢，把酒精廠燒光了不說，接連著將酒精廠附近快要收成的甘蔗田也一併燒掉了好幾畝地。因之，這場禍事便打起官司來了。

朱三貴因年老折腿，傷勢頗重，兩個兒女立刻送他去美治療休養，一方面也是不願他老人家再在病榻上為此事操心。

佛烈德代替蒙戈利將軍提出控告。這種官司，終歸是有偏袒的。朱建邦被治安機關扣押，罪名是危害公共安全，還附帶民事賠償一間酒精廠和數畝即將收成的甘蔗田！

朱家假如答應賠償的話，官司自然可以了結，但由此官司，朱家便告完全破產了，「滿山農場」就此成為歷史上的陳跡，蒙戈利將軍古堡附近，將是一個人的土地了。

佛烈德知道朱家的困境，特別又提出無理的要求，假如朱黛詩肯答應嫁給他的話，蒙戈利將軍即會放棄這場訴訟，所有的損失，就由佛烈德當做聘禮，送給朱黛詩小姐。

這時，左輪泰剛好光臨墨城，他聽到有關「滿山農場」的不幸事件，也看到朱黛詩每日以淚洗面。左輪泰原是最懂得惜玉憐香的，何況他和朱黛詩小姐的交情特別，他義憤塡膺，打算和蒙戈利將軍的爪牙較量一番。

左輪泰曾經考慮過，以蒙戈利將軍在墨城的聲譽地位和他平日的言行舉止，絕不像是「軍閥」似的會魚肉百姓，必然是他的手下欺上瞞下，胡作妄為。尤其是那個佛烈德，「狗仗人勢」，存了心和朱家過不去。

這件事情假如由蒙戈利將軍親自出面，也許會容易解決的。蒙戈利將軍以慈善為懷，他在社會上有慈善家的好名聲，富甲一方，擁有的土地彷如一個「小王國」一樣，以一間酒精廠和幾畝甘蔗田的收成，在他的財勢而言，等於九牛一毛，不會當做一回事的；但對朱黛詩一家人，就幾乎要傾家蕩產了。

左輪泰想過，他若能進入蒙戈利將軍的古堡去，找著這個老頭，當面和他將事實說明，事情該可以迎刃而解，他相信蒙戈利將軍是絕對講理的。但是那座古堡，十步一崗，五步一哨，佈置得固若金湯。想偷進古堡去，談何容易？

左輪泰是自遠道而來的中國人，墨城的情形對他甚為陌生，要找關係，和蒙戈利將軍也攀交不上。據說，墨城的市長有要事去拜會蒙戈利將軍，有時也是看不見這位老先生的，在門衛處等候上幾個小時都不足爲奇。蒙戈利將軍不高興接見時，還會「打回票」，這些都不在話下。

有些地位和蒙戈利將軍相等的要人，若要和這位老先生約晤時，必須預先約定時間，否則也不容易會面呢。

有著這許多原因，左輪泰想和蒙戈利將軍當面談判，實在不容易。他動了很多的腦筋，無奈「侯門深似海」，都不是辦法，除非冒險夜探古堡。

聽說墨城的博覽會正展出蒙戈利將軍的兩件中國寶物，左輪泰靈機一動，假如幹出一番驚天動地的事情，自然可以引起這位老頭兒的注意了，那時候就不再怕他的手下欺上瞞下刁難，這比夜探古堡簡單多了。

以左輪泰畢生的行徑，盜寶並不困難，只要用點計謀即可。

那兩件中國寶物，是如何流傳到蒙戈利將軍的手中的？沒有人知道。但是那是蒙戈利將軍的收藏中極爲珍貴的兩件寶物。墨城博覽委員會不知道費了多大的力氣，用盡了多少要人的情面，好不容易才將蒙戈利將軍說服，請他將兩件寶物展出。單爲這件事情，據說墨城的市長跑蒙戈利將軍的古堡就跑了有數十次之多。

博覽會許下諾言，負全責不惜代價保護該兩件寶物展出的安全，因之，出動警衛，買高價的展覽保險，還特別建築了天壇。

左輪泰除了他的槍法出名之外，下層社會污七八糟的把戲他全懂，光說搞「無頭竊案」，他從來沒失過風的！

左輪泰自誇，是智慧高人一籌，實際上說，他是「下三濫」的事情懂得多，在行事之先，又肯多費腦筋至「算無遺策」方休。左輪泰既考慮到盜寶，第一件事就是先行「踩道」，得把現場上的路線摸索好，然後再計畫進行的方式。

但是非常不幸，他首先進入博覽會的場地，就碰上了仇奕森。

仇奕森和左輪泰都是在江湖上成名的人物，誰也坍不起臺的。固然左輪泰和仇奕森之間並沒有交情可言，但是江湖上說「識英雄重英雄」，兩個人的聲譽地位不相上下，都是後起者的偶像，就得互相尊敬。

「兩虎相爭，必有一傷」，左輪泰有把握戰勝很多的庸才，但和仇奕森較量，他還得加以考慮。仇奕森在江湖上的俠義事蹟令人欽佩，他也好像是從來沒有失敗過呢。

爲什麼事情會這樣的巧合呢？左輪泰剛開始「踩道」就碰上了仇奕森。而仇奕森又剛好是那間負責展出的保險公司的至要好友。

以仇奕森的性格而言，「路見不平，拔刀相助！」假如有人企圖盜寶的話，他會不過問嗎？假如仇奕森負責展覽現場，進行盜寶可不會那樣的順利。

左輪泰在江湖上朋友的面前，表現出「明人不做暗事」，已經把話說明了，仇奕森自會提高警覺加以防範，左輪泰不免困惑，該怎樣進行盜寶呢？對付那些警衛和保險公司僱用的私家偵探都很簡單，可以說不費吹灰之力，稍用詭計即可將他們耍弄於股掌之中，但是對付一個仇奕森可沒有那樣的簡單。

的。

左輪泰回到「滿山農場」，面呈憂鬱之色。朱黛詩非常關心，自然，她是不希望左輪泰冒險盜寶的。

左輪泰苦笑道：「我遇上了一個極其高明的對手——仇奕森，妳可曾聽說過這個名字？」

朱黛詩想了半晌，說：「是否是當年雄據賭城，後來被他的愛妾陷害，懸冤獄十年的仇奕森？」

左輪泰愕然說：「妳對這個人好像挺熟悉的？」

朱黛詩說：「仇奕森越獄報仇的一段故事很迷人的！」

左輪泰說：「他的綽號叫『老狐狸』，因爲唇上蓄有一撮小鬍子，也有人稱他爲『騷鬍子』，很多女性遇上他都會著迷的！」

朱黛詩不解，說：「爲什麼仇奕森會和你成了對手呢？」

左輪泰說：「中國館寶物展覽場所僱用他做保鏢，我要盜寶，豈不就『對』上了嗎？」

朱黛詩吁了一口氣，說：「我早已經向你勸告過，不要想入非非，盜寶不是一件簡單的事情，就像是要在千軍萬馬中取上將的首級……」

左輪泰不服氣，說：「難道說我發現仇奕森站在對方就放棄了嗎？」

「不！並非是因爲仇奕森的原因，在博覽會中盜寶是很難辦得到的！」

「就是因爲很難辦得到，所以才會驚天動地，這個消息會傳揚全世界……」

「但是假如你逃不出法網呢？」

「這方面，我還從來沒有失算過！」左輪泰非常自豪地說，好像有決心要和仇奕森一鬥。

「你別只想到成功的一面，可得要考慮到失敗的後果問題……」

「黛詩！」左輪泰很嚴肅地說：「妳得了解，想贏得和佛烈德打的一場官司，要贏得和蒙戈利將軍當面談判，除了盜寶，恐怕沒有其他更好的方法！」

朱黛詩仍然反對，搖首說：「恐怕你只是嫌『左輪泰』三個字的名氣還不夠大，想鬥敗仇奕森而獨佔鰲頭！」

左輪泰笑了起來，說：「鬥仇奕森只是一種興趣上的問題，最主要的還是解決『滿山農場』的困難！」

朱黛詩戚容滿臉，眉宇緊皺說：「我很感激你關心『滿山農場』的問題，但我總覺得盜寶是一種不大光明的手段！」

「這總比妳將農場祖業雙手拱人，或是屈身下嫁手段卑鄙惡劣的佛烈德來得高明一些！」

「左輪泰，你這樣做，會使我擔心的！」

左輪泰含笑說：「妳擔心的，恐怕是仇奕森吧，在未鬥法之前，誰也不知道誰的手段如何？我想我會勝過仇奕森一籌的！」

「萬一你失敗了呢？……」

「放心，我不會連累妳的，也與『滿山農場』無關！」

朱黛詩長嘆說：「唉，左輪泰，你這樣關切我，我真不知道該如何感激你是好？」

左輪泰傻笑說：「我為卿狂，『牡丹花下死，做鬼也風流。』賞我一吻，於願足矣。」

朱黛詩嬌嗔說：「在我看來，你才真的是一個『騷鬍子』呢！」

她自動投進左輪泰的懷抱。

綽號「陰魂不散」的大騙子駱駝，爲什麼也會至墨城盜寶？這故事說來話長。

距離墨城兩百多公里外，有一個叫做「三岔港」的海島，風景如畫，有「世外桃源」之稱。該海島上，有五分之一的地是屬於一位華裔百萬富豪林邊水的。

林邊水這名字取得有點古怪，他出娘胎時，父母曾找算命先生爲他排過八字，說他「五行欠水」，「水爲財」，有了「水」就有「財」，因之取名邊水，加上林姓，就名爲林邊水。

林邊水也是刻苦成家的，過埠來到三岔港，開墾荒地，畜牧牲畜，娶妻後，生的第一個孩子也是「五行欠水」，所以取名林淼，有三個水字疊併。說也奇怪，自從生了這個有三個水的兒子後，就此暴發！農場日漸擴展，佔了三岔港五分之一的土地，以後發展的事業無往不利。

暴發戶各會有不同的嗜好，譬如說，不少人就喜歡附庸風雅，交結「騷人墨客」，收集名人字畫，蒐集稀世古玩寶物。林邊水就是喜歡收集古寶，尤其是各國具有時代性的古玩，他會不惜代價收購，反正他這一輩子，鈔票是花不完了。駱駝便是應林邊水之邀遊覽墨城的，所有的費用完全由林邊水負擔。

駱駝的這次旅行，是含有賭博性質的，賭資是十萬美金。這一局鉅資的賭博，是由駱駝的拜把弟兄常老么促成的，是以「盜寶」勝敗爲賭注。假如駱駝盜寶成功，便贏得十萬美元；若盜寶失敗，則輸給林邊水十萬美元；常老么爲見證人。

林邊水為什麼會幹這種荒唐性的賭博?說來話長，暴發戶是經常會做一些莫明其妙的事情的。一個人在突然發跡的情況下，最怕的就是別人不知道他有錢。林邊水以不惜重價收集古玩來標榜他的財富，更交結顯要富豪商賈，經常展示他的古玩。蒙戈利將軍也曾被邀請參觀他的古玩，但林邊水所得到的只是一陣冷嘲熱諷。

他被反邀請到蒙戈利將軍古堡參觀蒙戈利將軍的寶藏。光是那兩件中國古代帝皇時代的古物——珍珠衫，龍珠帽，就使林邊水所有珍藏的古玩完全失色。

蒙戈利將軍嘲笑他說：「這是屬於中國的東西，你的收藏雖多，但是對這種無價之寶，竟連見也沒有見過，豈不是使人笑掉大牙？」

林邊水臉色如土，無地自容。

暴發戶最受不了的是被人當面揶揄，下不了臺。固然，若論財富的話，林邊水較之蒙戈利將軍還相差得很遠，但是暴發戶是管不了那麼多的，他有意和蒙戈利將軍槓上。

林邊水曾派說客，請蒙戈利將軍把兩件中國古物相讓，但換來的又是一頓嘲笑。蒙戈利將軍說：「林邊水只有三岔港五分之一的土地，等他佔有了整個三岔港所有的土地再說！」

林邊水得到回報後，認為是一種凌辱，便誇下了海口，無論如何要自蒙戈利將軍的手中奪得那兩件寶物。

墨城的博覽會是一個絕佳的大好機會，蒙戈利將軍經博覽會的邀請，將兩件中國寶物在中國館處展出，林邊水經過一番考慮，有意請「高手」將它盜出。

此消息首先傳到駱駝的把弟兄常老么處，常老么親自前往拜訪林邊水，推薦駱駝！

林邊水說：「我是有身價有地位的人，偷東西的事是不能幹的，但假如寶物到手，隨便出多少錢，我都可以購買……」

常老么說：「你別搞錯了，駱駝是一個收山歸隱的老江湖，偷雞摸狗的事情絕對不會幹，同時，他的身價地位也不在你之下……」

林邊水不服氣，說：「駱駝有多少土地？」

「五湖四海，凡是駱駝所到的地方，都可以算是他的土地，只要他肯要的話！」

「呸！這是吹牛皮唬孩子的話！他有多少錢？」

「嗨！駱駝視金錢爲糞土，單說東南亞地方，任何慈善機構，都曾有過駱駝的捐款，他自己就擁有孤兒院和養老院十餘所之多，行善遍天下，俠義震江湖，你還問他有多少錢嗎？世界上最大的賭注就出自駱駝的手，他曾下一著棋，輸掉了中東地區的油井十餘頃！」常老么誇張地說。

林邊水認爲是吹牛皮，說：「癩蛤蟆打呵欠，只見一張大嘴巴，那有何用？假如駱駝有鈔票的話，我可以和他賭一局！」

「怎樣賭法？」

「假如他能將博覽會中的兩件中國寶物盜出來，我輸；若盜寶失敗，我贏；如此豈不風雅？」

常老么即說：「賭多少錢？」

林邊水考慮了片刻，說：「賭一萬美元！」

常老么大笑起來，說：「一萬美元在駱駝的眼中，連給他的乾兒乾孫每人做套新衣裳都不夠！」

「哪來的那麼多乾兒乾孫？」

「駱駝有十餘所孤兒院，每個孤兒，都是他的乾兒乾孫！」

「那麼要賭多少？」

「以駱駝的脾氣，可能會要在你的土地上建一所如孤兒院、養老院或殘廢收容院之類的慈善機構，『用你的錢砸你的肉』，還替你做好事，他會提高興趣的！」

林邊水臉紅耳赤，再問：「那麼要賭多少錢？」

「籌碼不妨盡量提高！」

「五萬美元如何？」

常老么嗤笑，說：「林邊水富甲一方，但是出手就不夠大方了！」

林邊水的脖子粗了，說：「那麼你出個數字！」

「至少十萬！」

「十萬？……」這位暴發戶不禁打了個寒顫，頓時想到起家的艱苦了。

「你要想想珍珠衫和龍珠帽的價值！難道說，十萬元的賭注會教你破產不成？」

「十萬美元？」他喃喃地唸著，額上也現了汗珠。

「好像生意談不攏了呢！」常老么趁機煽火。

「好的！一句話，我只怕駱駝輸掉後拿不出錢來！」林邊水粗著脖子說。

「笑話，十萬美元在駱駝的眼中就像牛毛一樣！」

「別說大話，我們什麼時候開始？駱駝又用什麼給我保障？」

「駱駝的習慣是要接受邀請的！」

「我倆聯合出名行帖邀請，擺下大宴如何？」

「旅費誰出？」

「十萬元賭注的買賣，還斤斤計較區區的旅費嗎？」林邊水瞪大眼睛說。

「你是有目地的，而駱駝可以拒絕不賭！」常老么說：「至少你要替他買一張頭等來回機票，訂下酒店房間，以示至誠邀請。駱駝既然到了，『騎虎難下』，自然就會和你賭上這一局！」

「難道說，你在事先沒有和駱駝串通好嗎？」

「不！這只是臨時動議，我和駱駝已經有七八年未見過面了，很想沾你的光，弟兄暢敘一番！」

「搞你們這一行的，任何話都不足以採信！」

「但是交朋你倒要選擇這一行呢，它代表了人類最高的智慧！」

林邊水敵不過常老么的「舌底蓮花」，終於答應駱駝的旅費及全盤招待。

駱駝是一個極其閒不得的人物，靜極即思動，一段時間不做案子就會技癢，自從他在夏威夷和國際間諜鬥法之後，簡直是閒得發慌。剛好，常老么和林邊水的大紅帖子到了！

常老么是他的拜把兄弟，紅帖子到了，必定是有重要的邀請，但是林邊水是何許人也？駱駝不知道，帖子是由林邊水和常老么聯名發出的，這兩個人之間，有著什麼關係呢？

另外，駱駝又收到一封電報，是常老么單獨署名的。電文是簡單的幾行字，說：「駱大哥想必會高興到三岔港和墨城一遊！」

這封電報沒說出個理由，常老么的葫蘆裡賣什麼藥呢？駱駝沒多作考慮，反正閒著也是閒著，飛機票是現成的，於是欣然就道。

駱駝飛抵三岔港後，常老么和林邊水親赴機場迎接。

林邊水一看駱駝的外表，心中不樂，心想，憑這人的長相，哪會有這麼大的能耐？他真能在墨城的博覽會盜寶嗎？好在這是賭博，假如他不能在博覽會中盜出珍珠衫和龍珠帽，那麼他的十萬美元是贏定了。

晚間，林公館大排筵席，為駱駝洗塵。席間，賓主把盞言歡，氣氛甚為愉快，酒過三巡，菜過八味，常老么說出墨城博覽會的寶物展覽。

常老么說：「中國的國寶流失在外國人手裡，實在丟國人的顏面，林邊水有鑒於此，特地請駱老大哥到此磋商！」

駱駝兩眼灼灼，剎時呵呵大笑，說：「原來兩位請我到此，是教我去盜寶呢！」

常老么說：「林邊水已下了十萬美元賭注，說你辦不到！」

駱駝看常老么的臉色，就知道他的用意，說：「假如我辦到了呢？」

常老么說：「林邊水輸給你十萬美元，絕無怨言！」

林邊水立刻插嘴說：「假如駱大哥辦不到時，該怎麼辦？」

常老么說：「駱大哥倒輸給你十萬美元，不是很簡單嗎？」

駱駝瞪了常老么一眼，以責備的口吻說：「你是綁著鴨子上架了！」

「駱大哥難道會輸不起嗎？」

駱駝頓了頓說：「展覽會場我還沒去看過，不知道防範的情形如何？」

常老么說：「憑駱大哥的智慧，管它是銅牆鐵壁，你也不會在乎的！」

林邊水以譏諷的口吻說：「聽駱大哥的語氣，好像不願意下賭注呢？」

駱駝遲疑著說：「展覽會期有多久？」

「三個月！」常老么說。

「有足夠的時間可以動腦筋！」駱駝咧大了口，露出兩枚大齙牙說：「可以賭！」

「十萬元可不是個小數目！」林邊水仗著財大欺人，故意這樣說。

「現成的鈔票向我的口袋裡飛，我還怕賭嗎？」駱駝說。

「我們怎樣賭呢？」林邊水問。

「你打算怎樣賭？」駱駝反問。

「我們雙方擺出現鈔，訂個契約！」

「那有偷東西訂契約之理？」

林邊水搔著頭皮，露出困惑之色，他對這兩位以「騙」為業的江湖客無法信任，說：「我們雙方都應該有個保證！」

常老么說：「我做證人！」

林邊水笑了起來，說：「你們是拜把弟兄，胳臂總歸是向內彎的，也許會玩花樣！」

駱駱兩眼灼灼，眼睛在那所巨大的客廳內溜來溜去的，邊說：「總可以有折衷辦法的！」

林邊水說：「我反正可以拿出現金十萬美元，但是要獲得適當的保障！」

駱駝立即拿出他的支票簿，毫不猶豫地簽出十萬美元的票額，吹乾了上面的墨水，揚著說：「十萬美元在我也是很普通的數字，你又如何給我適當的保障呢？」

林邊水瞪大了眼，吶吶說：「你會是空頭支票嗎？」

駱駝冷笑說：「美國花旗銀行最好的戶頭，帳戶號碼在此，可隨時拍電報去詢問，現金隨時是充足的！」

林邊水有點不大相信駱駝會有如此多的財富，此人其貌不揚，不像是個財主，他憑什麼呢！靠行騙發的大財嗎？

常老么連忙打岔說：「林邊老，你別搞錯了，駱大哥的這一身打扮，是故意的，他的財富不在你之下呢！光是他辦的孤兒院、養老院、盲啞學校，佔地就足有你所有的產業那麼大，十萬美元在駱大哥的眼中，還不算是一個怎樣的數字呢！」

「上天有好生之德，我要贏得你的十萬美元替你積福積德，救活許多世上淒涼的不幸人！」駱駝笑瞇瞇地說：「林邊水老先生大概平日不大做好事吧？」

林邊水哼了一聲，說：「在我的土地上，差不多每一個人都是喚我林善人的！」

「既然如此，何必斤斤計較金錢的問題？我們將它當做慈善遊戲不就行了嗎？」駱駝說。

「你能保證你支票不空頭，我們就賭……」

駱駝反手指著客廳一隅的一隻保險箱說：「這保險箱是擰號盤和鑰匙兩用的，我倆各置十萬元進內，保險箱的號碼由你設定，鑰匙交由證人常老么保管，以三個月爲期，我若能盜出寶物，大家一起開箱，支票和現金我一併取走；我若盜寶失敗，常老么將鑰匙交還，保險箱內的所有全屬你的，我絕無怨言！」

林邊水一想，他雖然拿出十萬美元，但是所有的錢仍然存放在他住宅裡的保險箱內，駱駝和常老么就算噱頭更大，那張支票也是空頭的，他們總不致於會將保險箱內的現金偷走；不論盜寶成功與否，這樣做，至少他並不會上當，也沒有什麼損失。

林邊水考慮再三，終於說：「好的，就這麼辦！」

駱駝立刻毫不猶豫，就將支票交到林邊水的手中，邊說：「墨城博覽會的會場我還沒參觀過，看情形，得立刻動身赴墨城去才行！」

林邊水又注意他開出的那張支票，疑惑說：「你沒看過現場就下賭注，不嫌過早嗎？」

「我經常將賭博輸贏當做遊戲！」駱駝很自豪地說：「但話說回來，這類的遊戲我還從未輸過呢！」

林邊水離席，趨至他的保險箱前，先旋轉號碼，然後掏鑰匙打開保險箱。為表現他的財富，保險箱內作了一番整理，地產房契股票，支票現金，還有一些值錢的他人抵押的飾物全搬出來，又搬了進去，作了「亮相性的展覽」，他似乎已經忘記了背後站著的兩個人全是聞名的大騙子。

林邊水清理出保險箱內的一隻抽屜，一面點出了十萬美元現鈔，連同駱駝的支票一併放進內，說：「這隻抽屜就是了，三個月後，它屬於你的還是我的，就可以分曉，到時候，誰也不要反悔！」

駱駝揉著雙手，興奮地說：「你的錢財露了相，使我能提高勇氣百倍！」

林邊水睨了駱駝一眼，說：「你什麼時候動身到墨城去呢？」

駱駝說：「馬上就走！」

「到墨城去恕我不能奉陪，所有的開支全是我的，所以，我派一個人跟你們去，並非監視你們的工作進行，而是教這孩子長長見識！」

常老么大感詫異說：「林邊老的意思是，讓你的公子和我們同行?!」

「一點不錯！」林邊水說著，擊了擊掌，招來了下人，吩咐他們將大少爺林淼找來。

常老么忙說：「這多危險，萬一事敗，豈不連累了你的公子？又間接的連累了你？」

林邊水說：「你們大家可以不住到一起，也可以裝做互不相識！」

駱駝笑了起來，說：「林邊老是要看我們如何下手呢，苗頭不對時，他就讓大少爺溜掉，撒手不管了！」

不久，這位暴發戶的大少爺林淼已走進客廳，這孩子倒是長得眉清目秀，臉肥團團的，不像他的父

親那樣庸俗，二十來歲年紀，翩翩少年，西裝畢挺，袖扣、領針各種飾物齊全，梳著小飛機頭，皮鞋刷得雪亮。

林邊水介紹說：「這是小犬，來見過駱伯伯，常伯伯！」

林淼很禮貌地向這兩位長輩一一鞠躬，沒有一點紈袴子弟的氣質。

駱駝說：「孺子可教，將來可能比他的老子更有出息！」

「還請兩位伯伯以後多多指教！」林淼彬彬有禮地說。

駱駝呵呵大笑，說：「跟我學能學出什麼東西？」

「駱駝伯伯名滿全世界，凡聽過您的故事的人，莫不肅然起敬！」

駱駝瞪大了眼，說：「你曾聽過我的故事嗎？」

林淼指著常老么說：「常伯伯早已經講過啦！」

常老么臉色尷尬，聳肩說：「我無非是想促成你們之間的交易！」

「交易？……」林淼感到不解地說。

「大人的事與你無關的！」常老么忙打岔。

林邊水說：「小子對你發生興趣，是他自告奮勇跟你們到墨城去的！」

「但是苗頭不對時，你要有一個原則——『三十六計，走爲上策。』切不可遲疑！」駱駝關照說。

「駱伯伯要做什麼事？爲什麼第一件事先學逃亡？」林淼的話，惹得大家全笑了。

「嗨，你駱伯伯愛缺德，惹麻煩，但他總能化險爲夷，只怕你跟著他受累而已！」常老么又連忙解釋，一方面跟駱駝擠眼，表示林淼對盜寶並不知情。

「我們的交易，談到此為止，大家都很滿意，現在，我另外有一個要求！」駱駝忽地揚起了手向林邊水說：「聽外面傳說，林邊水老先生是一位古玩收藏家，據說，你有一座極其奢侈的藏寶庫，不知道可否讓我開開眼界？」

林邊水最高興受人恭維，忙說：「當然可以！」

林淼忙說：「我帶路！」

於是，林淼走在前面，由那所巨大的客廳出了迴廊，七拐八扭的。林邊水的這棟大廈並非是一天蓋起來的，林邊水發了多少財，便蓋多大的屋子，一棟一棟地增加，就用迴廊將它連接起來。自然，用這種方式蓋住宅，就會顯得有點古怪。

越過那七拐八扭的迴廊，來到一間舖有大紅地氈佈置得古色古香的會客室。瞧它一律是紅木傢俱，雲石桌椅，還有貴妃床、太師椅之類的擺飾，牆上掛滿了名人字畫，真假莫辨。

林淼拉開一道牆簾，露出了一扇巨型的鐵閘門，門上裝置有好幾種巨鎖，其中有絞盤形狀的對號鎖。

林淼邊擰號碼，邊說：「假如號碼擰錯就去扳門閂的話，警鈴會大作，整間屋子每個角落以及林家花園內外，所有的警鈴全會響，若有人企圖在此盜寶的話，一定會倒楣的！」

駱駝取笑說：「你的意思，是否希望我在這兒先惹點麻煩，搗搗蛋？」

林淼大愕，忙說：「我沒這個意思，千萬不要誤會！」

林邊水趕忙趨上前，以身體擋住旋轉號盤，以防被駱駝及常老么偷窺。

駱駝和常老么一擠眼，同時來了個向後轉，坦然表現出他們並無邪念。

開鎖的鑰匙是一直掛在林邊水的腰間的，擰過了絞盤旋鎖之後，掏出鑰匙，那扇閘門便告打開了，裡面就是林邊水的私人寶庫。那寶庫內佈置古色古香，天花板上是中國古典圖案的砌花，懸吊著宮燈，有四根宮廷式的盤龍柱，地方寬大，有如一座宮殿神龕。

林邊水是暴發戶，並非古董收藏家，他連如來佛和觀世音的石像，廟宇裡搬出來的泥菩薩、石獅子，都當做古董供了起來，倒也還琳瑯滿目的呢。古董架子恐怕是林邊水自己設計的，四四方方，工工整整，有點像中藥舖子裡的藥櫃，也像廟堂裡供神位的。

駱駝背著雙手，哈著腰，隨同林邊水逐一參觀他的寶物。值錢的東西固然不多，但也不在少數。有一對玉如意倒是貨真價實的。贋品不少，怪不得蒙戈利將軍被邀請參觀過後，惹來的是一頓嘲笑。

林邊水口若懸河，逐一介紹他的珍藏，說得天花亂墜。某一件寶物是出自宋朝，某一件古物是唐代的，連爛石頭也出自清代宮廷！

最可笑的是有兩件銹鐵條，其中一件是帶著齒狀條形的，假如放置在舊貨攤，頂多是幾角錢一斤就可以賣掉，林邊水硬說它是曹操所有的「狼牙劍」；另外一支銹鐵，則說是韓信背的寶劍。

暴發戶也有自尊心的，任何有關面子上的事情不能給他當面拆穿，否則真會拚老命的。駱駝笑在肚子裡，臉色十分嚴肅地欣賞，還不時的頻頻點頭。

「你的評價如何？」林邊水忽地提出問題。

「有兩種看法。」

林邊水不懂，怔怔對著駱駝，以鼻子重重地哼了一聲。駱駝咧大了口，露出大匏牙，一副討人嫌的形狀，很教人不愉快。

「怎麼說？……」林邊水問。

「比方說，」駱駝指手畫腳地說：「一個人收藏古物，有兩種方式，一種是收藏『至寶』，也就是無價之寶！沒有人能估計出它的價值如何。」

「當然，收藏家都是如此！」林邊水說。

「另一種，悉數收藏贋品，反正唬外行！土包子看不出它的真偽呢！」駱駝笑吃吃地說。

林邊水臉色大變，說：「你是說我的古物收藏室裡全是贋品?!」

「不！真假參半！」

「哼！真是口出誑言！」

「以你的財富，可以聘請一兩位專門製造古玩的專家，這種人才可以替你製造出獨一無二的古物，有此一件，可以傲視天下，連蒙戈利將軍也不敢向閣下亂下評語了！」駱駝笑吃吃地說。

林邊水氣得臉紅脖子粗，暴發戶最忌諱這類的事情，珍藏的寶貝被人指認爲贋品，等於是一種侮辱。他已被蒙戈利將軍激怒過一次了，駱駝是第二次。林邊水自量財勢不是蒙戈利將軍的對手，因此他邀請駱駝盜寶企圖出一口氣。現在駱駝又硬指他的寶藏大半數是贋品，怎能教林邊水不惱火呢？凡參觀過林邊水的寶藏室的，差不多每一個人都是讚不絕口的，只有這麼兩個人不識相。

常老么連忙打圓場，向駱駝說：「今天我們參觀林邊老的『寶藏』，只是附帶性的，主要的買賣，還是在墨城，別忘記了你們打的賭！」

駱駝明白常老么的用意，起了一陣傻笑。

第三章　三角鬥智

駱駝和常老么是以遊客的身分抵達墨城的。

四年一度的「萬國博覽會」甚爲熱鬧，什麼國家的遊客都有。墨城的旅社酒店都一律宣告客滿。有些旅客差不多在一個多月之前就早已將酒店的房間訂妥了。

常老么有先見之明，早替駱駝在一所叫做「豪華大酒店」的觀光旅社，訂下了一間豪華客房。常老么和林邊水在事前有了默契，一切費用開支全是林邊水支付，所以盡情奢侈一番也無妨。

抵達旅館，駱駝首先支開林淼，向常老么埋怨了一番，責備常老么大不該拉上這樣的一票買賣，以他的名氣，若推辭的話呢，有損威望，但是幹這種案子，一定是非常棘手的。

常老么說：「你從來是閒不得的，靜極必思動，這類的案子，風雅而有趣，想必駱大哥一定會有興趣的！同時，這幾年兄弟我交上了霉運，一直不得意，憑駱大哥的智慧，一定可以克服重重的困難，馬到成功的，等於幫兄弟一個大忙了！一舉兩得，相信駱大哥一定會有所得，而小弟也可撿點邊。」

駱駝說：「假如失敗，我在江湖上數十年的威名豈不全付諸流水了？」

常老么嬉笑說：「以駱大哥的智慧，等於一個人有三個腦袋，怎會失敗呢？」

「這很難說，『人有失手，馬有失蹄。』說不定就砸在這案子上了！」

「別說洩氣話，駱大哥有生以來，還未曾失敗過呢！」常老么說。

「不過，林邊水這暴發戶是應該收拾他一番的！」

「你有什麼計畫呢？」

「林邊水和我賭十萬美元，但在事先並沒有言明，珍珠衫和龍珠帽到手之後歸誰所有？到時候一定還要討價還價，我要得到雙重的好處！」

常老么笑了起來，說：「我的興趣倒是在林邊水的『寶藏』上，儘管他的珍藏大部分都是贋品，但是其中仍還有價值可觀的！」

「啊，原來你早已經是存心不良的了！」駱駝瞪眼說。

「幹我們這一行的，暴發戶始終是我們的好對象！」

於是，兩人格格相對而笑。

駱駝與常老么抵達墨城的當夜，撇開了林淼，就以遊客的身分先參觀了「萬國博覽會」的中國館。

駱駝和常老么的目標，是那座狀如天壇似的建築物——寶物展覽場所。

駱駝一看到那件古代帝皇所有的珍珠衫和龍珠帽，心中就興奮不已了。這真是稀世之寶，假如不是林邊水那暴發戶的邀請，駱駝哪有機緣開此眼界？

「這是國寶，流失在海外，真個可惜呢！」駱駝感嘆不已。

常老么取笑說：「你的民族意識又油然而生乎？」

「嗯，就算不和林邊水賭博，這也是一件極有趣味的事情！」駱駝已經在捻著他的那幾根稀疏的八字鬍了。

常老么知道，駱駝又是在動腦筋了，他對這類的事情是從不放過的！

「你四方八面都應該看看！」常老么說。

「我一目瞭然，這點皮毛技術的防衛能瞞得過我嗎？」駱駝很自豪地說。

「警衛森嚴呢！」

駱駝向常老么擠了擠眼，因為屋頂上層迴廊的地方有名武裝的警衛不時探首下望，他低聲向常老么說：「我們不能操之過急，反正時間還長著！」

「我想，不光是只有幾名警衛看守。」常老么說。

「當然，迴廊上的四周佈置有電眼，監視著遊客活動的情形！」駱駝說。

「罩著兩件寶物的玻璃罩可能也有蹊蹺！」常老么在這方面也有些經驗。

「當然！你沒看見玻璃罩底下有著『羅氏父子電子機械工程公司設計』字樣的銅牌嗎？他們做廣告，也說明了這是機關！」駱駝含笑說。

「你能確定嗎？」

「用老故事解釋，就是『此地無銀三百兩』！」

常老么搔著頭皮，將那整座玻璃罩內外，連同它的座臺都加以打量了一番，喃喃說：「據你判斷，它有著什麼樣的機關呢？」

「不知道！」駱駝搖頭說：「不過很簡單，問羅氏父子，他們會和盤托出的！」

「也許他們不肯說的！」

「他們釘上了銅牌，目的就是做廣告招攬生意。若有生意上門，豈有不和盤托出之理？」

忽地，常老么怔下了神色，偷偷伸手扯了駱駝一把，低聲說：「駱大哥，你看那人是誰？」

「誰？」駱駝滿不在乎地問。

「那高個子，有著一撮小翹鬚的傢伙！」常老么擠眼說。

駱駝瞪大了一雙老鼠眼，灼灼地在遊客叢中找尋，只見一個高個兒，西裝革履，唇上蓄小鬚，目光矍爍，兩鬢花白。

「見鬼了！——那不是左輪泰嗎？」駱駝皺了眉頭。

「著名的『天下第一槍手』……」常老么說：「他也在注意『羅氏父子電子機械工程公司』的那塊銅牌，他想幹什麼呢？」

「莫非他也在動這寶物的腦筋？」

「這就糟了，還得要和左輪泰鬥爭一番……」

駱駝啐了一口，含笑說：「我們真敏感，何必向壞的方面想呢？」

常老么又驀的傻了眼，吶吶說：「你瞧，大門口進來的又是什麼人？騷鬍子……」

「奇怪，是仇奕森呢！」駱駝伸長了脖子，也呆住了。

「鼎鼎大名，綽號『老狐狸』的傢伙，怎會這麼巧？全在墨城碰上了！」

這時，只見仇奕森朝左輪泰走了過去，兩人好像是老朋友久別相逢，握手言歡一番，在仇奕森的身畔還有一對年輕的男女。

「假如說仇奕森也是動腦筋來的，豈不糟糕？」常老么已開始緊張起來。

「不要和他們碰面，我們趕快迴避！」駱駝關照說。

於是，他和常老么兩人趕忙背轉了身體，躲進迴廊下一隅。

原來，這一天剛巧是金京華兄妹兩人陪同仇奕森參觀展覽會場內警衛防範的情形，正好遇上左輪泰正在打那兩件寶物的主意。

遇上兩個扎手的人物，倒是駱駝意想不到的。

常老么在江湖上的名氣和地位，較之駱駝相差頗遠，名不見經傳，也很少人認識他的臉孔。因之，駱駝讓常老么混進蒙古烤肉館去，且看仇奕森和左輪泰的相聚究欲爲何？

常老么坐到櫃檯前，要了一份烤肉，以品酒的姿態，利用壁上懸掛著的大玻璃鏡反映，可以看到仇奕森和左輪泰兩人外表親善，說話時卻是語鋒相對，並不像是在合作某一件事情。但是他們的談話內容，常老么無法聽得見，烤肉館內人多嘈雜，鬧哄哄的。

坐在仇奕森身畔的一對青年男女的身分頗費猜疑，他倆是屬於仇奕森一方的，和仇奕森有著什麼樣的關係？還得再下功夫！

不多久，左輪泰好像和仇奕森不歡而散，匆匆地離去了。

常老么將大致上的情形向駱駝報告。

駱駝抓了抓頭皮，說：「仇奕森和左輪泰都是危險人物，他們在此出現，對我不利，他們兩人的立場如何？有著什麼企圖，都應該很快查出才是！」

常老么開始感到有點徬徨，說：「如何著手呢？也或是我們疑心生暗鬼，他們只是遊覽來的，根本與我們無關……」

駱駝說：「有備無患，先提防著終歸是好的！」

常老么說：「要知道，這兩個人全是『馬蜂窩』，是捅不得的！萬一將他倆提醒了，和我們對上了，那時豈不糟糕？」

駱駝說：「左輪泰只要興之所至，什麼樣的醜把戲全幹！仇奕森卻不然，他自從『洗手』之後，就不再做案子了，我擔心的，他是幫展覽館的一方呢！看他的樣子就很像，左輪泰走後，他還雙手叉腰站在門前，現在又開始巡場了……」

「駱大哥，按照你的想法，對我們太不利了！」常老么咽著氣說。

「且讓我在仇奕森的跟前露露面就躲開，你再混到他身旁，去看他的反應如何。」駱駝想出了絕招。

「我會替你注意的！」

不多久，駱駝在展覽場裡轉了一圈出來，故意站在顯眼的地方。常老么隱伏在仇奕森和金京華等人的身畔，注意著他的反應。

首先發現駱駝的是金燕妮。說實在，駱駝的一副怪模樣是很惹人矚目的。

駱駝溜得很快，當仇奕森追趕出去時，這怪物已經失蹤了。實則，駱駝是在人叢之中轉了一圈，躲在暗蔽處正在看仇奕森的反應呢。

仇奕森與金京華兄妹之間的對話，全給常老么聽去了，常老么沒敢在他們的身旁停留過久，以免露出蛛絲馬跡。光憑他們的對話，就可以知道仇奕森的立場是如何的了，仇奕森及那對青年男女和這次天壇展覽會場是有著特別的關係的，要不然，他們不會那樣的緊張，還要在當場拿人。那對青年男女和天壇展覽會場的關係，也得進一步調查不可了。

不多久，常老么和駱駝會合，他將經過情形說了一遍。

「還是駱大哥的眼光獨到，你怎會看出仇奕森是站在展覽會場的一方呢？」常老么對駱駝感到由衷的佩服。

「也許是我比較敏感一點！」駱駝皺著眉宇，沉吟著說：「嗯，這一下麻煩多了。」

「假如說，左輪泰也是盜寶而來的，那麼我們豈不是兩面受敵？」常老么已好像航道觸礁。

駱駝也有困惑之色，說：「左輪泰號稱『天下第一槍手』，我們不和他比槍，就沒有什麼可怕的；問題是仇奕森，他綽號『老狐狸』，江湖上的把戲又比誰都懂得多，智慧高人一等，對付他可難了呢！」

「我們是否應先摸清仇奕森的底？究竟他和展覽會場是什麼關係？」常老么問。

駱駝頓了頓說：「我們從『羅氏父子電子機械工程公司』著手，不難可以得到答案！另外，仇奕森發現我在展覽會場出現，說不定會先發制人，先了解我的企圖，自動送上門呢！」

常老么還是替駱駝擔憂，說：「你認爲盜寶不會『觸礁』嗎？」

駱駝的表情反而輕鬆下來，開始哼著平劇「空城計」的唱詞：「諸葛從來不弄險，險中有險顯才能……」

常老么看駱駝的形色，他並沒有打算放棄盜寶呢！

「和『老狐狸』鬥智，一定怪有趣的！」駱駝忽地笑口盈盈地說：「我畢生自誇還未遭遇過極高強的對手，這一次機會不可錯過！」

常老么說：「你有把握可以鬥贏仇奕森嗎？」

「事情還未開始，誰能逆料？」

「別忘了還有一個左輪泰，也是很難惹的朋友！」

「左輪泰和仇奕森都是很高雅的人物，可是千錯萬錯，他們只差了一點！」

「差什麼？」

「沒學騙業這一行！」

駱駝回到「豪華酒店」，即以「耍大爺」的姿態出現，進大廳，拉玻璃門的小廝，賞美金十元；進電梯，賞侍候電梯的女侍美金十元；進房間，賞侍候鑰匙的僕人美金十元！出手大方爽快！整間酒店雖然在客滿期間，但他還是唯一的「大爺」，沒有人遇到過。

不多久，駱駝讓侍者將帳房司理請上樓來。先打一番官腔，說：「你們這間酒店，住的都是亂七八糟的客人，經常有人鬼頭鬼腦向我注意！要知道，我是一個有地位的大財主，環遊世界途經此地的，住在這裡真有點不大放心呢！」

那位司理臉白如紙，連忙聲明說：「我們這間酒店是墨城第一流的酒店，所有的住客都是最高尚的！」

駱駝便將他行囊中的鈔票悉數搬了出來，有美金千餘元，港幣數千元，英鎊數百，澳幣百餘，越幣數千元，泰幣十餘銖，日幣萬餘丹，法郎數萬，馬克數萬……乖乖，瑯琳滿目，雖然不能算是很大的財富，但可以證明他著實是環遊世界，途經許多地方的。

這些紙幣是剛由常老么在「萬國博覽商展會」的兌幣處換回來的。各色各樣，零零碎碎，駱駝要交帳房司理保管，命他開出清單。

司理先生只看到那些零碎的數字，頭就大了，替顧客保管錢鈔，是一分一毫不能差的，光是數點那些不同國家的貨幣，就需要老半天，何況還要開出清單呢？在交還時，若有短欠的話，酒店還得負責賠償的。

「酒店裡有供旅客租用的小型保險箱，不如你租用一個，存放進去，鑰匙由你自己保管，這樣你隨時取用也比較方便！」司理先生說。

「不！假如你們有保險箱出租的話，我倒有一件東西，希望能存進保險箱裡去！」駱駝說著，自他

的行李中取出了一串翡翠葡萄。那是純翡翠雕琢的，枝葉分明，色澤如真，光鑑奪目，一看而知，那是相當具有價值的古玩。

常老么看得有點面善，好像是在那兒見過？他驀地想起來了，那是林邊水「寶藏」內所有的寶物，駱駝什麼時候將他「浮」（偷的行話）起來的？

司理先生將那串翡翠葡萄比畫了一下，說：「剛好，小型保險箱裡可以擺得下呢！」

駱駝說：「要知道這串翡翠葡萄是無價之寶，是打算送來參加博覽會的！但是我看博覽會的情形十分凌亂，萬一替我丟失了，他們賠不起！」

司理先生連連點頭應是，說：「我馬上替你開保險箱！」

駱駝說：「你們這裏的防範可安全？」

司理說：「我們的酒店自己僱有私人偵探，所以一切只管放心，絕對安全的！」

「這樣就好了！」駱駝說。

於是，司理先生邀請駱駝至樓下帳房間，去參觀他們的保險箱設備。

駱駝雙手捧著那串翡翠葡萄，路過之處，十分引人注目。由這會兒起，整間酒店，誰都知道駱駝是百萬富豪，又是古玩收藏家。尤其是酒店的侍者，都特別巴結。

這間酒店帳房裡的安全設備是不錯的，供顧客租用的小型保險箱有數十隻之多，一列一列並排著，像什麼政府機關的文件檔案一樣。每一隻保險箱的鑰匙都不相同。房間的入口處還有一扇大鐵閘，鐵閘的鑰匙由司理保管，租用保險箱的顧客獲得司理的允許打開鐵閘後，可以自行進入小型保險箱的貯藏室裡，去處理自己的財物。

駱駝租得一〇三號保險箱，小心翼翼地將翡翠葡萄存進了保險箱內。

他故意向司理推出疑問，說：「租用保險箱的顧客可以自由進出此室，萬一順手牽羊偷開了他人租用的保險箱時，該怎麼辦？」

司理忙說：「每隻保險箱的構造都不一樣，鑰匙也不相同，同時，進出這間酒店的客人，都是上流的人物，我們從來還沒有發生過意外事件！」

駱駝舉起了鑰匙，又說：「鑰匙萬一丟了，又該怎麼辦？」

「千萬不能丟失！」

「對鑰匙方面，我經常是粗心大意的，不如交給你們的帳房保管！」

司理面有難色，搔著頭皮說：「保管鑰匙，得用信封封起，貼上封口，由你自己簽字，以便將來啓封！」

「嗯！這辦法不錯，貴酒店真可謂顧慮周全呢！」

司理帶駱駝來到帳房間的會客室，取出存物信封，交由駱駝自己貼封簽字，一邊又說：「其實我們是有預備鑰匙的，不過是由總經理保管，所以一切安全可靠，只管放心！」

駱駝將鑰匙置進牛皮紙信封內，貼好了封口，又在封口處寫上蟹文簽字。司理釘上編號銅牌，另一隻銅牌是交由駱駝將來對號取物用的，那隻信封便鎖進保險箱裡去了。

由於駱駝決定要將那些種類繁多的外幣交由帳房保管，爲了取用時方便，所以司理先生請他的會計

小姐核算好，開出清單，由帳房簽收，駱駝取得單據，可以分類提用。

這時，一位西裝革履的彪形大漢進入會客室，打恭作揖地給駱駝遞上一張名片。

司理先生介紹說：「這是我們酒店的偵探，占天霸！」

駱駝看那張名片，倒是印刷得非常別致，上面有著他們酒店的標誌及「豪華酒店私用偵探，占天霸」幾個正楷洋文。

駱駝自我介紹說：「我是駱駝教授！」

外國人對教授都是特別尊敬的，尤其是東方人做教授，都是出類拔萃的人才，駱駝給酒店小廝、侍者的小費，出手就是美元十元，非常有廣告效用。占天霸對這位「大爺」早已聞名，只唯恐巴結不上。

駱駝又說：「在這間酒店裡，有很多人對我鬼頭鬼腦的，以後你要多幫忙注意，就等於是我僱你做私家偵探一樣，我絕不會虧待你的！」

占天霸連聲稱是，說：「這是我的工作職責，你只管放心，住在我們的酒店裡，是一定安全的！」

駱駝和常老么回到房間之後，駱駝笑口盈盈地自衣袋中摸出一塊軟膠，那是牙科醫生用來打牙齒模型用的。那塊軟膠上面已印著了一根鑰匙的模型，正就是駱駝剛才所租用的第一〇三號保險箱的鑰匙模印。

常老么大爲不解，說：「怎麼?駱大哥已經打算在此做案子了?」

駱駝說：「先佈置『防術戰』，使這間酒店觸目驚心一番，我們會比較安全呢!那個占天霸傻頭傻腦的，大可以利用，待會兒，我們先給他一百美金的小費，教他隨時隨地爲我們張大眼睛！」

「你打算自盜？」

「假如說，這間酒店賠不起一串翡翠葡萄時，他們會如何呢？」

常老么失笑說：「駱大哥，你老是喜歡多方面作戰，又要把這間酒店搞得天翻地覆不成？」

「以轉移目標！」

「假如發生了竊盜案，你總會有一個栽贓的對象，是誰呢？」

駱駝甚爲自得，說：「這是一著閒棋，先下手再說，且看是仇奕森還是左輪泰，誰先找上門，就該他們誰倒楣！」

「你認爲左輪泰也會找你的麻煩嗎？」常老么不解，又提出了疑問。

「倘若左輪泰也是爲盜寶而來，發現我到了墨城，有『捷足先登』的可能性，他當然會和我鬥法的！」

「你的考慮好像很多呢，問題在三岔港時，你怎會想到浮掉林邊水的翡翠葡萄呢？」

駱駝格格笑道：「說句醜話，『賊不空手』！林邊水這暴發戶根本不識好歹，在他的『寶藏』之中，這串翡翠葡萄還是相當值錢的古物，只因它有了殘缺，所以林邊水將它冷落在不重要的位置，我靈機一動，順手牽羊，將它帶了出來，想不到竟派上用場啦！」

常老么對駱駝欽佩不已，可以證明這老妖怪無時無刻不在動腦筋的。「我們的第一步工作該是什麼呢？」

「有了仇奕森和左輪泰的出現，我深感人手不夠，非得增援不可！」

「增援嗎？」常老么露出喜悅之色，說：「我明白了，你的意思是召夏落紅、孫阿七、彭虎、查大媽等人前來幫忙？」

駱駝兩眼灼灼，搖首道：「恐怕還不夠呢！」

「怎麼？還要招兵買馬不成？」

「不！我的手下之中，夏落紅，孫阿七、彭虎、查大媽等人都太出名了，仇奕森和左輪泰全都知道，他們幾個到埠，必會引起仇奕森和左輪泰震驚！大鬥法就告開始了！仇奕森和左輪泰犯一種相同的毛病，就是風流自賞，因此，我想用美人計分散他們的注意力，需出動女將！」

「用美人計太卑鄙了吧？」常老么不贊成。

「大敵當前，不擇手段！」駱駝笑著說。

「你心目中想要找誰來呢？」

「我在考慮。『遠水救不了近火』，最好是就地取材，你能給我介紹一個適當的人選嗎？」

常老么皺起了眉，呆想了好半晌，忽地靈機一動，說：「有了，我有一個結拜姊妹的女兒，『新出道』，美而聰明，看她的外表就是可造之材！」

「靠得住嗎？」

「結拜姊妹的女兒等於是外甥女，『新出道』，需要學習的事情多著哩，她的母親正是求之不得呢，怎會靠不住呢？」

「叫什麼名字？」

「賀希妮！」

「有多大歲數？」

「十八歲！」

「太嫩了！」

常老么連忙改口，說：「女人的年歲都是深藏不露的，有二十出頭了，長得婷婷玉立，尤其是有一雙勾魂眼，能攝魂蕩魄，膚色更美，淺泛桃花，小嘴說話是嬌滴滴的，我敢相信，仇奕森和左輪泰兩人都難逃美人關！」

駱駝搖頭，說：「仇奕森和左輪泰都已進入不惑之年，他們喜歡的女人，都是『薑是老的辣』！不會受惑於嫩娃兒的！」

「賀希妮的情形特別，人見人愛，我敢負完全保證，你只要見過，馬上就會喜歡這孩子的！」常老么幾乎肯承擔所有責任。

駱駝兩眼灼灼，經過一番反覆的考慮，終於說：「那麼叫她來看看！但是不能在這間酒店裡見面，否則全部的計畫都要變更了！」

常老么大喜，他能推薦一個人跟隨駱駝學習，感到無上的欣慰。「我馬上通知她的母親！」他說。

「要爭取時間，但也不必操之過急！」駱駝說。

林邊水的兒子林淼是隨著駱駝和常老么先後抵達墨城的，他負責駱駝和常老么的開支，隨時給予經濟上的支持，同時也有監督的責任。但是林淼並不住在「豪華酒店」裡，這是駱駝的主意，爲避免萬一事敗時，將他也牽扯進去。

林淼有他自己熟悉的酒店，稱爲「愛斯丁酒店」，設備也甚上臻。他和駱駝之間有規定的連絡時間。這時，林淼打電話過來。

「怎麼樣？駱伯伯，您對墨城可欣賞？要不要我帶您去觀光？」他問。

「很好，不過我並不想觀光，老骨頭要休息一下，要玩時我再找你！」駱駝答。

「家父說過您到此來一切由我招待，你可需要用錢？」

「別學你老子一樣的亂花錢，墨城有很多好玩的地方，你只管去玩樂，我想去走走時，再通知你！」

「沒有需要我幫忙的地方嗎？」這孩子倒是挺熱心的。

「暫時沒有！」

「豪華酒店」的私用偵探占天霸敲門進房，他在駱駝的跟前老是打恭作揖的。

駱駝將電話掛上，說：「有何指教？」

占天霸小心翼翼來至駱駝身畔，欲言又止，他的樣子近乎討好。

常老么已經看出占天霸的心思，連忙遞煙斟酒。他摸出百元美金，塞入占天霸的手中，邊說：「這是駱駝教授賞給你的！」

占天霸推托不肯要，但只是做做樣子，哪有飛進荷包的鈔票不要之理？常老么甚爲老練，遞手間將鈔票塞進了占天霸的衣袋，他一聲「多謝」就卻之不恭了。

「你好像是有什麼特別的消息要告訴我？」駱駝直截了當的說。

「有新住進酒店的客人，一直在打聽你和常先生呢，好像有什麼企圖似的，不過不要緊，我已經替你們二位密切注意著！」占天霸說。

駱駝早已預料到，可能會有這種事情發生，便故意說：「『豪華酒店』不是早已經客滿了嗎？怎會又有新的客人住進來？」

占天霸說：「那是酒店裡最劣等的單人房，平日是供員工用的，對方是經過很有面子的人介紹，所以等於是敷衍著讓他住進來的！」

「什麼人介紹的呢？」

「據說是『金氏企業大樓』的少東金京華先生介紹的，這位小開，經常在此酒店開房間召來大批的朋友狂嫖濫賭，是我們酒店的長年客人，所以不好意思不賣面子。」

「金氏企業大樓嗎？」駱駝對墨城的環境情形不太明瞭，所以又問。

「『金氏企業大樓』在華僑社會中很有地位的，只是近一兩年來衰落了！」占天霸說。

「這座企業大樓包括了些什麼買賣？」

「啊，買賣多著呢，有保險業、輪船業、房地產……但是，最早他們是靠洗衣店起家的！」

「保險業嗎？」駱駝觸動靈機，似乎已經聯想到博覽會的問題了。

「那位住客叫什麼名字？」常老么插嘴問。

「是一位彪形大漢，旅客登記簿上的署名是威廉士，據他自己說，是一名私家偵探！」占天霸說。

「私家偵探嗎？」駱駝一愕，和常老么面面相覷。

「好像是什麼華萊士范倫私家偵探館的私家偵探！」

原來，金京華在得知駱駝已出現在墨城後，漏夜找尋著華萊士范倫！金京華還是相信華萊士范倫的，這是他們平日私交關係。華萊士范倫卻不相信天底下真有像駱駝和左輪泰那樣「三頭六臂」神乎其神的人物。他認爲這是馬路傳聞，墨城萬國博覽會全世界矚目，古代皇室的珍珠衫和龍珠帽是公開展覽的，駱駝和左輪泰就算有天大的本領，也不能在眾目睽睽之下偷取這兩件寶物。

就算寶物真可以由商展會被盜取出來，他也無法逃出墨城的。捉拿他們的人等於「甕中捉鱉」，怎的也插翅難逃。

金京華是因爲聽仇奕森所說，要求華萊士范倫不可大意。事前的防範較之事後手忙腳亂來得妥當，所以華萊士范倫就利用他的社會關係，盡力找尋駱駝和左輪泰的下落。

華萊士范倫不費吹灰之力，只查詢墨城各著名酒店的旅客名單，就尋著駱駝的下落了。駱駝居住在「豪華酒店」，華萊士范倫就立刻派他的助手威廉士住進酒店裡去，是爲監視駱駝的活動。威廉士操之過急，經金京華的介紹，在「豪華酒店」裡弄著一所小房間，立刻就刺探駱駝的動靜。殊不知駱駝也早有防範，他早已佈局停當，連酒店的私用偵探也變成他的眼線了。

占天霸立刻給駱駝消息。駱駝心想，既然是仇奕森派人找上門，不妨先給他一點厲害看看，那名喚威廉士的傢伙，可以先教他吃上一點苦頭。

駱駝謝過占天霸，並請他對威廉士密切注意，有動靜隨時傳報，順手又是一百元美金。他打發占天霸去後，便和常老么咬耳朵。如計行事。

自然，常老么就在「豪華酒店」裡展開了活動，上下刺探了一番。

他調查的對象，是酒店裡的客人，在其中找出了一對夫妻，是可供他開玩笑、耍詭計用的。那是一位上校，老夫少妻，妻子美而風騷，老頭兒非常的妒忌，凡是有年輕人和他的妻子接觸，都是不對勁的。

駱駝得到這消息，格格大笑。

在「豪華酒店」附近有一所花店，供應各種季節鮮花。駱駝便到該鮮花店去，訂了十二束玫瑰花，寫上威廉士的簽名，上款是示愛之意。吩咐花店的老板，每天送玫瑰花四束，分早午晚及深夜各送一束給上校夫人，分作三天送完。

駱駝付過錢之後，花店老板照辦，按照駱駝給他們的酒店房間號碼，按時送到。

早晨，上校夫人不知內裡，以為是誤送，吩咐退回。到了中午時，花店連同晨間退回的一束玫瑰花，又一併送到上校的房間。剛好上校夫妻外出，由侍者代爲簽收，到了傍晚，第三束玫瑰花又送到，同樣由侍者代爲簽收。

夜間，上校夫婦返回酒店房間，已有三束代表示愛的玫瑰花，上面還有威廉士簽名的卡片，上校大爲嫉忌，夫人百口莫辯，剛好第四束玫瑰花又送到，上校光火不已，夫妻大吵了一頓。

次晨，有人敲門，又是一束玫瑰花送到，上校認定了是那位年輕妻子在外面勾三搭四，老夫少妻經常會犯這種毛病的，上校妒忌交加，帶了自衛手槍匆匆外出。

他來至鮮花店，查明訂花人，原來總共訂了十二束玫瑰花，還要分作三天送完，訂花者名威廉士，同樣是住在「豪華酒店」，還留有房間號碼。上校怒從心中起，惡向膽邊生，又匆匆忙忙趕回「豪華酒店」，尋著威廉士所居住的房間，猛力拍門。

威廉士還沒起床呢，睡眼惺忪，呵欠連連，邊抓著癢，邊打開房門。

上校先問了他的名字，然後脫下手套就是兩記耳光。威廉士被打得莫明其妙，上校已遞上了他的名片，約定時間地點。這是決鬥的約會。時間：次日凌晨。地點：墨城市中心公園廣場，不準時抵達的是懦夫。上校說畢，完全軍人作風，兩腿一併，鞠躬而退。

威廉士接著名片，摸著被掌摑的臉，還搞不清楚內裡，上校已經離去。

被人當面凌辱事小，被邀約決鬥事大，那是拚老命的意思，他看過名片，邀約他決鬥的是一名上校，地位不小，他搞不清楚什麼時候得罪了這位上校？決鬥的原因何在？

威廉士吃了一驚，立刻向主人報告。華萊士范倫也感到詫異，他先給威廉士一頓臭罵，認定了必是威廉士喝醉酒調戲良家婦女，要不然，怎會激怒這位年紀很大的上校呢？事情還沒辦好就先惹麻煩。

華萊士范倫展開調查，始知威廉士送鮮花給上校夫人。這種事情可能性極小，華萊士范倫很了解他僱用的兩名手下，都不是風流倜儻的種子，他們追求異性哪會有這樣的文明，還贈送玫瑰花呢？可是鮮花店有證明，贈送鮮花者的名字和居留地址完全相符，這事情便有了蹊蹺。

威廉士唯一可以證明他是冤枉的，就是贈花卡片上的簽名字跡不相同。詢問花店老板訂花者的相貌特徵，經過一番描繪，那不就是駱駝嗎？他開這樣的玩笑幹嘛？

威廉士大爲光火，立刻要去找駱駝算帳，華萊士范倫禁止他這樣做。

「我們得考慮駱駝的用意何在？你還沒向他展開調查呢，他已經給你下馬威了！事情是怎樣洩漏的？他怎會和你對上？這好像是一種挑戰呢！」華萊士范倫說。

「駱駝假冒我的名字，我可以控告他的，不正好和他打官司嗎？就此叫他吃不完兜著走！」他咆哮著說。

華萊士范倫命令威廉士稍安毋躁，因爲他曾被金京華關照過，駱駝是一名極高強的對手，不可疏忽大意。

「那麼明天凌晨的決鬥，我是否應該赴約？」威廉士問。

「當然不去！」

「那豈不成爲懦夫？」

「這得忍耐……」

「我受不了！」威廉士怒火沖天的。

在此同時，駱駝請占天霸引路，親往拜會那位那卡諾上校。

駱駝遞上名片，印的是東方某地的大學教授。那卡諾上校連忙迎接，他不知道駱駝拜會的原因。

駱駝善於做戲，故意開門見山地說：「這小子年輕不懂事，請你多多原諒！」

上校不懂駱駝所指，如丈二和尙摸不著頭，說：「你指的是什麼人？」

「我說的是送玫瑰花的小子！」駱駝說。

那卡諾上校更覺納悶，那個送玫瑰花向他夫人示愛的人，和這位教授又有什麼關係呢？

「你就是爲此事來拜會我的嗎？」

「他要求我爲他求情而來！」

「理由何在呢？」

「我們東方人的哲學，上天有好生之德，救人一命勝造七級浮屠！」駱駝非常愼重地說：「試想，上校你功勳顯赫，槍林彈雨出身，威廉士不過是一名村夫，若說兩人決鬥的話，你在十步之內可以舉槍擊中他的鼻梁，而威廉士呢，他恐怕連你站在什麼位置也摸不著，這種決鬥，等於是以卵碰石，誰勝誰負已經分明，生死也成定局。那上校德高望重，何不高抬貴手，放他一馬，饒恕他無知算了！」

那卡諾上校氣憤未平，躊躇著。其實，他又何嘗願意決鬥呢？畢生戎馬，使槍弄劍早已經感到厭倦，置下年輕嬌妻去拚老命，又何苦來呢？於是，他又再問，說：「你和威廉士究竟有著什麼樣的關係呢？」

駱駝一聲長嘆，說：「那卡諾上校，不瞞你說，玫瑰花是我購買送給尊夫人的，只是借用威廉士的名字而已！」

「你——？」那卡諾上校愕然。

「是的，玫瑰花是由我所訂，總共十二束，規定每天送四束，分作三天送完！」

「你什麼用意呢？」

「唉，一個人年紀大了，不免會老糊塗……」

那卡諾上校倏地格格大笑起來，說：「中國是東方文明古國，有五千年文化歷史，聖人哲人迭出，代人受過之精神令人欽佩呢。駱駝教授，你真了不起！」

駱駝指著玫瑰花籃上的卡片說：「上校，你若不相信的話，卡片上的簽名也是我的筆跡，你可以核對一番呢！」

那卡諾上校更不肯相信，搖手說：「不必核對了，我了解你的用心，決鬥之事就此取消！全看你的面子啦！」

駱駝連聲道謝，說：「我衷心感激，希望這一次的教訓，可以使威廉士好好反省，重新爲人！」

「我欽佩你的爲人，要敬你一杯酒！」

「我不是酒客，不善飲的！」

「我只是聊表敬意而已！」那卡諾上校取出美酒，斟了兩杯，敬駱駝，兩人對飲乾了杯。

他倆的一席談話，占天霸是一直守在駱駝的身畔的，這時對駱駝的爲人，人格之偉大，是欽佩得五體投地。

自然，那卡諾上校絕不會相信駱駝的一番話是真的，認爲這位東方學者「捨己助人」，精神偉大，他怎知道威廉士被他耍弄於股掌之中。這正符合了駱駝行騙江湖的十二字要訣真言。「真真假假，假假真真，疑真似假，疑假似真。」可以把真的變成假的，假的變成真的；天底下的事情就會「唏哩呼嚕」的了。

駱駝禮貌辭出那卡諾上校的套房，走出走廊，就發現威廉士怒目圓睜守在那兒。華萊士范倫因爲搞不清楚駱駝的用意何在，禁止威廉士採取任何的行動，華萊士范倫正找尋金京華商研這件事情駱駝的動機。

金京華不懂江湖之事，向仇奕森請教。

仇奕森經過一番思考，反而責備金京華和華萊士范倫行事魯莽。他說：「駱駝無非是想『盤』你們的底子，先發制人的做法，大概威廉士進入『豪華酒店』就動了聲息，洩底了。這還算好的，當做開玩笑似地教威廉士吃一點小苦頭，相信下一次會更棘手了！」

金京華由此才開始相信駱駝是一個難惹的人物了。

這時，在「豪華酒店」那卡諾上校的門外，駱駝偷偷問占天霸說：「那怒目圓睜的是什麼人？」

占天霸回答說：「就是你剛才幫了他大忙的傢伙，威廉士……」

「我和他素不相識，爲什麼充滿了仇恨似的怒目相向？」駱駝說：「我無異救他一命啦！」

「這種人，不識好人心！是否需要我替你們作一番介紹，讓他向你道歉？」占天霸討好地說：「他應該感謝你替他解除困難的！」

「善欲人見，不是真善，我不必認識他，否則等於表功了！」駱駝說。

「至少，你要給他一頓申斥！」

「不必了，有過那卡諾上校事件，他應該自我反省，要不然，將來還有苦頭吃！年輕人，自命風流，調戲良家婦女，是最犯忌諱的事情！說實在話，我對這種人深痛惡絕呢！」駱駝昂然打威廉士的身旁走過去。

占天霸等於是做了駱駝的保鏢似的。他偷偷地向威廉士說：「你對這位駱駝教授，應該好好感激才是！」

威廉士有苦說不出。這時，就算有機會向那卡諾上校解說，也解說不清楚了，整個事情已被駱駝搞得混亂不清啦。

當天，那卡諾上校和他的夫人就搬出了「豪華酒店」。

那卡諾上校原訂是要在「豪華酒店」住上一個星期的，因爲發生了這種不愉快事件，提早離去，臨行之前，還送給駱駝一瓶香檳酒以示謝忱。

墨城舉辦萬國博覽會期間，一流酒店的房間是最可貴的。那卡諾上校的行李剛搬出他的套房，空出的房間就有人訂了。

來的是一位少女，看似是什麼豪門富賈的千金小姐，光是她的行李就夠瞧的，大大小小有十餘件之多，而且一律是玫瑰色的，除了花大把的鈔票訂製，哪會有這樣完整的一大套的行李箱呢？

女郎的年歲不大，二十上下年紀，長得婷婷玉立，沉魚落雁，她披著貂皮大衣，戴著貂皮帽，來到

酒店的櫃檯前，在旅客登記冊上寫上了「賀希妮」三個字。

服侍有錢人家的大小姐誰都樂意，帳房先生和侍者們都是打躬作揖的，賀希妮出手也很大方，和駱駝的作風不相上下，任何人的小費，出手也是美鈔十元。

賀希妮進入房間之後，頭一件事就是吩咐侍者幫她撥電話給蒙戈利將軍。只聽她說：「電話打通後，關照蒙戈利將軍起床後就打電話過來！」氣派之大，使侍者們另眼看待，至少蒙戈利將軍在墨城是名人，富甲一方，這位女郎吩咐蒙戈利將軍給她撥電話過來，地位可想而知了。

這電話自是永遠打不通，蒙戈利將軍從不自己親自接電話，都是由他的管事人員留話的。蒙戈利將軍看到電話留言上賀希妮的名字時，自會詫異，這個女人他從不相識，自然這電話就置之不理了。

一個人有了金錢、地位、聲望、名譽，少不得會遇到很多稀奇古怪的事情，經常也會接到一些莫明其妙的電話。蒙戈利將軍自然也不會把賀希妮的名字放在心上，更不要說打電話回去了。

但是很奇怪的，不到中午的時間，「豪華酒店」電話總機的接線生就接到蒙戈利將軍古堡撥過來的電話，那人自稱是蒙戈利將軍的秘書，請接線生直接把電話接進賀希妮小姐的豪華套房裡去。

接線生的好奇心重，將電話接通之後，持著耳機偷聽。

那人說：「蒙戈利將軍這兩天身體不適，所以沒法親自給妳打電話，但是蒙戈利將軍交代過，請妳到古堡裡來遊玩，或是今晚共進晚餐！」

賀希妮說：「謝謝，代我問候蒙戈利將軍，並祝他早日康復。究竟是怎樣身體不適呢？」

「感冒罷了！」

「那是小毛病，保重一點就好了！」

「可需要我們派汽車來接妳？」

「不必了，我到墨城最重要的是要參觀博覽會，家父關照過，今年是對外貿易年，也許要做一宗大買賣！」

「妳沒有汽車用，多不方便呢！」

「不要緊，『豪華酒店』會爲我安排的！」

那人說：「什麼時候到古堡來呢？」

「那要看我的時間安排什麼時候有空了！」

電話掛斷之後，消息很快的就傳揚開，那位新搬進豪華酒店的賀希妮小姐，原來和蒙戈利將軍是至交好友，怪不得氣派會如此的大呢！因之，整間酒店上下，對賀希妮小姐莫不是畢恭畢敬的。

這電話究竟是誰打的呢？又是駱駝耍了花樣，教常老么到酒店外面去冒充蒙戈利將軍的秘書，打給賀希妮的。

酒店電話總機的接線生有偷聽電話的習慣，尤其是名人的電話，諸如蒙戈利將軍等的，所以謠言就特別容易傳得快！

聽說賀希妮小姐需要用汽車，帳房司理爲了討好她，親自登樓，鞠躬如也。他說：「我們酒店有十多部自備汽車，是專爲顧客服務用的，假如賀小姐有必要，我們可以指定一部車專供小姐服務！」

賀希妮回答：「汽車是需要的，但是，還有更重要的事情！」

司理打躬作揖說：「敬請吩咐！」

賀希妮便打開了她的一隻行李箱，裏面全是奢侈奪目的衣裳，移開衣裳，露出了一個兩尺來大見方的首飾箱。她將它提了出來放到桌上，邊說：「聽說你們的酒店不大安全！」

司理惶恐說：「別聽這些謠言，敝酒店是墨城最高級的酒店，進出都是最上流的人物……」

賀希妮擺手說：「這也難怪，在博覽會期間，蛇龍混雜，三山五嶽的人物匯集，難免會反常的，在我還沒進這酒店之前，便聽說你們這裡有酒徒調戲良家婦女的下流事件發生，可是真有其事？」

司理拭著汗，連忙否認，說：「那純是誤會……」

「在最上流的酒店裡發生最下流的事情，真令人感到齒冷，貴酒店不覺蒙羞嗎？」

「唉，沒事啦，完全是因誤會產生的！」

賀希妮說：「那不關我的事情，假如有人敢惹到我頭上的話，我會控告你們這間酒店的，你要密切注意！」

司理連聲稱是。

賀希妮便打開了她的首飾箱，裏面珠光寶氣，霞光燦爛，全是鑽石、翡翠、珍珠……有串的，有戴的，有扣的……使人眼花撩亂。

「你們此地可曾出過竊盜事件？」賀希妮再問。

「沒有的事……」

「假如失竊，是否有保險賠償？」

酒店司理連忙解釋：「假如有貴重物品，請交帳房保管；同時，敝酒店還有特製的保險箱租給顧客保管貴重物品之用！」

「出租的保險箱嗎？」

「正是，安全可靠！」

「保險箱可曾發生過失竊事件？」

「敝酒店自開幕至今，還從來沒有發生過！」

「嗯，那麼我租用你們的保險箱！」

酒店司理以爲又拉了一筆額外的生意，興高采烈，更是將酒店的信譽及安全設備說得天花亂墜，又介紹了酒店的特聘偵探占天霸，教他多注意爲賀小姐服務。

賀希妮氣派不小，「見禮」就賞給占天霸美金百元，使得占天霸歡天喜地，以爲是時來運轉，在短短的時間裡，「豪華酒店」就出現了兩位大主顧，鈔票像飛似的自天而降呢！

賀希妮先參觀了酒店帳房的保險庫，認爲滿意，於是就租下了一隻保險箱。

當賀希妮參觀保險庫過後回返房間，那間鮮花店又派人送來了玫瑰花。那束玫瑰花上沒有卡片，沒有署名，卻指明了是送給賀希妮小姐的。

賀希妮故意向隨行保護她回房間的占天霸冷嗤說：「怪不得，空穴不來風，你們貴酒店果然埋伏有不少色狼！」

占天霸臉色好不尷尬，心想，恐怕又是威廉士那色鬼老毛病犯了。

「我去警告他……」他說。

「你知道是什麼人幹的嗎？」她問。

「前兩天就是有人送花給那卡諾上校夫人，幾乎出了大亂子！」

賀希妮點頭說：「果然，貴酒店是色狼之窩，傳說不會錯的！」她嗅了嗅那束玫瑰花，含笑吩咐占天霸將它插進花瓶裡去，又說：「沒關係，我從來就不怕什麼色狼的，我能自己應付，不需要你操心！」

「但這與敝酒店的名譽有關！」

「色狼沒關係，最重要的就是不要出竊盜案！」賀希妮提起她的首飾箱，說：「現在最重要的，就是替我把這些首飾送到保險庫去鎖起來！」

占天霸爲了討好她，趕忙替賀希妮將首飾箱接到手中。

「你代我去鎖就行了！」賀希妮又說。

「噢！」占天霸感到很惶恐。「妳不自己去嗎？」

「我信任你！」

「不行！酒店的職員無權進入保險庫去，也是爲了避嫌……」

「這樣麻煩嗎？」

「需要勞妳的大駕，親自去不可！」

賀希妮聳肩，表示無可如何，於是由占天霸替她將首飾箱提起，像當差似的，隨行在賀希妮身旁，兩人又來至帳房的保險庫前。

「你真的不能進去嗎？」她問。

「爲了避嫌，最好不要！」

「那麼，你守在門外，暫時不要讓任何人進來，我不喜歡被人發現我收藏著些什麼樣的首飾！」

占天霸連聲稱是，說：「我絕對不讓任何人進內！」

那保險庫的大鐵閘門的鑰匙，是由帳房司理保管的，他打開鐵閘門之後，便沒他的事了。

賀希妮自占天霸手中接過了首飾箱，便隻身進內。

駱駝租用的是第一〇三號保險箱，鑰匙雖交由帳房保管，但是他早用軟膠打了模子，又配製了相同的鑰匙，鑰匙早已交在賀希妮手中了。

賀希妮先打開第一〇三號保險箱，將駱駝存放的那串翡翠葡萄取出，重新將保險箱鎖好，翡翠葡萄便放在首飾箱裡，然後再打開自己租用的保險箱，胡亂攞了幾件較爲像樣的飾物進內。

不久，賀希妮提著首飾箱，重新走出保險庫。

占天霸爲了巴結，趕忙替賀希妮接過首飾箱代她提著，邊說：「鎖好了嗎？」

賀希妮點頭說：「鎖好了！」

占天霸提著首飾箱，有點納悶，因爲那首飾箱還是那樣的重呢。

賀希妮已看出占天霸起了疑心，便說：「我只鎖了幾件較値錢的進去！」

「怪不得，我覺得首飾箱並沒有變輕！」

「它本身就是重的！」

帳房司理爲賀希妮鎖上保險庫的鐵閘門，邊向這位貴客招呼說：「賀小姐，妳感到滿意嗎？」

「非常滿意！」賀希妮回答。

神不知鬼不覺，駱駝放在保險箱裡的那串翡翠葡萄就被賀希妮取出來了，還是由酒店的偵探占天霸替她提著。

兩人徐徐地登上樓去。

第四章 各逞奇謀

仇奕森得到金京華的報告，因爲華萊士范倫操之過急，派他的手下住進「豪華酒店」去監視駱駝，威廉士反而被駱駝戲弄了一頓。這樣，也等於是捅了「馬蜂窩」啦！威廉士是怎樣被駱駝發現的，駱駝爲什麼要開這樣的玩笑，使人高深莫測。因爲威廉士是由金京華介紹住進「豪華酒店」去的，酒店方面礙於老面子，特別給威廉士騰出一個單人房，豈料竟給他們的酒店添了麻煩。帳房司理向金京華提出了抗議。

不料，到了次日，新搬進「豪華酒店」去的富家千金賀希妮小姐，也同樣接到了玫瑰花。

「狗不吃屎是不行的，因爲他有這個習慣！」「豪華酒店」的經理、司理們自行下了結論，斷定又是威廉士搗的鬼，第二次向金京華提出抗議。

金京華開始相信仇奕森所言不虛，駱駝是個極其厲害的人物，他無非是想把威廉士驅逐出「豪華酒店」去，這時，不得不向仇奕森請教了。

仇奕森相信，駱駝盜寶的企圖是愈來越明顯了，要不然，他爲什麼要和威廉士鬥法呢？

駱駝這個人很難纏，仇奕森考慮再三，決意採用「走江湖」的方式，拜會駱駝一次，說明原委，請他高抬貴手，別在這上面動念頭，也許駱駝會買他的一點交情，放棄盜寶。

仇奕森前往「豪華酒店」走了一趟，他以「拜門投帖」的方式，投了名片等候拜會駱駝。

侍者接著名片，一面向駱駝報告，一面通知了帳房，因爲有身分不明者拜會駱駝教授，是很突然的事情。帳房司理特地偷偷地親自出來向拜會者偷窺。仇奕森的儀表不凡，一表人才，不像是下流社會人物，可是帳房因有駱駝的交代，還是關照占天霸小心防衛著。

不久，駱駝接到仇奕森的名片。駱駝心中暗想：糟糕，仇奕森竟來這麼一手，假如攀上了交情，怎還好意思盜寶呢？那就太不上路了。因之，駱駝看過了名片之後，故意向侍者說：「這人是誰，我不認識！」

侍者看了名片，也是非常陌生，從未聽說過。「我也不知道這個人，問題是，駱駝教授要不要見？」

駱駝說：「你們的酒店真古怪，不認識的人也可以隨便投名片就拜會朋友的嗎？」

「拒絕他就是了！」

於是，侍者將事情向占天霸報告。

占天霸原是楞頭楞腦的，立刻將名片遞還給仇奕森，並說：「駱駝教授不要見你！」

仇奕森等於碰了一記大釘子，心中納悶，駱駝這傢伙也未免太不上道了，「仇奕森」三個字在墨城雖然陌生，但在江湖上並不陌生，駱駝假裝不認識，未免太過分了。由此證明，駱駝盜寶是存了心而來的，居然冒充大學教授，盜名欺世，還裝模作樣，就算不相識的朋友，大家見面談談又能如何呢？

「別人不認識你，拒絕和你見面，就應該算了吧？」占天霸說。

仇奕森並不生氣，因爲在當前的情況之下，生氣只有誤事，並解決不了問題。他哈哈大笑說：「墨城舉辦萬國博覽會，原是貿易往來，文化交流，拉攏人類種族之間的距離，用心是好的，在這一段時間裡不交朋友，還留待什麼時間去交朋友呢？何況大家都是中國人呢！」

占天霸聽不懂，便楞著。

仇奕森說：「你就把這一番話去告訴駱駝教授就行了，就說是我說的！」

占天霸搔著頭皮，說：「什麼意思呢？」

「你聽不懂，駱駝教授會明白的！」仇奕森正色說：「駱駝教授桃李滿天下，愛交四海的朋友，今天機會不好，但是我相信，遲早我們會交上朋友的！」

他鞠躬而退，名片留在帳房間。

華萊士范倫聽說有人企圖在博覽會盜寶，非常的惱火。尤其是金京華特別關照，盜寶而來的兩個人物，是中國華僑社會裏赫赫有名的「老江湖」……

華萊士范倫很不服氣，說：「我姓范倫的開設私家偵探社也不是白開的，我的家庭原就是偵探世家，由祖父一代開始就是『吃公事飯』的，到我這一代，有多少的社會關係，特別是我的資料室，有數十年下來的犯罪檔案，宵小之輩，能逃出我的掌握嗎？」

金京華說：「左輪泰和駱駝的資料，你就連一頁也沒有，你怎樣和他們鬥法呢？」

「哼！公開展覽的寶物又有重要的警戒防衛，這兩個人真有三頭六臂不成？我真有點不相信呢！」

金京華說：「展覽假如出差錯，我們保險公司可賠不起，反正在這一段展覽期間，你別再花天酒地，多花一點時間到展覽會場！」

華萊士范倫失笑說：「我的私家偵探社好像光是爲你的保險公司開設的了！」

金京華說：「我們是老朋友，你怎可以說這種話呢？」

「問題要搞清楚，你保險展覽收了多少的保險費？而我替你負責展覽安全，你又給我多少偵探費？」

「呵，到這時候就要談價錢了嗎？」

「帳總歸要算的！」

金京華知道，華萊士范倫爲追求賭場的籌碼女郎虧空累累，這也是狗急跳牆，老朋友也翻臉了，這時候他始明白，酒肉朋友真不可交。

「你只管放心，展覽結束後，我不會虧待你的！」他說。

華萊士范倫便伸了手說：「最近不大方便，可否先借一千？」

「又借錢嗎？」

「沒有錢該怎樣活？」

金京華的處境，但求能平安無事把展覽會期拖過去，錢已經是小事了，他不希望因小失大，華萊士范倫透支的這一點錢，他還可以負擔得起。

兩個危險人物，華萊士范倫憑他的社會關係，已經找出了駱駝的住處，但是另外一個左輪泰，卻了無蹤影，不知道他匿藏在什麼地方呢！金京華開始終日惶惶的，經常親自守在展覽會，以防不測。

金燕妮則不時纏著仇奕森商討對策，仇奕森親往拜會駱駝碰壁，令人憂心；左輪泰的行蹤詭秘，也教人提心吊膽，金燕妮著了急，無形中對仇奕森語帶諷刺。

「鼎鼎大名的仇奕森難道說就此束手無策嗎？」

仇奕森說：「駱駝和左輪泰雖然狡猾，但是他們若是有計畫盜寶，我可以由第一個步驟遏阻他們。」

金燕妮問：「第一個步驟是什麼呢？」

「羅氏父子電子機械工程公司！」仇奕森說。

「那麼該用什麼方法遏阻呢？」金燕妮憨態地問。

「我們不妨佈下線索，守在那裏等候他們出現！」仇奕森正色說：「因爲他們都需要知道展覽會場的機關設計，要不然誤觸機關時，全場警鈴大鳴，他們的設計就枉費心機了。」

「守在那兒有效嗎？」

「等於是識破他們的陰謀，這樣，他們的行動步驟就該多考慮！」

「明白告訴他們『此路不通』時，他們另外再採取特別的途徑，豈不更糟？」

仇奕森搔著頭皮，皺眉說：「在那兒碰面，會教他們形色尷尬，知難而退！」

金燕妮搞不懂江湖上的把戲，只有相信仇奕森，希望這是正確的策略。

「羅氏父子電子機械工程公司」的規模不大，在墨城的地位也平平。羅氏父子，老頭兒羅國基倒是「真材實學」，在電子理論上很有研究，也曾擔任過一任大學教授，電子機械工程設計完善上臻，頗獲佳評。

他的兒子羅朋則是一名花花公子，和金京華是物以類聚、稱兄道弟的酒肉朋友。羅國基因爲年紀大了，又不善交際應酬，所以這間公司內外業務上的處理，全是由羅朋負責，除了有特別的設計需得由羅國基親自動手。

天壇展覽場的機械工程是羅國基設計的，可謂完美而天衣無縫，問題是羅朋在玻璃罩下面釘上了一塊廣告牌，因而惹來了大禍他還不知道咧！

仇奕森和金燕妮來到「羅氏電子機械工程公司」的辦公大廈。

羅朋追求金燕妮已經不是一天了，金燕妮對她胞兄的一幫酒肉朋友，沒有一個是有好印象的，任是羅朋獻殷勤跪拜石榴裙之下，金燕妮也不屑一顧。

金燕妮稱呼仇奕森爲仇叔叔，羅朋自也是叔叔長叔叔短的，肉麻當有趣，使仇奕森有了一個「小滑頭」的印象。

仇奕森問及天壇展覽會場的設計問題，羅朋的話匣子便打開了。

「啊，自從萬國博覽會中國寶物展覽所的工程由我們承包以來，生意源源上門，幾乎每天都有人登門求教，我們已經應接不暇了呢！」羅朋在金燕妮面前有意誇大其詞，說：「今天早上就有一位妙齡女郎登門，她要辦寶物展覽會，要求我們提供相同的設計！」

仇奕森平淡地說：「是否因爲天壇展覽館內釘了一塊廣告牌的關係呢？」

羅朋說：「那是另外一回事，實在是這種設計，除了我們公司之外，還有什麼人能設計得出來呢？」

仇奕森故意說：「設計固然不壞，但是，我卻看不出有什麼特別之處！」

羅朋還是口若懸河似的誇大不已，一面自檔案架上取出一卷藍圖，在桌上攤開，那正是天壇展覽館全部機關的設計藍圖呢，連電眼的位置，電視機的裝置，電線迂迴路線……藍圖上都註有說明，一清二楚。

仇奕森咬著嘴唇說：「任何客人登門請教，你都出示此藍圖加以炫耀嗎？」

羅朋怔了一怔說：「看看又有何不可呢？」

「這豈不就沒有秘密可言了？」

「你的意思我不懂！」

「假如有人企圖盜寶，需要了解展覽會場內機關防衛的情形，到你這地方豈不一目瞭然了？」

羅朋失笑說：「萬國博覽會內會有人敢公然盜寶嗎？這是令人難以置信的事情，在公共場所眾目睽睽之下，會場內外，又是軍警林立……」

仇奕森說：「既然沒有人敢盜寶，那麼要你這設計何用？」

「那只不過是做做樣子，以襯托出寶物的價值連城而已！」

金燕妮忍不住從旁插口說：「羅朋，不是開玩笑，真有人企圖盜寶！而且不是一個人，是兩方面的人！」

羅朋有點不大相信，吶吶說：「哪會有這種事情？賊膽包天？」

「一點不假！假如說，你已經將藍圖洩漏了的話，將來可要負全盤的責任！」

羅朋吃驚不已，吶吶說：「我不相信，你們是有意開玩笑嚇唬我的！」

仇奕森說：「我現在需要了解一個問題，有多少顧客曾經上門，曾經提及到天壇展覽會場的機關防衛設計？你又曾經將藍圖交給他們過目？」

羅朋已露出不安的神色，遲疑著欲言又止。

「說實話！」仇奕森吩咐。

「起碼有五六個人以上！」羅朋只好承認。

「這五六個人是怎樣的身分？他們可有留下姓名？」仇奕森問。

「啊，我記不起來了……」

「哼，無名無姓的人登門，你就把天壇內部的防衛設計公開，不就等於出賣你的主顧嗎？」

羅朋趕忙翻檢他的抽屜，好容易找出一張名片。那是「好福力珠寶鑽石首飾公司」，總經理廖比得。他指著名片向仇奕森解釋說：「這位廖比得先生要舉辦一次珠寶鑽石首飾展覽，很需要這種設計……」

仇奕森說：「其餘的人呢？」

「其中有銀行家，希望我的公司替他設計金庫……」

「銀行家叫什麼姓名？」

「忘記了！」

「真是荒唐，銀行家會不留名片？」

「他剛好用完了！」

仇奕森心中暗叫糟糕，很可能駱駝和左輪泰已經比他先到了一步，天壇內部的防衛設計早被他們了解了。

「除廖比得和銀行家之外，還有什麼人？你盡量的想，形容出他們的特徵和身分！」他再說。

羅朋早已是汗顏無地了，他一面拭著汗一面回答，又不時的偷偷看了金燕妮一眼。

「其中有兩個妙齡女郎，長得都很漂亮……」

仇奕森又想，左輪泰的行爲比較「俠義」，他不會用美人計之類的卑劣手段，駱駝是騙子出身，什麼污七八糟的手段全使得出來的，他先得考慮到這兩個女郎可能與駱駝有關。

羅朋說：「其中一個，是研究電子學的，旅行世界各地參觀研究，偶而發現展覽會場裏的玻璃罩上釘著的銅牌，爲了興趣，特地過來拜訪……」

「你就將這藍圖給她看了？」仇奕森問。

羅朋愣愣地點頭。

「那女郎的姓名和住在什麼地方，你全不知道？」

「我向她請教過的，但忘記了，好像是姓賀！」

「另外的一個呢？」

「另外一個由男朋友陪著來，她沒開口說話，完全由她的男朋友說話！」

「要幹什麼？」

「她要在另外的地方開相同性質的展覽會……」

「無名無姓？」

「忘掉了。」

仇奕森知道多問也沒有用，羅朋根本是個糊塗蟲，對這些問題完全沒有經過他的大腦。不過有一點是可以證明的，就是在這些拜訪「羅氏父子電子機械工程公司」提出各種不同問題的人群當中，一定會有著駱駝或是左輪泰的黨羽，只是羅朋沒有留下任何線索可以供他調查。

有膽量留名片的話，他的身分就該是真的了，假如名片是真的話。仇奕森心想，假如駱駝和左輪泰都已經獲得天壇展覽會場內機關防衛的資料的話，他應該針對這個問題加以防患。

對方的行動是夠迅速了，他也不能怠慢。這時，他留在「羅氏父子電子機械工程公司」裡已失去了意義。考慮再三，便和金燕妮商量。

「駱駝和左輪泰這兩個人妳都已經見過了，他們的企圖妳也了解，妳不妨留在這裡不動聲色，靜窺登門訪問的人的動靜，若發現有可疑的人物時，立刻和我連絡！」

「我留在此要等候到什麼時候？」

「回頭我來接妳！」

仇奕森離開「羅氏父子電子機械工程公司」的辦公大廈時，羅朋戰戰兢兢地問金燕妮說：

「這位仇叔叔究竟是什麼人？瞧他一股殺氣沖天的！」

金燕妮爲讓羅朋有戒心、提高警覺，便說：「江湖上鼎鼎大名的仇奕森，過去曾經是殺人不眨眼的……」

「他盤查我幹嘛？」

「如果天壇展覽場所的寶物失竊，你就有和盜賊串通之嫌，唯你是問呢！」

「爲什麼要這樣說？」

「你公開設計藍圖，豈不等於給賊人提供行竊的資料嗎？不出事則已，若出了事，你會吃不完兜著走的！」

羅朋膽裂魂飛，趕忙將那些藍圖捲起，放進保險箱裡去鎖上了。

仇奕森乘上金燕妮平日自用的敞篷小汽車。

駱駝的行跡詭秘，使他擔憂。墨城的幾間著名的旅行社，仇奕森都已下了工夫，等於留下了眼線，他和旅行社的女職員搭上交情，在差不多的時間裡，就向這些旅行社跑上一趟，或是打電話和她們連

絡。

這天，有了特別的消息！

墨城國際機場每天有各個不同國家的航空公司往返的飛機。這天在至墨城的某班機的旅客名單之中，出現了夏落紅的名字。

夏落紅是大騙子駱駝的衣缽繼承人，駱駝的義子是也，也是一個本領高強的人物，他繼駱駝之後也到墨城來了，來幹什麼？和駱駝共謀盜寶嗎？

除了夏落紅之外，駱駝手下本領高強的人物多的是，他們也會相繼而至嗎？仇奕森自旅行社得到消息，發現旅客名單中有夏落紅的名字，因此匆匆趕往機場。

仇奕森由「羅氏父子電子機械工程公司」出來時，就覺得情形不大對勁，好像一直被人跟蹤著。追蹤者像是一個年輕人，約二十來歲，個子高瘦，西裝畢挺，頭髮梳得高高的，眼睛賊大，乘著一部灰色的「摩利士」小型汽車。

仇奕森由旅行社出來時，追蹤者更明顯了，那部「摩利士」小汽車尾隨不捨，有時竟並行駕駛。仇奕森感到很納悶，這年輕人究竟是什麼來路呢？以他的追蹤技術，不像是「道上的人物」，完全外行，他有著什麼企圖呢？

以當前的情況而言，仇奕森才剛和駱駝及左輪泰兩人接觸上，會是交惡或是交朋友，還在未定之數，那麼這個追蹤者，會是由左輪泰派出來或是由駱駝派出來的？藉以監視仇奕森的行動嗎？

駱駝和左輪泰都是道上赫赫有名的人物，又怎會派出如此外行的年輕人呢？仇奕森想不通。

他小心駕著汽車，越出市區，向著郊外疾馳。

駛往國際機場，還得行駛一段很長的路呢。那部「摩利士」小汽車尾隨不捨，好像生怕追丟了似的。仇奕森不高興被人追蹤，也希望能把這人的身分搞清楚，因此，他不斷地盤算。

那條公路算得上頗爲幽靜，只因爲在「萬國博覽會」期間，國際機場的班機特多，各航空公司及旅行社的服務汽車還有送客接客的私家汽車，絡繹不絕。仇奕森找著一個適當的地點，忽地將汽車拐出了公路，由一條小岔道駛上一座農莊，那兒有兩三間紅磚屋，背面是麥田。假如要「修理人」的話，真是大好的理想地方。

仇奕森踩了剎車，在農莊前停下。他冷眼窺看，那部「摩利士」也在公路旁停下了，十足是來找麻煩的。

仇奕森歇息了片刻，燃著一支捲，不動聲色，朝著紅磚屋的岔巷內進去。是時，農人多半在田地上忙碌著，屋子前後空著，只有飼養的家禽在那兒川流著覓食，正好給仇奕森機會，可以在那兒「收拾」人呢。

他閃縮在牆角間，繼續吸著煙，心中在盤算著，那年輕的小伙子假如沉不住氣的話，會很快的就追蹤進來了。

仇奕森決意先給他一頓教訓，然後盤問出他的身分。這小子若是駱駝或左輪泰派出來的話，就活該他倒楣了。

仇奕森正在盤算著，沒多久的功夫，他已聽到腳步聲，確實有人追蹤向他這方向來了。

忽地，那年輕的小夥子出現了，呆頭呆腦的，不住地正向著前路東張西望的。

仇奕森自牆隅出來，躡手躡腳溜至那小子的背後。

「朋友，你是在找我嗎？」他柔聲地問。

那名年輕人像是失魂落魄似的，猛地裡回過頭來。仇奕森一個箭步竄上前，雙手擒住那人的右臂，向脅窩裡穿身過去，這是柔道中的「赤手擒兇」法，順著身體猛衝的力量，雙手使勁一帶。

仇奕森沒想到那小子竟是文弱書生一個，手無縛雞之力，只見他輕飄飄的倒栽了一個筋斗，跌了個「母豬坐泥」。

「我的媽呀……」他一聲慘叫，四平八穩躺在地上，像是連爬也爬不起身了。

仇奕森心中至感抱歉，但是誰叫他鬼鬼祟祟地跟蹤上來呢。

「你是幹什麼的？爲什麼要跟蹤我？是誰派你來的？」仇奕森問。

那小子一跤被摔得昏頭脹腦，齜牙咧嘴，哪還說得出話呢？他哭喪著臉，苦惱不堪，雙手撫著腦袋，想爬起但又撐不起身子。

「你是誰？是幹什麼的？」仇奕森伸手將這年輕人自地上扶起。

這小子雙手撐著幾乎被摔折了的腰脊，一副尷尬不堪的樣子。

「我姓何，何立克是我的名字！」他吶吶說。

「你爲什麼跟蹤我？」仇奕森問：「是誰派你來的？」

「你坐了我的汽車，不！是我送給女朋友的汽車……」他苦著臉說。

仇奕森一愣，說：「你指的是金燕妮小姐嗎？」

「是的，我送給金燕妮小姐的汽車……」

「你們是朋友麼？」

「金燕妮小姐是我的女朋友，唯一的女朋友！」

仇奕森不免格格大笑起來，他搞錯對象了，竟會把金燕妮的男朋友當做歹徒了。瞧這年輕人文質彬彬的，十足一副書生模樣，怎會誤當做江湖道上的朋友呢？幸好只使出了一著「赤手擒兇」法，假如再加上一拳一腳，豈不連這小子的骨頭也要打折了嗎！

「你是我的情敵！」何立克再說。

「別胡說八道，你瞧我這把年紀，足夠做你們的爺叔輩了！」

「現在的女孩子都有點反常，喜歡年紀較大的男人。我的妒忌是有理由的！」

「金燕妮的父親和我是金蘭之交，她等於是我的晚輩！」

「哼，你們出雙入對的，金燕妮還把我送她的汽車交給你使用，怎不令我妒火中燒？」

「我看你是書呆子一個！」

「你說什麼？」

「我說金燕妮的家有厄難，你派不上用場！」仇奕森抬手指著何立克的鼻尖，加以警告說：「我不喜歡有人鬼鬼祟祟地在背後跟蹤，你得注意，在緊急情況之下，拳頭不長眼睛，刀槍不認人，很可能會有誤傷，既然父母有大把的鈔票供你唸書，就好好的去求學，別蹚這江湖上的渾水，快給我回家去

吧！」

何立克卻不聽勸，說：「既然你說金燕妮的家有厄難，我怎能袖手旁觀？非得幫忙不可的！」

「你幫不上忙，只有挨揍有份！走吧！」仇奕森毫不留情地向他揮手。

「關於金燕妮家的厄難，爲什麼不告訴我呢？……」

「別再自討挨揍！」仇奕森說著。爲了趕時間到機場去，匆匆忙忙由原路重行出去。

「老先生，你貴姓大名？」何立克追著問。

「仇奕森！」他回答。

「你是幹什麼的……？」

「什麼也不幹，就是愛多管閒事！」他停下了腳步，回首說：「我已經警告過你一次了，別再跟在我的背後，否則是自討苦吃了！」

仇奕森看似威風凜凜的，尤其眼光矍爍，充滿了殺氣。何立克還年輕又是讀書人，被一聲吼喝之下不寒而慄，真的就沒敢再追上前了。

不久，仇奕森重新坐上那部敞篷車，風馳電掣地前往國際機場。

西北航空公司的豪華客機剛好著陸，旅客正魚貫走進機場大廈入境處檢查。仇奕森守候在旅客入境處。

忽地，仇奕森發現一個青年人，戴著草帽，架著寬邊太陽眼鏡，棗紅色格子西裝，黑襯衫，白色窄腿西褲，紅襪子，黑白相間的皮鞋，白色花領結，狀如電影明星，輕鬆灑脫，提著一隻扁薄的旅行皮箱，肩背照相機由閘門出來，東張西望地，似在找尋迎接他的人呢。

「夏落紅！」仇奕森笑口盈盈，上前招呼。

那青年人一愣，怔怔脫下了太陽眼鏡，向仇奕森上下打量了一番。

「咦！你……你不是鼎鼎大名的仇奕森嗎？」他對當前的這位迎客很感到意外。

仇奕森上前和他握手。「特來恭迎！」

「可有看見我的義父？我還是頭一次到墨城來呢，他應該派人來接我！」

「我來接你也是一樣！」仇奕森說。

「這位冒名頂替來迎接你的，想必是仇奕森先生了！」忽地，一位女人的嗓子出自仇奕森的身畔。

仇奕森回首一看，那是一位獨臂的老婦人，精神奕奕，兩眼矍爍有光。不用問，那必是駱駝手下，綽號「九隻手祖奶奶」扒竊的老長輩查大媽了。

查大媽竟然比夏落紅還先一步抵達墨城，她什麼時候到的？仇奕森竟連一點情報也沒有。

「九隻手祖奶奶！」仇奕森向她鞠躬，表現出對長輩的禮貌。

「老狐狸仇奕森！」查大媽「以牙還牙」說：「你需要注意的不是夏落紅，你可以向門口處看一看！」反手指著候機室的門口。

仇奕森順著她的指頭看去，不禁一怔，原來左輪泰也在機場大廈裏呢。

左輪泰雙手插在褲袋裡，唇邊叼著紙煙，狀至灑脫，好像是等候什麼人似的。自從那天仇奕森和左輪泰在展覽會場見過面之後，一直沒找著左輪泰的下落，此人行蹤飄忽，甚爲刁狡，這時卻得來全不費功夫呢！

一位曬得很黑的妙齡少女，打仇奕森和夏落紅的身畔穿過，疾奔向左輪泰。她扔下手中的提箱，和左輪泰來了個擁抱，洋派十足，狀至親熱。

左輪泰好像很生氣，他以叱責的語氣向這少女說：「是誰叫妳到墨城來的！」

「哼，我就知道你不高興我到墨城來，會阻礙你的好事，對不？」

「什麼好事？我有正事要辦！」左輪泰說時，好像氣急敗壞的。

「什麼正事，不過是交女朋友，胡搞一番罷了！」

「真胡鬧，妳已經長大成人了，還那麼孩子氣……」

「你自己兩鬢花白，還在到處釣女人！」

「胡說八道……」

「要不然，你著急個什麼勁？」

聽他們兩人說話的語氣，不像是朋友之間的關係。仇奕森猛地想起來了。他曾聽說過左輪泰收養了一名義女，是在馬路上撿拾的棄嬰，取名關人美！

左輪泰畢生闖蕩江湖，又愛拈花惹草，所以是獨身主義者，他不願有家庭之累，因此關人美是交由他的一個拜把弟兄撫養長大的。這位拜把弟兄也是㚇字輩的朋友，「香頭」頗高，和查大媽相差無幾，正所謂「近朱者赤，近墨者黑。」關人美自幼受環境陶冶，學得一手極其高明的扒竊技術。她長得婷婷玉立，嫵媚動人，奈何卻是三隻手女郎。

左輪泰給他的義女命名爲關人美，也是有一番來由的。

棄嬰是在他的住宅門邊上拾著的，好像是棄嬰的父母有意將她交由左輪泰收養的。當年，左輪泰正「春風得意」，不論在事業及情場上都如日當中，鶯鶯燕燕終日圍繞，爭風吃醋，打情罵俏，使得左輪泰昏頭轉向的，真有點搞不清楚人間何世呢！在這時間收養一名義女，算是什麼名堂呢？

他的拜把弟兄都勸他撫養，有了兒女，他的生活方式或許會收斂一些，大家都這樣想。

「關人！」左輪泰回答。這在華僑社會裡是表示「死人不管」的俗語。

「就當她姓關名人也不壞，這是一個好名字！」他的結拜弟兄說。

姓關名人，對一個女孩子而言太難聽了，孩子長得很可愛，左輪泰便再多給她一個「美」字，這就是關人美命名的由來。

也許是因爲環境的陶冶，關人美長大成人，除了學會了一身扒竊絕技之外，江湖氣質也十足，沒老沒小的，刁蠻不堪，連對待她的義父左輪泰也是一樣。

因之，左輪泰對他的女兒「避之則吉」，經常利用各種理由藉口逃避，但是關人美也有她的能耐，不論左輪泰跑到那兒去，她都有辦法追蹤而至。這時，關人美又追到墨城來了。

仇奕森很快就看出左輪泰接機的少女，就是他的義女關人美。他倆的外貌至爲親熱，但言語不諧，這個小女兒趕抵墨城，從壞的方面想，是左輪泰的一大助臂，從好的方面想，該是左輪泰最大的牽制。

仇奕森在一遲疑間，查大媽和夏落紅就打他的身邊溜走了。仇奕森分身乏術，既要追蹤夏落紅和查

大媽，又要注意左輪泰和關人美。正徬徨間，一眼看到何立克那小子正楞楞地守在候機室的進口處。這時既分不出身，只有暫時利用這書呆子了！仇奕森即向他招手。

何立克真有點傻頭傻腦的，他搞不清楚仇奕森究竟是在喚誰？晃著腦袋，前後左右全都看過，方知是喚他之後，趕忙朝仇奕森走了過去。

仇奕森鄭重說：「你曾說過要幫金燕妮的忙，現在機會來了！」他指著正步行出機場大廈的查大媽和夏落紅兩人，說：「你可看見一位戴草帽、穿棗紅色格子西裝上衣的青年人和一個獨臂的老婦人同行？」

「看見了，你好像就是來接他們的飛機！」何立克說。

「不用多說，快替我跟蹤這兩個人，查看他們住進什麼地方去？有些什麼人和他倆接觸？切記，不要走得太近露出了馬腳，到了晚間和我連絡，我住在『金氏企業大樓』金公館裡……」

何立克對這類事情毫無經驗，尤其已經挨過一次揍了，心中不免惶恐，吶吶說：「這兩個人是幹什麼的？」

「不要多問，趕快去，要不然會被他們溜脫了！」仇奕森催促說。

「這兩個人對金家有危害嗎……」

「以後你自然就會知道的！」仇奕森揮手。

何立克好容易鼓足了勇氣，匆匆忙忙向夏落紅和查大媽追蹤而去。

仇奕森不肯放棄左輪泰，是因爲在天壇展覽會場分手之後，一直再也沒有發現左輪泰的行蹤。左輪泰也是著名刁鑽狡黠的，仇奕森不光只是要應付駱駝及他的黨羽，「鷸蚌相爭，漁人得利。」若被左輪泰從旁切入，豈不糟糕嗎？

左輪泰在天壇展覽會時就曾吐露過，他的盜寶是有決心的，任何交情也不買。仇奕森知道駱駝難惹，但是對左輪泰也不敢忽視，對付這兩個人的份量是並重的。

仇奕森朝左輪泰和關人美走過去了，他先打了個哈哈，向左輪泰招呼說：「我應該歡迎令嫒光臨墨城！」

「在墨城隨便走到什麼地方去，都會發現老狐狸的蹤影，你好像是陰魂不散了呢！」左輪泰笑說：「其實你是爲接夏落紅而來，無意中佔了便宜，發現我在此罷了！」

關人美聽見仇奕森三個字，眉毛一揚，輕聲問她的義父說：「他就是稱霸賭城、手刃情婦、綽號『老狐狸』的那位仇奕森？」

左輪泰很大方，立刻替他的女兒介紹說：「鼎鼎大名的仇奕森，現在是萬國博覽商會天壇展覽場的大鏢客！」

「久仰大名，能夠在此相見，真是三生有幸！」關人美不住地向這位江湖名人上下打量。

「我曾聽說左輪泰有個『小美人』女兒，現在一見，名不虛傳！」仇奕森和關人美握手時說。

關人美呶著小嘴，沉下臉色說：「左輪泰姓他的左，我姓我的關！誰說我是他的女兒了？」

仇奕森連忙說，「我也想左輪泰不會有這份福氣！」

這樣，關人美始才得意地笑了。她調皮地指著仇奕森說：「你無非是想佔我的便宜，想充我的長輩罷了，其實我們是平輩！」

仇奕森笑了起來，說：「女孩子在未成年時總盼望自己能趕快成年，但等到成年後，就又開始瞞著年齡了！」

左輪泰插嘴打趣說：「仇奕森一向是對女人最有研究的，一語道破妳的心思！」他一面替關人美提取行李，一邊又說：「我們該走了，否則這位『老狐狸』或會和妳搭上交情，關係拉攏後，我們就在他的掌握之中了！」

關人美不解，說：「仇奕森爲什麼企圖控制我們呢？我們彼此之間並無利害關係！」

左輪泰說：「仇奕森替博覽會做了鏢客，利害關係就大了！因爲，若是有人動了他的『鏢』，就砸了他的名聲和招牌！」

「誰會有這樣的膽子呢？」關人美問。

「左輪泰。」仇奕森說。

「不！還有一位大騙子駱駝！」左輪泰搶著說。

「就是那個綽號『陰魂不散』的騙子駱駝？」關人美再問，眼神中充滿了興奮，她對這種傳聞中的名人慕名已久。

「大騙子駱駝只此一人，並無分號！」左輪泰說。

「奇怪，你們兩個人話鋒相對，好像是臉和心不和呢！」關人美已看出破綻。

仇奕森向關人美說：「左輪泰召妳到此，是爲了叫妳和駱駝的黨羽查大媽鬥法嗎？」

「查大媽是誰？」

「綽號『九隻手祖奶奶』，以輩分而言，她是妳師父的爺叔輩！」

關人美臉上一紅，說：「是我自己要到墨城來的！」

左輪泰不願意關人美和仇奕森多囉唆，催促著離去。

仇奕森說：「我有汽車，可以送你們一程！」

左輪泰譏諷說：「不必了，你無非是想偵查我們的下落，其實，我們既然在公共場所裡露了面，還能逃出你的掌握嗎？我單槍匹馬來到墨城，不會是你的對手，你還是在駱駝方面多加注意吧！駱駝的人馬差不多已經到齊了呢！」

「我纏住駱駝，豈不對你有利？」

「換句話說，駱駝纏住你，對我也有利！」左輪泰說。

「但是駱駝纏住了你，我就可保平安了！」仇奕森說。

左輪泰吃吃大笑，說：「仇奕森不愧爲『老狐狸』！可是別把如意算盤打得太穩當了，事情發展如何，還得走著瞧呢！」

仇奕森雖然心中感到不快，但仍不露出來，格格笑著說：「左輪泰永遠是棋高一著的！」

他們步出機場大廈，門外有許多供招喚的出租汽車。

仇奕森奇怪，左輪泰並沒有自備汽車到此，他帶著關人美乘上一部出租汽車揚長而去。

在墨城，有自備汽車是很平常的事情，左輪泰存心到墨城盜寶，不會毫無線索而來，是誰在此接應他的呢？左輪泰沒有進酒店，必有匿藏之處，那是什麼地方？仇奕森必須及時查出。

左輪泰和關人美所乘的一部出租汽車已走遠了。

假如說，仇奕森駕車追趕跟蹤，就顯得太低能了，他不肯相信，左輪泰的匿藏地點是一戶沒有自備汽車的人家。在墨城，供租賃自行駕駛的汽車公司也很多，為方便行動計，很多人都愛租用這種汽車自用，左輪泰既為盜寶而來，他不會「安步當車」的，租一輛自行駕駛的汽車至為理想。只要能查出左輪泰乘用的汽車，便不難查出左輪泰的匿藏處。

仇奕森心想，左輪泰帶著他的義女乘出租汽車匆匆而去，自然是不希望在仇奕森面前敗露行藏，查出他的匿藏地點，那麼左輪泰乘來的那部汽車，必定仍然放在停車場上。

看那停車場上，排列著的各式各色的自備汽車，何止有數百部之多，使人眼花撩亂，哪一部汽車才是屬於左輪泰的呢？

仇奕森想，假如左輪泰的汽車停在停車場上的話，那麼有三種可能性：一是左輪泰就讓它擺在停車場上，改天再來取車；或是左輪泰計算好、等候仇奕森離開，就偷空來將它駕走；或是派人來駕走汽車！

所以，如果有某部汽車在停車場上停留超過數小時之久，就有是屬於左輪泰的可能性，除非左輪泰採用第三種辦法，另外派人來將它駕駛走。

不過，以仇奕森的判斷，左輪泰不可能採用第三項辦法，他自以為行蹤詭秘，又不希望任何人知道他的動向，那麼他若派局外人來取車的話，就會露出蛛絲馬跡了！左輪泰會採用第一或第二項辦法的可能居多。

他什麼時候才來取車呢？仇奕森不能長久守候在機場，等候著虛耗時間也不划算。

忽地，金京華和那位酒徒私家偵探華萊士范倫出現在他的跟前。

「仇叔叔，聽燕妮說，你到機場來拿人，我們特地趕來幫忙！」金京華說。

「拿什麼人？」仇奕森問。

「不是大騙子駱駝的黨羽全到了嗎？」金京華說。

「不！弄錯了，是駱駝的義子夏落紅到了，那是一個花花公子，但是我們無權拿人的！」

「唉，仇叔叔，我們老處在被動的地位怎麼行呢？」金京華已經開始爲他的處境擔憂。說：「眼看著那些『牛鬼蛇神』一個個的抵達墨城，他們的目的非常明顯，是專程到博覽會盜寶而來的，但是我們明明知道卻又動他們不得，這豈不等於受精神上的折磨嗎？」

仇奕森說：「目前，我們的處境等於築了一道很不穩固的堤防，發現它到處都漏水，唯一的辦法，是先行補強，以免堤防崩潰，以外的事情再作道理！」

「我主張先發制人！」華萊士范倫說。

「我想，你的酒意還沒醒呢！我倒要請教一番，如何先發制人呢？」仇奕森問。

華萊士范倫說：「先傷了他們其中一個人，其他的就等於被牽制了！」

「暗算嗎？」

華萊士范倫點頭，說：「有何不可？」

「這種手段未免太不光明磊落……」

「我們只要保護展覽安全，可以不擇手段的！」他說。

金京華有點惶恐，加以反對說：「仇叔叔說過，駱駝和左輪泰都是『馬蜂窩』，惹不得的，我們實行暗算，他們也可以暗算，豈不就大開殺戒了？萬萬使不得……」

「那麼，我們就處在挨打的地位！」華萊士范倫說：「也不要怨天尤人了！」

仇奕森對這位酒徒一向不擺在眼裡，便說：「關於左輪泰，你得到什麼線索沒有？」

華萊士范倫搖頭說：「我已查遍墨城所有的酒店公寓，根本沒有這個人呢，到現在爲止，還沒接觸上，我正考慮更進一步調查酒吧和娼館……」

仇奕森便指著機場大廈前的停車場說：「左輪泰剛離去不久，是乘出租汽車離去的，我想他開來的汽車會留在停車場上，你是否能發動你的手下在此守候，且看那一部汽車停放的時間最久，且沒有人將它駛離，將它的號碼抄下來！」

華萊士范倫皺著眉，困惑說：「這裡的汽車何止好幾百輛……」

「但是它是川流不息的，長時間停留的並不多！」

「機場上辦公的職員呢？」

「下班他們就離去了！」

「嗯，這是一項很困難的統計！」

「但也是左輪泰意想不到的漏洞，他雖然狡猾，但想不到我們會有這樣的耐心！」金京華便拍著華萊士范倫的肩膊，說：「我想，這項工作你可以讓史葛脫和威廉士來做，也許就能把左輪泰的匿藏處查出來了！」

華萊士范倫打電話把他的兩個爪牙叫來，準備在停車場下功夫。

仇奕森和金京華至天壇展覽場轉了一趟，又來到「羅氏父子電子機械工程公司」的辦公大樓。幸好這天下午，沒什麼特別的事情發生，羅朋的辦公室連一個訪客也沒有，好像仇奕森的估計並不正確，金燕妮在那兒白停留了半天。

也許是駱駝和左輪泰在「羅氏父子電子機械工程公司」早已取得完整的資料，他們不需要再多下功夫了，或是因爲金燕妮守在那兒需要迴避！

「也許仇叔叔想得太多了！」金燕妮說。

「我無非是在堵漏而已！」仇奕森說。

金範昇待仇奕森敬如上賓，每天都是「山珍海味」，大排筵席的。

仇奕森越受尊敬，越感到不好受，駱駝和左輪泰都是難惹的人，假如展覽會場的兩件寶物真被他們盜走了，那麼他畢生在江湖上的名聲就此玩完。他能有面目再在墨城待下去嗎？還有顏面和金範昇家人見面嗎？還有，江湖上同輩的弟兄又如何交代？

左輪泰最可惡的地方，就是把仇奕森替「燕京保險公司」撐腰，爲博覽會做鏢客的事情張揚出去，有意把事情造成事實，似乎是想利用仇奕森牽制駱駝，讓他們交惡拚鬥一番，坐享漁人之利呢。三方面展開勾心鬥角，仇奕森總歸是處在不利地位，稍有疏忽就會失算。

金範昇還不知道大騙子駱駝真的抵達墨城，而且他的黨羽也陸續到達，他還滿懷希望，以爲將一名敗家子交由仇奕森管教，可以導他走上正途，「金氏企業大樓」的殘局還可以有點希望。殊不知道除了大騙子駱駝之外，另外還有一個危險人物左輪泰，也在企圖盜寶呢。

仇奕森不像剛抵墨城時那樣的神采奕奕，他的臉上籠罩著戚憂之色，內心的苦惱，無從向人道及。

金宅的下人走到筵席間向仇奕森報告，說：「何家的少爺要見你！」

仇奕森心想，大概是那位「書呆子」何立克到了。這時，相信是他有報告回來了！

「爲什麼不請他進來呢？」仇奕森向下人問。

「何家的少爺說，他的樣子難看，不好意思進來！」下人回答。

「是何立克那小子嗎？」金京華是最瞧不得何立克那種書呆子的，特別是何立克一表斯文，呆頭傻腦的，一點也不合他們潮流，同時這書呆子還在追求他的妹妹，在拉親戚關係呢，所以，何立克在他的心目中是一個不受歡迎的人物。

仇奕森心中納悶，何立克爲什麼會樣子難看，弄得羞於見人，連屋子也不敢進？莫非是被夏落紅和查大媽「修理」了一頓？仇奕森只好離席，隨下人外出。

「何立克爲什麼會和仇叔叔搞到一起了？」金京華問他的妹妹。

「我也搞不清楚！」金燕妮搖首說。

「一定是妳從中搞鬼！」金京華斥責說。

「何立克有什麼不好？堂堂正正，一表斯文，好學向上，我倒認爲他是一個好孩子！」金範昇老先生說。

仇奕森來至寓所的大門口，幾乎傻了眼，只見何立克蓬頭垢面，一身泥濘，一副狼狽不堪的樣子。

「怎麼回事？吃了苦頭嗎？」仇奕森感到抱歉地問。因爲何立克是書呆子一名，直腸直肚的，怎會是夏落紅和查大媽的對手呢？讓他去跟蹤，豈不等於是「送羊進虎口」嗎？

何立克搖了搖頭說：「不！不能怪人家，只怪我自己太大意了！」

「經過情形如何？你且說給我聽！」

「那個老太婆和『花花公子』兩人，是乘機場門前的出租汽車離去，我匆匆忙忙駕著車，好容易算是將她們盯牢了，因爲仇叔叔關照過，不要盯得太接近，也不要失去目標，所以我一直保持距離，他們的車子還在路旁停下！」

仇奕森說：「他停車，你也停車了？」

「當然，我得保持距離，不讓他們發現！」何立克還自以爲是地說。

仇奕森倒吸了一口涼氣，嘆息何立克露了馬腳還不自知，便說：「之後的情形如何呢？」

「很奇怪，他們在半途加油站旁的小餐館停了下來，喝咖啡吃甜甜圈，這一老一小在餐館內有說有

笑的，好像旁若無人……」

「你也有進餐館去？」

「我進餐館要了一份咖啡，靜窺他倆的動靜，我認爲他倆會在那地方和什麼人接觸，所以沒敢放鬆！」何立克一本正經地說：「那時，餐館內並沒什麼人，那老太婆吸著煙，忽地過來向我借火，我替她點煙時，不慎打翻了咖啡杯，兩人都灑了一身，她還好心掏出手帕替我拭抹，我也用手帕替她拭抹……」

仇奕森心想，這下子糟了，何立克不知道和他打交道的獨臂老婦人，綽號是「九隻手扒竊祖奶奶」呢！

「後來又怎樣了呢？」

「她再三抱歉後，和那年輕人離開餐館，仍然坐上出租汽車離去了！」何立克臉色尷尬，繼續說：「我趕出屋外去時，不知是誰惡作劇，把我汽車的兩隻輪胎給放了氣！」

「那還用說嗎？」他倆人將你誘進餐館去，另外的一個就給你的汽車輪胎放氣。

「他們總共只有兩個人同行，我的眼睛一直沒離開過他倆呢!誰是那第三個人？」

「出租汽車的司機！」

「哦!那個大塊頭的司機！」何立克恍然大悟說：「我的汽車只有一個備胎，兩隻輪胎癟氣，我就非得請修車工廠救援不可，糟糕的是，汽車鑰匙不見了，身上的錢包也不見了，連打電話用的零錢也沒有，眼看著他們的汽車揚長而去，無法跟蹤，就此斷了線！」

仇奕森失笑說：「你爲什麼會弄得如此狼狽呢？好像滾過泥沼似的！」

「更倒楣的事情還在後面！」

仇奕森很耐心地叫他再說下去。

「餐館內裝有公用電話，我想，除了打電話求援之外，沒有第二個辦法，但是我身上沒有投幣用的零錢，向餐館的侍者索借，他們因爲不認識我，拒絕相借，我感到束手無策時，出現了好心人，他向我說，爲什麼會如此的不小心，把兩隻輪胎癟了氣？我有口難言，只求相助，那人說，可以搭他的汽車，把我送到墨城市去，就可請人來幫忙了！我不知就裡，坐上他的那部老爺車，跑了好一陣子路，忽地那人說他忘記了一樣東西，必需要回去取，於是汽車轉了道，竟奔向農村荒郊，我生長在墨城，那荒野的地方還從沒去過呢！四下裡全是沼澤泥塘，老爺車竟陷在泥沼中拋錨了！……」

「他請你下車去幫忙推車？對不？」仇奕森問。

「咦？你怎會知道的？」何立克甚感驚訝。

「你推車時，汽車就跑掉了?!」

「可不是嗎！那傢伙可真可惡，汽車重新發動之後，竟將我丟在泥沼中不顧而去……」何立克指著他滿身的泥垢，一副尷尬不堪的樣子說。

仇奕森皺著眉，說：「現在，你告訴我那個好心人的樣貌！」

何立克以手比劃著說：「個子不高，小腦袋，兩顴高聳，老鼠眼，朝天鼻，有兩枚匏牙……年紀三十多四十不到！」

仇奕森一聽，那是駱駝手底下的能將，綽號「飛賊」的孫阿七；至於那大塊頭的司機，必是「大力士」彭虎無疑了。

忽地，仇奕森的背後有人噗哧一笑，原來是金燕妮，她一直躲在走廊上偷聽仇奕森和何立克的說話。只見何立克那副狼狽不堪的樣子，就使她忍俊不住了。

何立克臉紅過耳，指著金燕妮說：「害人的是妳，爲了那部小汽車，我差點兒被妳的這位仇叔叔揍得要死要活；替你們跑腿，又被人作弄，搞得一身泥濘，起碼步行了有十幾哩路才回到墨城……」

「誰叫你沒有頭腦？連好人壞人也分不清楚？」金燕妮嬌嗔說。

「難道說壞人有字刺在頭上嗎？我實在搞不清楚你們和什麼樣的人交惡？有著什麼困難危機！義不容辭的想幫一點小忙而已，不想竟弄得自己如此狼狽……」何立克苦著臉說。

仇奕森勸慰說：「不用埋怨了，縱然你的工作是失敗了，但是你的一份熱心，我們還是感激的！」

「仇叔叔，你可以告訴我詳細的內容嗎？你讓我跟蹤的那幾個人，究竟是什麼來路？」何立克好像還心有不甘呢。

「你暫時不用去管它，以後有發展時，自然會水落石出的！」

第五章　智慧競賽

墨城有一家甚為出名的「家庭餐室」，是花園式的。餐室是半露天環繞在花園裡，所有的座位都利用花棚花架間隔開，有雙人座位，也有可供宴客用的長餐桌。

花園的正中央是噴水池，人工的噴泉有七彩繽紛的燈光，魚池的四周有中外各式的盆景，遍植奇花異草，情調極為幽美。所有的餐桌都是利用燭光的。餐室內特別僱有娛樂賓客的樂隊，隨顧客的召喚在席前演奏。

駱駝就在這間餐廳內設宴，為他的義子夏落紅洗塵。所到的陪客，有常老么、查大媽、孫阿七，出身江湖賣藝的大力士彭虎也到了，駱駝趁機會和大家討論盜寶的計畫。

駱駝訂了一張大餐桌的位置，兩旁兩張桌子讓它空著。他們採用家庭用餐的方式，空著餐桌，一張用來擺菜餚，另一張擺滿了各式的美酒。

這樣雖然有點像耍大爺的氣派，但是可以防止「隔牆有耳」，不怕兩旁的餐桌有人偷聽他們的談話。

駱駝首先說明他和暴發戶林邊水賭的東道，以墨城盜寶的得失爲賭注，賭注是十萬美元。

駱駝說：「乍聽幾近有點荒唐，但是一個人的腦筋停擺太長不去用它的話，很容易就會腐朽退化的；這件事情一開始就很有趣，因爲我們有兩個極其高強的對手到了，一個是『老狐狸』仇奕森，他替博覽會的寶物展覽所做看門狗；其二是被稱爲『天下第一槍手』的左輪泰，他好像也是爲盜寶而來的……」

夏落紅對他的義父說：「和老狐狸仇奕森鬥智倒無所謂，以智慧分勝負！成敗得失可以哈哈一笑結束，傷些和氣罷了！左輪泰是著名的槍手，你和槍手幹上，好像是犯不著呢！」

駱駝說：「我們不和他玩槍，不就得了嗎？」

夏落紅說：「但是左輪泰是玩槍起家的，到了最後，他能不用槍嗎？」

「凡是槍手，不打沒有配備的人！左輪泰以槍法成名，不會不守江湖道義吧？」

「狗急跳牆，若被逼急了，就難說了！」

駱駝擺手，教夏落紅只管放心，他拿出一卷底片，取放大鏡叫夏落紅看。

「這是什麼東西？」夏落紅問。

「這是天壇寶物展覽場的電子防盜設計藍圖！」駱駝說。

「怎樣弄來的？」

「承包這項工程的是『羅氏父子電子機械工程公司』，該公司的父親是專家，兒子是『繡花枕頭』，好大喜功愛出風頭。常老么有個乾妹妹叫做賀希妮，她到『羅氏父子電子機械工程公司』去參觀他們的設計，那位花花公子現寶似的搬出所有的設計藍圖，賀希妮就用袖珍攝影機趁他不注意時將它一一拍攝下來了！」

夏落紅搔著頭皮，說：「你能弄到手，相信左輪泰方面也能弄到手，同時，『老狐狸』仇奕森是老江湖了，他會沒考慮到這問題嗎？」

駱駝頷首吃吃而笑，說：「考慮到這電子防盜工程的問題事小，問題是該如何碰法，那就需要智慧了！」

夏落紅用放大鏡細看，邊說：「內容如何呢？」

常老么解釋說：「展覽場內周圍，有六隻電眼，四方八面地監視著遊客的動靜，寶物展覽臺上有噸餘重的玻璃罩，它的重量正配合了展覽臺的負荷，若是重了或輕了，全場的警鈴都會響。」

「完全憑電力操縱嗎？」夏落紅問。

「是的！」常老么說。

夏落紅兩眼一轉，說：「假如停電，全場的電子工程設備，包括警鈴在內，豈不失效了？」

駱駝鼓掌，翹起了大姆指，格格大笑說：「夏落紅進步了，誰說駱駝的才華後繼無人？我們的靈感完全相同！」

常老么說：「墨城是現代化都市，電力建設至爲發達，要想它停電恐怕不容易！」

駱駝笑著說：「美國是電力最發達的國家，也曾經停電，使整個南部的數十個城市癱瘓半晝夜之久，你認爲稀奇嗎？」

「按照你的計畫，該是人爲的了！」常老么說。

「這並非是很困難的事情！」

「那麼在場的武裝警衛，你如何對付呢？若在停電時，他們更會提高警覺！」常老么再說。

「盜寶只需要幾十秒鐘的事情，我們可以將他們打發開，或是將他們的注意力吸引到別的方面去！」駱駝說。

「製造另外的事端？還是利用『羅氏父子電子機械工程公司』？」

「譬如說，隔壁的那間蒙古烤肉館，購買有特別的意外火警險，我們無需要縱火，給他在爐子裡燒上一枚臭彈，那就夠瞧的了！」駱駝說。

「盜寶只需要幾十秒鐘嗎？」查大媽有點不相信，插嘴說：「你說得太容易了吧？」

「掀起玻璃罩將它取出來，幾十秒鐘足夠有餘！」駱駝說。

「你不是說玻璃罩有噸重嗎？」她再問。

「彭虎是大力士，兩臂有千斤之力，噸來重的玻璃罩在他的眼中算得什麼東西呢？孫阿七身輕如燕，只需掀開一道縫隙，他就可以鑽進內了，取出寶物，將贋品放還原位，溜出來，我想三十秒鐘足夠了！」駱駝笑口盈盈地說。

夏落紅更感到興趣，說：「你還準備好了贋品代替嗎？」

駱駝點頭說：「爲了使寶物可以從容運出離境，很需要這樣！」

「贋品是定製的嗎？」

「吳策老正在按圖設計，在預計的時間內一定送達！」

常老么對駱駝的盜寶計畫甚感滿意，但是他提出了新問題。「駱大哥，你能想到停電的這一著，那麼你的對手仇奕森或是左輪泰，他們是否也同樣的會想到這一著呢？」

「仇奕森和左輪泰都要設法將他們牽制住，我想夏落紅抵達墨城，仇奕森親至機場迎接，顯然是企圖和你拉攏打交道，那你就把全部時間和他胡混，將他牽住。對付左輪泰，我想利用賀希妮！」

「左輪泰的義女關人美抵達墨城，他的這個女兒，向來視她的義父如同愛人，妒性甚大，讓賀希妮去纏他，恐怕不大適宜！」常老么提出了建議說。

「以柔克剛，是最適宜不過的！」駱駝說：「左輪泰智慧極高，槍法天下無雙，但是他犯了一項毛病，性好漁色，他除了他的義女關人美不好意思動腦筋之外，凡有幾分姿色的女人，他都會有興趣，他畢生的醜事繁多，經常是敗在女人手裡的，是所謂『英雄難過美人關』也！」

「左輪泰既是色狼，讓賀希妮去和他糾纏，豈不等於『送羊入虎口』？」夏落紅說。

「假如賀希妮連這點『道行』都沒有，我們吸收她等於給自己坍台呢！」駱駝說。

「我始終認爲使用美人計是很不磊落的手段！」常老么說。

夏落紅一向是以風流倜儻自居的，提到了賀希妮，又引起了興趣，說：「賀希妮長得如何？我們有機會見面嗎？」

駱駝提出警告說：「夏落紅，你和左輪泰都犯相同的毛病，不要自己先栽進去，那就笑話大了！」

查大媽一向是瞧不得夏落紅在外勾三搭四的，原因是夏落紅的未婚妻認她爲乾媽，所以用譏諷的口吻說：「別的人可以保險，夏落紅誰也管不了！」

駱駝面色嚴肅地說：「假如是平常的案子，我們遭遇失敗，腳底抹油，一溜了事；這一次，我們遭遇的是最強的對手，左輪泰和仇奕森都是江湖上著名的人物，砸在他們的手裡，畢生英名完蛋，八輩子也翻不了身！」

夏落紅連忙笑著說：「義父不必氣惱，我不過是說著玩的！」

駱駝說：「你經常弄假成真，我對你無可奈何！」

夏落紅又說：「不過我仍有不解之處，義父既然對仇奕森和左輪泰有如此大的顧慮，爲什麼還要找他們做對手呢？」

「小子，這也是給你成名的好機會，能擊敗仇奕森、左輪泰，你就一雷天下響了！」

「在這一方面能否成名，倒是無所謂，它絕不能榮宗耀祖，相反的，名氣越大，越給自己添麻煩，到處會被人另眼對待！」夏落紅說。

「沒出息！」駱駝以責備的語氣說：「有才華技能，還怕擔心有人找你做對手嗎？」

夏落紅反唇相譏，說：「左輪泰綽號『天下第一槍手』，到了惱羞成怒時，也找你比槍。義父，就算你更有才華，機智更高，也不會是左輪泰的對手呀！」

駱駝不樂，說：「你不和他比槍，不就了事了嗎？」

「不接受挑戰，豈不丟人？」

「反正動粗的，我們就不幹！」

查大媽見他們父子起了爭執，便說：「多說廢話無益，我們什麼時候動手？」

「我仍在計畫，要等到有把握將仇奕森和左輪泰互相牽制住的時候！」

在這同時，「滿山農場」糖廠附近的一間中國式的「三元飯館」裡，左輪泰和他的義女關人美、女友朱黛詩，也在研究盜寶的計畫。

這間飯館的主人雷鳴通，原是該農場糖廠的一名工頭，他開設這間飯館等於是做投機生意，所有的買賣全依賴糖廠員工的照顧。如今，朱家和蒙戈利將軍府發生糾紛，糖廠歇了工，員工解散，飯館也自然的就關了門了。

左輪泰是爲了方便，他租下「三元飯館」的二層樓做歇腳處，它的設備良好，屋子夠寬大，伙食供應齊全。左輪泰臨時將廂房分成爲臥房、飯廳、起居室，所有的傢俱由朱宅搬過，佈置得還蠻像樣的。

雷鳴通自從飯店關門之後，並沒有住在「三元飯店」裡，他留下小女兒雷蘭蘭照應左輪泰的起居飲食。

雷蘭蘭芳齡十七，長得白淨玲瓏，活潑可愛，左輪泰甚感滿意，至少他枯燥無味的盜寶計畫進行之中，生活有了調劑，有時逗雷蘭蘭開開心，可以排除不少的寂寞。

可是關人美抵達之後，情況就兩樣了，關人美看見雷蘭蘭就不順眼。她認爲左輪泰是有意這樣做的，住進「三元飯店」並非是圖方便，而是爲雷蘭蘭而來。

「你年近半百，勾引未成年少女，這不是鬧著玩的！」她看見雷蘭蘭後，打量了周圍的環境，就立

刻向左輪泰提出警告。

左輪泰大為氣惱，說：「妳年紀不大，為什麼眼中所看盡是骯髒的事情？」

「也許是因為看你看多了！」

「胡說，我左輪泰從來行得穩，立得正！」左輪泰當著朱黛詩的面被女兒講得一文不值，差點氣惱得想揍人了。

「孤男寡女共處一室，左輪泰又是不甘寂寞的人，試想小綿羊在虎穴裡不是遲早會變做點心的嗎？應該稱之為『愛情的點心』！」

「呸！所以我就不高興妳到墨城來！」

「因為我是你的眼中刺！」

「我在計畫盜寶，假如妳只有破壞而不是幫我的忙，我就打發妳回家去！」

關人美俏皮地搖手說：「不要因為我窺破你的心思就惱羞成怒，我自然是幫你盜寶而來的，就算赴湯蹈火，在所不辭！」

左輪泰說：「這是我畢生之中遭遇最大的強敵！」

關人美說：「既然如此，不管你盜寶成敗，首先第一件事，得罪人，傷了江湖的和氣！」

「但是朱黛詩家中的困難，非得解決不可！」

「除了盜寶之外，沒有第二途徑嗎？」

左輪泰說：「據我知道，蒙戈利將軍的爪牙欺上瞞下，只有盜寶可以震驚墨城，表示有人能為朱家出頭，逼使蒙戈利將軍親自出面談判！他是一位大善人，以慈善家自居，任何事情講究公道，『滿山農場』的事情能在他的面前真相大白，相信就容易解決了！」

關人美又嗤笑起來，說：「你認爲盜寶容易嗎？那是世界矚目的『萬國博覽會』！」

「假如沒有駱駝和仇奕森兩夥人從中擾亂，不費吹灰之力！」

「口出狂言！」關人美沒大沒小的講話，使左輪泰火大了，逼得他厲色地吼了出來。

朱黛詩一直是提心吊膽的，這時插嘴說：「泰哥從來把任何事情都看得太簡單了……」她一面展開手中的一幅自繪圖畫，指著說：「瞧，這展覽場地，四下裡軍警林立，場地裡又是電子防盜設備，稍有不慎，全場便會警鈴大響……」

關人美忙搶過繪圖細看，喃喃說：「電子防盜設備嗎？」

「可不是嗎，『羅氏父子電子機械工程公司』的設計，泰哥讓我到該公司去請教如何裝置防盜設備，那位小羅先生色迷迷的，就將展覽場地的設計藍圖取了出來，我默記了好幾小時，才把所有的重要事項全記下來了！」朱黛詩非常擔憂地說。

關人美看過繪圖後笑了起來，說：「我知道左輪泰的肚子裡有什麼詭計！他並不怕電子防盜設備呢！」

左輪泰說：「黃毛丫頭，妳且說說我的心事！」

「沒有電，電子防盜設備豈不就作廢了嗎？」關人美說。

「停電嗎？」朱黛詩問。

「切斷電源！」關人美說。

左輪泰點頭說：「丫頭是進步了！」

關人美再說：「但是展覽會場四周的電路都是埋藏在地下的，你想切斷它的電源可不簡單呢！」

「它總會有地面的控制器和開關的！」

「恐怕相當的費周折！」

「以智慧取勝，不怕受周折！」

「但是展覽會場內外警衛密佈，電力發生故障時，他們一定會提高警覺的！」關人美說。

「當然要將他們支開！」

「你的腹中已經有了草案嗎？」

左輪泰搔著頭說：「萬國博覽會的寶物展覽不只是一個國家，還有幾個『現寶』的場所，我們大可以聲東擊西，先向其他的地方著手……」

關人美搖首說：「但是每一個單位所僱用的警衛不一樣，大家『各人自掃門前雪』，你就無可如何了呢！」

「假如打了起來，情形可能就不一樣了。」左輪泰說。

「你打算用武力嗎？」

「做戲又何妨？總得要鬧他一個『天翻地覆』！」

朱黛詩還是惶恐不迭，她始終認爲事情不會像左輪泰想像中的那樣簡單，舉辦展覽會的人也絕非是傻子，「道高一尺，魔高一丈」，總會有失算的地方。

「左輪泰，你疏忽了一項事情！」關人美忽地揚高了一隻手指頭，調皮地指著左輪泰的鼻尖：「你會考慮到停電的方法，廢掉電子防盜設備，你的兩位對手，仇奕森和駱駝，他倆難道不會想到這一著嗎？」

這句話說中了左輪泰的心事，吶吶說：「討厭的就是這兩個人！」

朱黛詩說：「仇奕森是幫助展覽會場的，他能想到停電的這一著，自然會另外想出其他的防範方法！」

關人美說：「還是駱駝的關係重大，他手底下的能人甚多，只要撥出一個人來對付你，你就吃不消啦！」

「我應該有對付他們的方法！」左輪泰說。

「你能夠四面八方樹敵嗎？」

左輪泰說：「我的綽號是『天下第一槍手』，他們誰都怕我的槍法，所以，在盜寶之先，我先向他們挑戰，較量槍法……」

關人美吃吃而笑，說：「這是恫嚇手段！」

左輪泰說：「運用我的長處對付他們的弱點，這就是高著的地方！」

「別忘記了，仇奕森也是一位神槍手！」關人美提醒他。

「我比他高一等，仇奕森不敢嘗試的！尤其是駱駝方面，他是天下第一奇騙，腦筋發達得出奇，智

慧高人一籌，會出奇謀、下險招，但是吃眼前虧，以生命賭博的事，他是不會幹的，至少，我可以將他們嚇阻，也許就少去一個敵人了！」

關人美仍然給左輪泰潑冷水，說：「不過，駱駝的義子夏落紅也是一位玩槍的能手，聽說他也能在百步之內擊滅蠟燭！」

左輪泰很自豪，擺手說：「哼，和我比較，那簡直是小巫見大巫呢！」

忽地，左輪泰兩眼圓睜，閃爍出奇特的光彩，他一掏手，別在腋下的左輪短槍已捏在手中，他以指點唇，向關人美和朱黛詩兩人輕噓了一聲。

怎麼回事？左輪泰發現了什麼特別的事嗎？

在「滿山農場」的土地上，一間已經歇業、無人知曉的「三元飯店」裡，還會有什麼值得動刀槍的事情發生嗎？

只見左輪泰擰轉了身，一溜煙，向他闢作臥室的房內溜了進去。他準是聽到了什麼奇特的聲音，所以才會有這樣的動作。

他躡手躡腳，溜至窗戶旁邊，那兒是一面長垂的絲絨窗簾，正遮擋著一列並排的長窗。左輪泰忽地猛然扯開窗簾，揚手一推，一扇窗戶也已推開。

果真，窗外站著一個人，正好和左輪泰面面相對。

「仇奕森……」左輪泰有點激動，臉紅耳赤地失聲驚呼。

「特來拜望，竟以槍待客嗎？」仇奕森表現得頗為鎮靜，雙手扶著窗框，就要抬腳跨進窗內來了。

「特來拜望？竟是以飛簷走壁，爬牆翻窗躲在屋簷外偷窺我的住所嗎？」左輪泰心中正納悶著，仇奕森竟然會尋找到滿山農場的「三元飯店」裡來了。

仇奕森伸手彈了彈身上的塵垢。「左輪泰，我純是好意，特地將你遺留在機場的租用汽車送回來了！」他這一說，左輪泰始才恍然大悟，是所謂萬慮必有一失。

仇奕森全仗華萊士范倫兩個助手的幫忙，他算出左輪泰一定會乘自備汽車來，所以讓史葛脫和威廉士輪流當值守在停車場上，逐步登記所有往返停留的汽車。

華萊士范倫除了筆記之外，每隔十來分鐘就拍攝一張照片。經過核對之後，發現停車場上總共有兩部汽車一直沒有動過。其一，是某私人航空公司的一部交通車，因拋錨失修停用；另一部是「奧斯摩比」小型跑車，經查對，是屬於「辛格力汽車出租公司」的出租汽車，再進一步調查，租車人是滿山農場「三元飯店」的雷蘭蘭小姐。

仇奕森得到報告，認定左輪泰是藏匿在滿山農場的「三元飯店」。

配製一根鑰匙並不困難，因此，他大膽將那部「奧斯摩比」小跑車駕往「滿山農場」而來。

仇奕森已跨窗進入房內，順手推開了左輪泰手中左輪槍的槍口。

「以槍口對待訪客，難道是左輪泰的一貫作風？」

左輪泰哈哈大笑起來，說：「那麼仇老弟，你是幹什麼來的？」

「還是一句老話，勸你放棄盜寶！」

「你確定我是爲盜寶而來嗎？」

「左輪泰一向光明正大，忽而有詭秘的行動，企圖就十分的明顯了！」

左輪泰將左輪手槍扣在指頭打了幾轉，一擰手，槍還鞘，邊說：「假如我不接受你的建議呢？」

「好友成仇，我就成爲你的對手了！」仇奕森聳肩說。

左輪泰鼓掌說：「好的，我終於找到了一個高強的對手了！」

關人美擔心他們會當面衝突起來，同樣的雙手捧腹，吃吃大笑起來，說：「你們兩個人可以說是管閒事碰著管閒事的了！」

仇奕森向關人美擺手說：「路見不平，拔刀相助，是管閒事者犯的通病，但是這和盜寶怎扯得上關係？」

關人美說：「天底下，經常會有許多不可思議的事情，就是因爲如此才扯上了關係，誰叫博覽會展出的兩件寶物，是屬於蒙戈利將軍所有呢。……」

「關人美，我禁止妳再說下去！」左輪泰叱斥說。

關人美不以爲然，說：「仇奕森由遠道追尋至此，一臉苦口婆心的，相信他也不過是管閒事而來，我們又何妨不把真話說明呢？且看你們二位那一方面管的閒事份量較重，那麼總有一方面可以放棄或讓步，這是很光明磊落的做法！」

仇奕森點頭誇讚說：「關小姐人長得漂亮，說話也漂亮！」

於是，關人美拉開整個窗簾，指著窗外說：「相信你走進『滿山農場』時，已經可以看到整個農場一片凋零，好像遭遇了什麼天災人禍似的吧？」

仇奕森說：「我正在疑惑，現在正是春耕準備期間，爲什麼農場上好像歇了工？去歲的收成也好像沒有處理呢！」

關人美說：「由這扇窗戶看出去，有一座很顯眼的建築物，只剩下一個空軀殼，你可以說出原因嗎？」

仇奕森一皺眉宇，說：「是遭遇了回祿之災，燒得只剩下一座空架子了，瞧它的外型像是一座工廠呢！」

關人美便替朱黛詩介紹，說：「這位是朱小姐，『滿山農場』的第三代主人，『滿山農場』與蒙戈利將軍府毗鄰，『貧不與富鄰，民不與勢鬥。』朱家在天時地利環境種種不利的條件之下，上述的兩個誡條全犯了，因此家散人亡。該工廠是屬蒙戈利將軍所有，朱小姐的哥哥因爲論理，不幸獵槍走火，將工廠一把火燒個精光，祖父一氣而亡，父親又被蒙戈利將軍的走狗撞斷雙腿，現在還在美國就醫，那麼大年紀受此重傷，迄今猶在病榻上休養。哥哥繫獄，財產又被凍結，這座農場快要陷入蒙戈利將軍府的財產了……」

仇奕森黯然向朱黛詩躬身說：「聽見這故事，我很難過；但這和盜寶又有什麼關係呢？」

「展覽的寶物屬於蒙戈利將軍所有，左輪泰打算以牙還牙，也給他一個驚天動地的反擊，藉此要求公平談判！」關人美說：

「我不懂！」仇奕森搖首說：「據傳說，蒙戈利將軍在墨城是著名的慈善家，甚得人心，絕非是妳形容下的惡霸！」

「在尊貴的象牙塔裡的好人，往往會被手下人蒙蔽，空有一個好人心，壞事情被手底下人做盡，一般的老百姓想和蒙戈利將軍見上一面，當面陳情，比登天還難呢……」

「那你是企圖盜寶之後，以俠盜姿態和蒙戈利將軍當面談判嗎？」仇奕森問。

左輪泰臉色氣惱，說：「這種事情，仇老弟，你自己並不是沒有幹過！」

仇奕森抓耳搔腮的沉吟說：「還有一個問題，朱小姐的胞兄到蒙戈利將軍的酒廠去理論，因爲獵槍走火，論理的起因何在？」

「朱小姐的尊翁被汽車撞傷，汽車不顧傷者死活，揚長而去，是否應該論理追究？」關人美再說。

「怎麼能證明是蒙戈利將軍府的汽車呢？」仇奕森表現出處理事情的公平。

關人美再指著窗外，說：「這周圍的土地全屬於『滿山農場』所有，你可看見中間闢出一條黃泥大馬路？」

「馬路開得並不高明，把所有田地分割得凌亂星散，它應該順著水利灌溉的路線而築！」仇奕森對農業建設好像也有幾分研究。

「馬路是屬於蒙戈利將軍府的！」

「什麼？在他人的農場上佔有一條馬路？」

「這就是將軍府的特權！」

「沒有這種理由……」

「蒙戈利將軍歷代戰功顯赫，劃土封疆，憑他的將軍府堡壘戰略上的需要，可以在私人的農場上佔有一條『戰略馬路』，以官價強行收購！」

「欺人太甚了！」仇奕森也有了不平之意。

「『滿山農場』原是一片荒地，由朱家的祖父開墾，經過三代艱苦耕耘，才變成一片肥沃能有收益的農場，因此被有權勢者所覬覦，想以各種不法手段陰謀併吞，直到完全佔有爲止！」

「豈有此理！」仇奕森氣憤說：「妳所指的，自是蒙戈利將軍手下的狐群狗黨了?!」

關人美指著朱黛詩說：「要不，讓朱小姐嫁給將軍府的帳房，事情也可以解決！」

「還有人逼婚嗎?太卑鄙了……」

朱黛詩被說至傷心處，不禁淚珠簌簌而下。

仇奕森和左輪泰一樣，天不怕地不怕，就怕女人掉眼淚。尤其是美人之淚，鐵石的心腸也會軟，頓時顯得手足無措。

左輪泰卻忽然格格大笑起來，說：「『路見不平，拔刀相助』，也許仇奕森會給我們一臂助力，幫我們盜寶呢！」

「別拖我下水！」仇奕森忙搖手說。

「既然我們已經把話說明了，你總該站向我們這一方吧！」左輪泰雙手叉腰說。

「我不是屬於蒙戈利將軍府一方的！」仇奕森說：「但是，我得保護博覽會的兩件中國古物！」

「爲什麼？」

「爲了『燕京保險公司』！」

「保險公司，顧名思義是做買賣的，以保護有錢人的財物營利，換句話說，這種買賣也等於是一種賭博行為，仇奕森鼎鼎大名，竟會為賭博買賣做鏢客，豈非自貶身分？笑掉江湖上朋友的大牙了。」左輪泰以譏諷的口吻說。

仇奕森並不臉紅，連連搖手說：「『燕京保險公司』的創辦人金範昇是我的至友，少小背井離鄉，單人匹馬，赤手空拳來到墨城開埠，初時以洗衣為業，經數十年艱苦經營，省吃儉用，刻苦辛勞創下了『金氏企業大樓』，經營十餘種買賣，得來可不容易，也代表了華僑在海外奮鬥創業的精神，金範昇堪稱為典範人物！至今年老力衰，下一輩經驗不足，又染上了紈袴子弟的豪綽通病，『金氏企業大樓』已敗掉了三分之二，『燕京保險公司』是懸命之一環，假如它崩潰了，金範昇在海外數十年創業奮鬥的成就，瞬時會變成過眼雲煙，豈不令人悲切？因這原因，兄弟只有憑一點老面子出來做說客，希望你能高抬貴手，不令一個艱苦創業的老華僑就此倒地，也算是功德無量也！」

「哼，仇奕森竟然做了說客？」左輪泰冷嗤。

「除此以外，還有更好的途徑嗎？」仇奕森嘆息反問。

「你以說客的姿勢出現，有把握一定說服我嗎？」

「左輪泰雖是好漢，但並非是鐵石心腸之人！金範昇的一對兒女，你已經在展覽會場上見過了，他倆視你為神明呢！」

左輪泰便指著窗外那一覽無遺已告荒廢的田園，邪笑著說：「你綽號『老狐狸』，精明蓋世，那麼『滿山農場』的問題該如何解決？」

關人美在旁取笑說：「聽說仇奕森富霸賭城，家產大可買下一座蒙地卡羅城，是否可以義助金錢，擺平『滿山農場』與蒙戈利將軍府的糾紛？」

仇奕森苦笑說：「自從『洗手收山』後，浪跡天涯，所有的盤資，全仗舊友資助與接受招待，說出來也不能算是丟人之事！」

「就算你能說服我，是否能說服駱駝呢？」左輪泰又問。

「駱駝稱爲騙俠，光是他創辦的孤寡養老慈善機構，東南亞一帶何止數十家之多，他的心腸比你更軟！」

「行仗俠義、辦慈善事業是另一回事，這與盜寶無關，駱駝的行善，一貫作風是採用『羊毛出在羊身上』的策略，換句話說，也就是慷他人之慨！也許盜寶就是他的新慈善事業動機！」

仇奕森沈吟著說：「駱駝這傢伙固然難惹，好在他的義子夏落紅好說話，金範昇的事業已面臨危機，我想，駱駝也不忍心讓一位在海外奮鬥了數十年的老華僑一夕倒下，應該是可以說服的！」

左輪泰還是堅持己見，說：「假如駱駝不予理會，你又如何？」

「只要夏落紅首肯，我的問題大致上還可以解決！」

「倘若教我收手，讓駱駝坐享其成，我是不幹的！」左輪泰摩拳擦掌地說。

仇奕森呆了半晌，好像考慮到另一個問題，又說：「假如我幫助你解決『滿山農場』的問題，你幫助我對付駱駝，我們之間先有默契，你看如何？」

左輪泰怔了一怔，說：「如何解決『滿山農場』的問題？」

「我還在考慮！」

「老狐狸，你是在採用『兩頭馬車』的政策，先把我安撫下來?!」

仇奕森忙拍著胸脯說：「我姓仇的向來言而有信，你肯放『燕京保險公司』一馬，『滿山農場』的問題，我倆合力共同解決它！相信以兩個人的力量和智慧，可以擺平！」

左輪泰笑了起來，說：「你的目的，是企圖拉攏我對付駱駝！」

「駱駝是高強的對手，以我倆的共同力量去鬥駱駝，豈不有趣？」

「鬥駱駝嗎？」左輪泰還在考慮。「不過話說回來，假如駱駝也來拉攏我，那麼我該如何選擇？」

仇奕森怔住了，「駱駝手底下能人甚多，他會拉攏你嗎？」

「我憑一個人的力量就可以盜寶，駱駝手底下的能人再多，至少我會是他的阻力，駱駝向我疏通一番，並不爲過，同時，以駱駝的力量，可以幫助我解決『滿山農場』的問題，在此困境重重的情況之下，至少駱駝還是強者，我向強者靠攏，不比與強者爲敵高明一些嗎？」

仇奕森大窘，說：「你會是這種人嗎？」

「有時，火在眉睫間，沒有選擇的餘地！」

「聽你的語氣，你還是害怕駱駝呢！」仇奕森加以譏笑。

「畢生闖蕩江湖，誰也不怕誰！『識英雄重英雄』，是江湖上的守則！假如你接納我的條件，我就幫你鬥駱駝！」左輪泰語氣逼人說：「能與強人鬥智，也是畢生的榮幸！」

「你的條件是『滿山農場』的問題？」

「先解決『滿山農場』的問題！」左輪泰再說：「我們最好訂下時限！」

「我需得有時間了解雙方糾紛之過程！」仇奕森說。

「大致上的情況，我和關人美已經向你說清楚了！」

「我得進一步了解！」

「你可以在一星期內給我答覆！」

「你不覺得逼人太甚嗎？」

「博覽會的展覽日期不多，同時，和駱駝鬥智，也很需要時間策畫，我不會因爲你的三言兩語將全盤計畫停擺，倘若我袖手旁觀，被駱駝坐享其成，『滿山農場』事情不能解決，我左輪泰豈有顏面再在江湖上跑呢？」

「一星期嗎？」仇奕森眉宇緊皺，似在作慎重的考慮。

「你送還的汽車還在農場上嗎？那麼我可以送你一程！」左輪泰已經逐客了。

「送客應該由我代勞。」關人美向左輪泰建議說。

「好的！偏勞了。」左輪泰說。

仇奕森也不願意和左輪泰爭執下去，在適當的時間告退是最好不過的。於是，他向左輪泰說：「我們一言爲定，在一個星期之內，我給你答覆！」

「現在走出屋去，不必爬窗了吧？」關人美以譏諷的口吻向仇奕森說，又向她的義父擠了擠眼，蹦蹦跳跳，領在前面下樓去了。

左輪泰和朱黛詩探首窗外，目送仇奕森和關人美步出「三元飯店」。

朱黛詩臉呈憂戚之色，熱淚盈眶，喃喃說：「左輪泰，你盜寶的計畫已被揭發，只要有動靜，隨時都可能被擒！」

左輪泰有恃無恐，說：「放心，仇奕森只是爲求和而來的！」

「不！他知道你的動靜，隨時都會報警！」

左輪泰格格大笑，說：「江湖道上的朋友，不會報警的，否則就顯出他的低能了！」

「我不懂你的意思……」

「是因爲妳不懂『江湖道』！仇奕森鼎鼎大名，若密告警方，以後他再在外面跑時，就不用混了！」

「但是他爲了保護寶物不被盜竊，可以不擇手段！」

「仇奕森絕不會這樣做，否則他就不會有那樣大的名氣！大家也不會稱他爲『老狐狸』了！」

朱黛詩還是想不通，又說：「關人美一再表現和仇奕森親切，是有何作用嗎？」

「小妮子是希望能對仇奕森多作了解，知己知彼，對我們終歸是有利的！」

「金氏企業大樓」的第三層，原是「金氏輪船公司」，只因爲近年來業務不振，又發生過海難事件，把輪船全給賠了，業務便告停頓，所有的員工解僱，剩下的只有一座成真空狀態的辦公室。

爲了避諱，仇奕森讓金燕妮打開了該樓，利用這空著的辦公室做他的臨時辦事處，那裏面裝著有好幾部電話，連絡也頗方便。

仇奕森有許多問題沒敢和金京華商量，金京華浮浪慣了，交朋友也沒有選擇，嘴巴又留不住事情，「成事不足，敗事有餘」，容易將事情搞砸。他唯一可商討問題的是金燕妮，可信賴的青年是何立克，這一男一女，幾乎就成爲他的助臂了。

爲了要拉攏左輪泰，仇奕森答應過協同解決「滿山農場」的問題。

「滿山農場」和蒙戈利將軍府之間的衝突，雖然曾經過左輪泰和關人美的一番解說，但他倆說的話是否可靠？有無偏袒？或是故意出此難題？仇奕森都得加以考慮。因此，仇奕森需要該案的資料。

仇奕森讓金燕妮和何立克兩人翻舊報紙剪新聞資料，加以整理一番，藉以了解全案。整個「金氏輪船公司」的辦公室都擺滿了各種文字的舊報紙。

金燕妮很覺納悶，仇奕森爲什麼對該案發生了興趣，這和博覽會的盜寶防範會有關係嗎？

仇奕森還希望獲得法院方面的資料，「滿山農場」和蒙戈利將軍府都聘有律師，雙方面的律師仇奕森都希望去拜訪一番。

「燕妮，妳對『蒙地卡羅之夜』可有興趣？在邦壩水庫的『皇后酒店』舉行，又是『仁慈會』的把戲，慈善募捐，不過在此假日中，一定怪熱鬧的！」何立克翻著報紙，忽地發現一則新聞，打算邀金燕妮去玩樂一番。

金燕妮冷嗤說：「誰有興趣去賭博？不過這種場合，家兄是一定不會放棄的！」

仇奕森倒是注意到了「邦壩水庫」幾個字，他怔怔地問：「邦壩水庫是什麼地方？」

「啊，那是墨城新近興建最大的水庫，是風景幽美的觀光區，差不多光臨墨城的觀光客，該水庫是第一遊覽勝地！」何立克解釋說：「那兒有足以向世界誇耀的水力發電廠、自來水廠、最豪華的酒店、夜總會、兒童遊樂場、動物園等各項設施。」

仇奕森會注意水庫，就是聯想到發電廠的關係。便說：「該水庫的水力發電廠供電量大嗎？」

「現在墨城全市的電力，已幾乎全都由邦壩水庫供應了！」何立克說。

仇奕森兩眼炯炯再問：「那麼，假如邦壩水庫的發電廠電路故障的話，墨城是否會陷於停電，全市黑暗呢？」

何立克和金燕妮面面相覷，他倆都不清楚仇奕森又有著什麼樣的想法。

「這種事情在墨城從未發生過！」何立克怔怔地回答。

「仇叔叔，你又想到了什麼？我們很難懂呢！」金燕妮也怔怔地說。

「你說『蒙地卡羅之夜』是什麼人主持的？」仇奕森接過何立克手中的報紙，找尋他發現的新聞廣告。

「『仁慈會』主持的！」何立克說。

「『仁慈會』是什麼性質？社會團體嗎？」

「是的，都是社會上有地位、對慈善事業熱心的社會名流組成的，經常募捐或舉辦各種吸引人的演出，收入所得悉數撥歸慈善機構，家父也是其中一份子，他是監事！」何立克說。

金燕妮忙說：「蒙戈利將軍是該會的名譽會長！」

仇奕森笑了起來，說：「那麼『蒙地卡羅之夜』，蒙戈利將軍也會出現了？」

「不一定，這個老傢伙年紀大，病痛多，他只要名譽，事情都是由手下人辦理！」

「不過也可能出現，對嗎？」仇奕森面呈得意之色，說：「我想駱駝和左輪泰都不會放棄這種機會，和他們在那地方碰頭，倒是很有趣的事情呢！」

「仇叔叔假如有興趣，我替你弄請帖！」何立克一方面是討好仇奕森，同時他想，金燕妮也一定會答應與他作伴了。

「一定需要請帖才能入場嗎？」

「這是社會名流的派頭！」

「那麼我需要七八份請帖！」

「仇叔叔是打算另外邀請朋友去嗎？」何立克再問。

仇奕森點頭說：「這樣就無需左輪泰和駱駝另外再去動腦筋了！」

這天，「豪華酒店」駱駝的房間裡，侍者送來了「蒙地卡羅之夜」的三份請帖。是用仁慈會的信封裝著的，上面寫著「駱駝教授收」。

駱駝暗覺奇怪，是誰會送他這樣的三份請帖呢？他正在動腦筋，企圖設法弄得幾份請帖，不想得來全不費功夫。

這原因，是「蒙地卡羅之夜」是在墨城最著名的邦壩水庫舉行。駱駝曾在附近勘查過，若想博覽會停電的話，在會場附近或是在墨城動腦筋，非常的不簡單，所以，駱駝獲悉「仁慈會」在邦壩水庫舉行「蒙地卡羅之夜」的消息，就企圖設法獲取請帖，先到邦壩水庫去查探一番。

駱駝曾和帳房經理商量過，他自稱有賭博癖好，又希望到邦壩水庫去觀光一番，因之，請帳房設法替他索取請帖。但是「仁慈會」是由社會名流組成的，發請帖由他們自列名單，認為夠得上資格賭博的人才會發出邀請，很多地方他們都不買帳，不過那位經理應允儘力替駱駝設法。

駱駝又動腦筋，讓賀希妮冒認蒙戈利將軍府的關係索取，但那是非常冒險的事情。常老么也出動設法，向印刷廠動腦筋。

忽地，竟有人自動將請帖送上門。是誰送的？沒有人知道。

駱駝向送請帖進房的侍者詢問。侍者回答說：

「有人把請帖送到櫃檯就自行離去，什麼話都沒留下！」

駱駝猜想，也許是經理真為他盡了力，於是不疑有他。那位經理也正好領功了事。

駱駝已經計畫好，偵查邦壩水庫的分電所，一定非要孫阿七出馬不可。

孫阿七是「飛賊」出身，有飛簷走壁之能，分電所的輸電路線，那一個樞鈕是輸往墨城、和博覽會有關連的，需得很快查出。

夏落紅也需要參加這個盛會，他的頭腦靈活，可以給孫阿七接應，計畫將來停電的設計。

賀希妮曾經冒認和蒙戈利將軍關係至深，她沒有請帖是不像話的。因之，駱駝計畫好，分給賀希妮一張請帖，夏落紅和孫阿七一張，駱駝和常老么一張請帖。

每帖兩人，照說是應該邀請女伴同行的，好在他們是遊客身分也就無所謂了，賀希妮隻身掛了單，駱駝教她邀酒店的保鏢占天霸同行，藉以顯耀身分特殊。

「滿山農場」也有人送去請帖二份。

左輪泰的情形和駱駝相同，他查探過博覽會周圍的環境，要動腦筋停電的話，很費手腳。邦壩水庫舉辦「蒙地卡羅之夜」很吸引他的注意。墨城有專供遊覽取閱的旅遊手冊，上面有一頁就是專門介紹邦壩水庫的，說明了墨城的電力供應，有三分之二依賴邦壩水庫供應。

博覽會盜寶只需停電一分多鐘，電子防盜設備失效，他便可以從容盜出寶物。

「滿山農場」若未遭遇慘變時，每逢有這樣的盛會，會自動有請帖送上門。慈善募捐的大戶，名冊上也少不了會有「滿山農場」的。可是「滿山農場」經過巨變，已至家散人亡的程度，還有官司累身，「滿山農場」的幾個字就在名冊上剔除了，不再會有請帖送上門啦。

左輪泰需要了解「邦壩水庫」，得設法弄一張請帖到手。可是請帖竟自動上門了，難道說，「滿山農場」還沒有在名冊上剔除嗎？

朱黛詩很覺奇怪，她說：「仁慈會一連舉辦好幾次慈善大會，我們都沒有收到請帖，爲什麼這一次又特別了？」

左輪泰說：「說不定是辦事人員的疏忽！」

「不！」朱黛詩說：「每逢有這種盛會時，蒙戈利將軍府的帳房佛烈德就會來邀請我做他的女伴，藉此炫耀他們的權勢，名單被剔除，也是這批人搗的鬼，他們用心險惡，怎會疏忽呢？」

「妳認爲佛烈德還會來邀請妳嗎？」

「一定會來的！他會借此機會逼我就範，接納他們的條件！」朱黛詩說時，有無限的感傷。

關人美腦筋一轉，說：「會不會是仇奕森搗的鬼？他識破你的企圖了！」

左輪泰不樂，說：「妳把仇奕森看得太神奇了，他能老走在我們的前面嗎？」

關人美呶著小嘴，兩眼灼灼地說：「你想，駱駝和他的黨羽也會趁著『蒙地卡羅之夜』的機會，到邦壩水庫去嗎？」

左輪泰被提醒了，凝呆了半晌，吶吶說：「妳倒提醒我了，我們是三方鬥法，也說不定是駱駝，他在試探我是否同樣在邦壩水庫上動念頭！」

「這兩份請帖，不是駱駝送來的，就是仇奕森送來的，他們兩方正在進行和你競賽！」關人美說。

朱黛詩搖頭說：「我曾經多次遊覽邦壩水庫，那是一座非常雄偉的工程，機構繁多，特別是水力發電方面，有變電所、分電所、蓄電所等等，不是該電力機構的工程人員，誰會搞得清楚可以在那兒切斷電源呢？我老覺得這件事情太過冒險了！」

忽地，一部豪華汽車駛至「三元飯店」前，嘟，嘟，嘟揿了喇叭。

雷蘭蘭已飛步奔上了樓梯，她吶吶向朱黛詩說：「蒙戈利將軍府的帳房先生佛烈德又來找妳了！」

朱黛詩柳眉倒豎，異常氣憤地說：「對不？他們是一點也不放鬆的！」

左輪泰詛咒說：「豈有此理，簡直是欺人太甚了！」他拉開窗簾向外望，只見那部豪華汽車漆著有蒙戈利將軍府的旗幟。後車廂的玻璃窗口探出一隻腦袋，半禿頭，鷹鉤鼻，絡腮鬍子正好圍住他的嘴巴，遠看好似沒有眉毛，兩隻圓亮的老鼠眼……憑他的長相竟然想不擇手段追求朱黛詩，也不自己照照鏡子。

朱黛詩推開窗戶，高聲說：「佛烈德先生，又有何指教？」

佛烈德下車一鞠躬，揚高了他手中的一份請帖，說：「朱小姐，我能有榮幸邀請妳給我作伴，參加『蒙地卡羅之夜』的盛會？」

朱黛詩叱斥說：「下次再擅自踏進我農場的土地，我就用槍打你！」

佛烈德嬉皮笑臉說：「黛詩小姐，不要緊的，我在等候著妳的回心轉意，總有一天，我想，妳會接受我的邀請的！」

朱黛詩惱了火，一隻玻璃杯飛到街面上去了。「乒」的一聲，砸得粉碎。

佛烈德還是那樣厚顏，深深一鞠躬，然後走回汽車裡去。司機發動汽車，又揿了喇叭，汽車揚長而去。

朱黛詩異常激動，轉身向左輪泰說：「我說過佛烈德絕對不放棄機會的！」

關人美很爲朱黛詩打抱不平，說：「妳就這樣忍氣吞聲嗎？」

「在這種環境之下，我又能如何呢？」朱黛詩已是熱淚盈眶了。

左輪泰咬牙切齒說：「這種人，非得收拾他不可！」

關人美說：「現在的問題，『蒙地卡羅之夜』請帖是從何來的？」

左輪泰說：「管他呢！邦壩水庫我們是非去不可的，不論是誰邀請我們，我們都得感激他呢！」

第六章　三雄聚首

邦壩水庫是墨城著名的觀光風景區，由於它的工程宏偉，堪稱全世界第一流設計的建築物，墨城政府也以此項工程誇耀於國際人士之前。

光是水庫的水壩，就長達數百公尺，可供四部汽車並列往返行駛。它最可貴的一點，就是全部工程是由墨國自己的工程人員設計建築，沒有假借外來的工程師，表現了墨國人最高度的智慧。

邦壩水庫巍峨壯觀，分出了好幾大工程部門，主要的是水力發電、自來水廠、農田灌溉、國家公園；在公園裡還附有兒童遊樂場。此外，還有林立的觀光酒店，有國營的，也有私營的，大部分都設有舞廳、夜總會和游泳池。

所以，邦壩水庫也是墨城市民假日的最好去處。

不過在平日，它並非是全部開放的，除非是在特別的假日或特殊情形，在政府特准之下全部開放供人參觀。這天，是「仁慈會」舉辦「蒙地卡羅之夜」，是墨城的一大盛舉。

由於「仁慈會」是墨城最具錢勢的有閒人士組成，所以，「仁慈會」舉辦慈善活動，號召力非常

大，只要接著請帖的人，沒有不到會的。這天由下午開始，邦壩水庫就已經是車水馬龍，冠蓋雲集了。

「蒙地卡羅之夜」是在邦壩水庫最宏偉的「皇后酒店」舉行，時間訂明了是晚上七時開始，憑帖入場，餐廳裏免費供應豪華餐點和雞尾酒，除此以外，樣樣都是錢了。可是差不多接到請帖的客人，下午就開始到達，有逛公園的，有帶著孩子們玩兒童樂園的，有參觀各項建設的。

水庫的湖上有供出租的遊艇，可以遊覽湖光山色，風景之美，經過人工的修飾，也可說是邦壩水庫的特色之一。

「皇后酒店」裡什麼樣的賭具都有，它之所以稱為「蒙地卡羅之夜」，就是可以和世界上任何的賭城媲美。在進門的正廳處，有著十餘排長龍的「吃角子老虎」，由一角錢到十元賭注的機器全有。

人與機器賭博，沒有勝算的可能，但是「吃角子老虎」卻是站客常滿，扳手不停地響著，銅幣不斷地向投幣口裡塞個沒停。叮叮噹噹，機器在旋轉著。偶而也會有客人拉出個「JACKPOT」，銅板灑滿錢兜內，令人羨慕。

墨城政府原是明令禁賭的，但「仁慈會」的面子很大，「蒙地卡羅之夜」的悉數收入又捐贈給慈善機構，最大的噱頭，就是平日查封了的賭博工具也全部出籠。

正午過後，就可以聽到機器在響個沒停沒了，換句話說，也就是「仁慈會」已經有了收入。

「誰說人與機器賭博沒有勝算？人力勝天，機器是人造出來的，你只要用腦筋，可以將『吃角子老虎』變成『吐角子老狗』，將它擊敗！」

一位個子矮小乾瘦的老頭兒拉出了一個「JACKPOT」，正取下帽子接取灑出的銅幣，他那頭髮稀疏的禿頭發亮，皺起朝天鼻，露出大匏牙笑個沒完，怪模怪樣地，很吸引人注意。

那就是鼎鼎大名的老騙子駱駝，他在短短的時間之內就拉出兩個「JACKPOT」了。

「怎麼搞的，我已經輸掉好幾十元了，難道說，有什麼特別的技巧不成！」一位妙齡少女在他的身旁發怔，上前搭訕說。

這少女正是賀希妮呢。他們好像是初識似的。

「這是公算問題，天機不可洩漏，否則『慈善會』會變成『施善會』啦！」駱駝吃吃地說，一面只顧拾他的銅幣。

「拉『吃角子老虎』全憑運氣！我們這位駱駝老教授，是因爲情場失意，所以賭場得意！運氣好而已！」常老么在一旁向賀希妮解釋，藉以引起其他人注意。

「嗨，什麼情場賭場的？這全憑智慧。人類之所以能發展太空科學，也全憑智慧戰勝老天！」駱駝正色說。

很多正在拉「吃角子老虎」的賭客，被他們的高談闊論吸引，停下了扳手佇立傾聽。

「我想，其中一定有什麼特別技巧的！」賀希妮再說。

駱駝一笑說：「其實說穿了也很簡單，利用公算，機器吃飽，也會腹瀉，看哪一臺機器吃得最多，有客人接二連三輸足，就是最妙的時機，接上去時，正是機器吐錢的時候，拉出了名堂，就得收手，重新去守候另一臺吃脹的機器，這就是公算！」

此語一出，很多賭客頻頻點頭，認爲大有道理，紛紛開始找尋吃脹了的機器，你等我，我等你，也

搞不清楚那一臺「吃角子老虎」有人在那兒被「吃光輸足」。很多客人都歇了手，靜等別人輸光了才接上去，等候的人比拉扳手的客人還要多。

「吃角子老虎」原是最輕而易舉收入至豐的賭博，現在只因駱駝的幾句話，「仁慈會」的收入立刻就打了折扣。駱駝發表完他的謬論，持著帽子坐在酒吧旁，倒出所有的銅幣，逐枚點數，有意吸引旁人注意。

賀希妮也趨至酒吧的高腳椅上，要了一杯薄荷酒，仍然像很感到興趣似地向駱駝搭訕說：「駱駝教授，你除了『吃角子老虎』之外，其他的賭博可也精通？」

駱駝說：「任何賭博，多運用公算，總可以佔很大的便宜。小姐，妳貴姓大名？可以請教芳名嗎？」

這時，占天霸替駱駝介紹說：「這位賀希妮小姐是蒙戈利將軍特別邀請的客人，和您是同住在『豪華酒店』的！」

賀希妮的豔麗早已在賓客之中奪目了，特別是她的衣飾，說明了她是一位富家千金，有保鏢隨行，再加上是蒙戈利將軍的特別客人，刹時間，所有在場的男士眼睛爲之一亮，立刻被吸引了。

「待會兒賭場開門，妳跟著我賭，保準不會錯的！」駱駝將銅幣悉數交給酒保，要求調換大鈔，一面又向賀希妮打趣說。

「駱駝教授，謝謝你的請帖！」一位紳士出現在駱駝的跟前，笑口盈盈，禮貌地鞠躬說。

駱駝抬頭一看，見是左輪泰，心中不樂。「這話從何說起？」

「謝謝你的邀請！」左輪泰再說：「請帖可是由閣下奉送的嗎？」

駱駝兩眼一轉，左輪泰話中有因，必然是有所指的，他決不能承認。因之駱駝露出了笑臉，說：

「左輪泰，別搞錯了，我也是接受邀請而來的，可能你我是同被一個人邀請的呢！」

「誰呢？」左輪泰也聽出駱駝話中有因。

駱駝說：「稍有腦筋，不難可以想像得出！」

騙子說的話不可靠，左輪泰早有警惕，他打量了駱駝身畔的常老么，又打量了外貌美麗的富家千金賀希妮，還有賀希妮身旁站著提皮包的彪形大漢占天霸。奇怪的是，駱駝的義子夏落紅不在場，還有駱駝至爲有力的助手孫阿七、查大媽……都沒在大廳內呢。

「剛才聽駱駝教授說及有關『拉吃角子老虎』的學問，獲益匪淺，相信駱駝教授對各項的賭博都很精通，但是這樣的大庭廣眾，不嫌有點誇張嗎？好在『仁慈會』只是爲慈善而募捐，談不上『光棍擋財路』！也許駱駝教授的目的，是藉此吸引在場貴客注意，好讓夏落紅、孫阿七作場外的『參觀』？對不？」左輪泰笑口盈盈地毫不保留，直截了當戳破了駱駝的陰謀。

駱駝有點不大自在，便打哈哈說：「也許你有相同的想法，不過我比你走先一步，因而惱羞成怒嗎？」

左輪泰搖首說：「我還未到著急的地步，今夜承蒙邀請參加『蒙地卡羅之夜』，純是技癢，爲賭錢而來！」

「你曾經是賭場的大亨，各類的玩藝都很精通，『仁慈會』的收入所得，相信只有全部雙手奉送了！」駱駝說。

左輪泰再次搖頭說：「賭博需要『旗鼓相當，棋逢對手。』那才有趣味，我想找高手對賭一番！」

「沒有人高興和開過賭場的大亨交手的！」

「我已經選中閣下爲我的對手了！」

駱駝一聽，左輪泰向他「挑戰」，是麻煩找到頭上來了；左輪泰並不簡單，他除了「挑戰」之外還會有什麼陰謀，不得而知。駱駝心想，若將左輪泰拖上了賭桌，也等於將左輪泰纏住，這樣或許會更便利夏落紅或孫阿七的行動。

他正猶豫間，左輪泰的身後又竄出一位風采奕奕的紳士。

「兩人不成局，在下參加一份！」說話的是仇奕森，他向駱駝和左輪泰同時哈腰打招呼說。

「仇奕森也到了！」左輪泰噓了口氣，這時，他明白，請帖是這位「老狐狸」發的了。

「我們是鼎足三立，正好賭個高下呢！」仇奕森再說。

「有兩位在場，我相形見拙了！」駱駝說。

「不用客氣，駱駝教授不論在那一方面都是技高一籌的！」左輪泰正色說：「我們難得能湊在一起，較量是遲早的問題！」

「較量不敢當，我們向駱駝教授領教！」仇奕森說。

「原來你們二位勾結在一起了？」駱駝以譏諷的語氣說。

「到目前爲止，還是三分天下，這得要看發展如何，始能下定論呢！」左輪泰說。

賀希妮打量了左輪泰和仇奕森兩人很久，遲遲沒有發言，她知道是駱駝的兩個對頭到了。在進行的計畫中，她是有責任幫助駱駝應付這兩位名滿天下的江湖客的。

她忽地向駱駝說：「駱駝教授，這兩位紳士，爲什麼不替我介紹一番？」

駱駝一點頭，便裝模作樣給賀希妮介紹：「這位是左輪泰，綽號『天下第一槍手』，到了『狗急跳牆』時，會真刀真槍硬幹的！」

賀希妮大方地與左輪泰握手道了久仰！

「這位是仇奕森，大家都稱他爲『老狐狸』，他有一腦子的邪門玩藝兒，很多人聽見他的大名都是皺眉頭的！」

賀希妮說：「我聽不懂，在我的眼中，這兩位紳士都很高尚灑脫！」她說著，又和仇奕森握手，並自我介紹。「你們二位好像要邀請駱駝較量賭博，我很感到興趣！」

駱駝說：「這兩位朋友，都是曾經開設過賭場的大亨，五花八門的玩藝，項項精通，妳是局外人，不會是對手的！」

賀希妮說：「我願意不惜代價學習！」

仇奕森說：「還是不學爲妙，聽我的勸，賭博這玩藝兒，只能逢場作戲！」

賀希妮指著身旁占天霸提著的一隻首飾箱，說：「不妨事，我帶了足夠的學費！」

左輪泰也說：「小姐，我們還是不希望妳參與其中，會亂了我們的場面呢！」

駱駝卻說：「假如說，我接受兩位的挑釁，以一對二，還是有一兩個見證人比較妥當！」

「不管在任何情況之下，駱駝教授是只有佔便宜，不會吃虧的。」仇奕森取笑說。

「也好，在賭場上能和高手對壘，也是一大樂事也！」駱駝改變了語氣說。

「正好賭場已經開門，我們就請吧！」左輪泰向前一比手。

於是，他們一行便向賭廳走去。除了賀希妮和她的保鏢占天霸跟隨著之外，總少不了會有幾個好看熱鬧的貴客。

歐美人士多以輪盤賭爲主要項目，也有押骰寶的，有賭二十一點的，有擲「幸運七」的，有賭撲克的……最簡單莫過於押單雙的了。

在一所包廂內，還有玩具式的賭博——電動跑狗，圍在那兒的，多半是一些初入社交場合的少女或是不善賭博的貴賓，他們懷著一種好奇的心理。

進門的地方，就是一張賭「幸運七」的賭桌，綠絨舖成的桌面，有精緻的圍框，兩枚骰子，擲出雙數算輸，單數算贏，擲出「七」點通殺。若以倍數計算，就是吃七倍。駱駝並沒有下注，他拾起了骰子在手中一比，向桌面上一滾，擲出七點，「幸運七」也。

駱駝是特地先顯出他的威風，露一點顏色給仇奕森和左輪泰看看。

左輪泰也不甘示弱，同樣拾起骰子，在手中一晃向前一擲，也是七點。

仇奕森最後拾起骰子，在手中抖了一抖，似是在試探它的重量，很輕鬆地向前一擲，同樣是七點！

三個人都露了一手，「半斤八兩」，誰也沒贏，誰也沒輸，第一局平手。

只是賭桌的管理員傻了眼，好在這三位貴客都沒有下賭注，否則賭場會賠慘了。

占天霸覺得奇怪，他也拾起骰子，向前一擲，竟是「癟十」，輸定了！

駱駝一聳肩，沒在「幸運七」的賭桌上停留，他說：「二位打算選那一門賭博？」

「應該由駱駝教授選擇，因爲你有公算，可以穩操勝券！」左輪泰說。

駱駝一笑，說：「但是兩位是曾經在賭場上打過滾的人物，我得提防著你們的『私算』呢！」

仇奕森說：「應該選擇最公平的賭博見勝負！」

駱駝便指著那電動跑狗的包廂，以取笑的口吻說：「最公平的莫過於電動玩具，全仗電力操縱，各憑運氣，公算與私算都沒有用！」

「那是孩子們玩的！」

「但是童叟無欺！」

瞧那電動跑狗場，周圍約有十尺橢圓形塑膠板製成的場地，每次賽跑有十隻玩具跑狗，跑狗的腹部有一隻鐵輪子，塑膠板的場地則有十條深窪供傳電的跑線，鐵輪子便嵌在跑線內。

賽跑開始時，鈴聲一響，塑膠板底下亮出了一道像是雷達似的電光，不斷地旋轉著，當電光與要跑狗的鐵輪子接觸時，跑狗便向前飛竄，時間只是一瞬，就看跑狗與電力接觸的是否良好，有爭先領頭的，有遲滯不前的，也有「拋錨」的，還有最後趕上的……。

電動玩具很難估計出它的性能，隨便那一條狗都會有電力接觸不良，成爲「拋錨」的可能，電力的旋轉幾乎是一秒鐘一圈，所以賭客的情緒也頗爲緊張熱烈！

電動跑狗賭博和普通跑狗場沒有兩樣，都是以賭注積分，以電腦計算的，有時下一元賭注，會贏得十餘二十元之多。

駱駝說：「這種賭博毫無技術性可言，哪一條狗什麼時候『拋錨』，誰也無法預測，連控制電流者想作弊也很難呢！」

仇奕森隨口說：「但是假如停電，大家都沒得玩了！」

聽見「停電」二字，駱駝和左輪泰的心中都暗起了疙瘩，也不知道仇奕森是有意抑或無意的。

賀希妮在旁插了嘴，說：「駱駝教授的意思是：人與機器賭博可以有公算，與電力賭博就會失算了，對嗎？」

仇奕森說：「最可怕的恐怕還是觸電呢！」

駱駝笑了起來，說：「我早說過仇奕森是有『私算』的！」

仇奕森說：「我的預測經常是不準確的！」

左輪泰指著那張日本式的單雙賭桌，說：「賭單雙倒也簡單，憑聽覺佔勝負！」

駱駝說：「你們曾經開設賭場，在這一方面當然比我內行，不過，我反對日本式的揭盅，他們用藤簍子，在揭盅時可以搗鬼，假如改用中國式的磁器揭盅，在下願意奉陪！」

左輪泰說：「駱駝教授有公算方式，比我們技高一籌，還在乎賭嗎？」

「中國式的磁器揭盅，清脆悅耳，我們聽點子，才是憑真功夫呢！」仇奕森笑著說。

「揭盅翻白眼，不是雙就是單，這並無學問可言！」左輪泰說。

那日本式單雙賭桌的管理員，是一位道地的日本妞兒，穿著日式和服，看見貴客路過，老是鞠躬如也的。駱駝能說日語，嘰哩呱啦地要求那位日本妞兒給他們換上中國的磁器揭盅和碟子。

仇奕森和左輪泰檢查兩枚骰子。那是鯨魚骨製造的，是一流的貨色。

磁器揭盅和碟子取到之後。駱駝向仇奕森和左輪泰一比手，客氣說：「二位請！」

左輪泰說：「請駱駝教授試盅！」

駱駝說：「二位是開賭場的老前輩，我想欣賞二位的手法！」

仇奕森笑說：「我們只懂南方人的賭博，不像駱駝教授縱橫天下，大江南北足跡過處，寸草不生，鳥蝶不飛，我們得仔細領教觀賞才是！」

駱駝翻了白眼，說：「你未免將我形容得過於惡毒了吧？」

「我只是描述你的威風！」

左輪泰說：「駱駝教授就不必客氣了！」

這時，左輪泰的義女關人美也闖進了賭廳，形色匆匆，東張西望。

駱駝首先發現，心中明白，不用說，關人美是左輪泰的助臂，她一定是發現了什麼事情，找左輪泰報告來的。

「我們用什麼作爲賭注？」駱駝問。

「請先試盅再說！」左輪泰還是內行的。

於是，駱駝就將兩枚骰子端置碟子之中，骰面是五點六點，稱爲「斧頭」單數。

他用揭盅蓋上，雙手端起，很穩重地搖了兩搖，然後鄭重放下。左輪泰和仇奕森都聚精會神聽那兩枚骰子跳動的聲音。兩個人都沒有說話。

駱駝揭了盅，骰子變成二六成雙了。

試盅根本不需要說話的。駱駝重新將揭盅蓋上，手法交代得清楚俐落，絕不會有毛病，他又端起碟子鄭重搖了搖，骰子在碟子裡「的的嗒嗒」，聲響清脆均勻，揭開之後，是「么二」「丁牛」單了！

駱駝第三次試盅，他玩了一點小手法，假如不是內行人看不出來。

他搖第二下時，碟子向前稍仰，也或是有意向仇奕森和左輪泰來一次「考試」，且看這兩位「高手」究竟有多高道行？

揭盅之後，搖出來的是「大天」雙六，雙數。

駱駝笑著說：「這一次是正式搖盅了，二位準備下注吧！」

仇奕森和左輪泰不動聲色，他倆注意著駱駝再要玩什麼花樣。

駱駝雙手抹衣袖，雙手端起搖盅，正待要搖時，邊說：「左輪泰，你的義女來找你呢！」

左輪泰和仇奕森同時回頭，真的，關人美正朝他們的賭桌過來了。

駱駝趁機會搖了盅，的的嗒嗒……骰子跳躍的聲響有點不尋常，在力量方面好像是加重了。仇奕森和左輪泰的心中同時有了疙瘩，詛咒駱駝那老騙子真個不要臉，手段玩得卑鄙可恥。

駱駝含笑，他只看仇奕森和左輪泰兩人的臉色，就可以知道他倆的心中在嘀咕些什麼，就只差沒有罵出口罷了。

「二位，現在是正式來了，請下注吧！」他很得意，瞇縫細眼，皺起朝天鼻子，露出兩枚大匏牙，笑吃吃地說。

好在仇奕森和左輪泰都是有經驗的賭徒，他倆在回首之間，耳朵仍在細聽。駱駝伺機玩了手法，他倆不會不知道，聽骰子起落的聲響不同就了解了。

左輪泰向他的女兒使了眼色，說：「妳的年齡只夠資格去玩電動跑狗！」

關人美察覺仇奕森和老騙子駱駝也在場，固然這是意料中的事情，但是他們三個人怎麼纏在一起了？

「關小姐，假如妳高興的話，不妨觀賞我們的較量，是由左輪泰挑戰開端的！」駱駝向她打招呼說。

關人美注意到左輪泰身旁佇立著的賀希妮，這個女人長得不尋常，瞧她的打扮珠光寶氣的，像是在炫耀著她的財富，身旁還站有保鏢，她是什麼來路呢？她不由自主地朝他們的賭桌過來了。

「現在，該請二位決定，我們怎樣賭法？」駱駝再問。

「假如是賭錢，太俗氣了！」仇奕森說。

「那麼賭什麼？」駱駝兩眼矍爍。

左輪泰同意仇奕森的說法，問：「駱駝教授是否做莊？」

駱駝一想，這種賭局，他未必能穩操勝券，尤其是仇奕森和左輪泰有聯盟的跡象，假如硬賭硬賠的話，可能吃虧就在眼前。因此，他搖首說：「這要看賭注而定！」

左輪泰鄭重說：「我們賭一條路，假如我贏了，你讓路；我賭輸了，我讓路！」

駱駝一聽，就知道左輪泰所指何事，所謂的讓路，無非是指盜寶！他想贏了賭局，教駱駝讓開手腳，玉成他單獨下手。由此可見，左輪泰下此賭注還是蠻有把握，駱駝玩花樣也沒有用處。

「你呢？老狐狸？」駱駝又問仇奕森說：「你下什麼樣的賭注？」

仇奕森雙手抱臂，矜持說：「賭你的回程機票！」

駱駝一怔，說；「你想贏取我的回程機票嗎？哈，爲了交朋友，我可以奉送！」

「不！」仇奕森毫不客氣，正色說：「假如我贏了你，你就利用你的回程機票，由那兒來打那兒回去，不再給任何人添麻煩……」

駱駝不樂，說：「假如你輸了呢？」

「謝謝你贈我機票！」

「由那兒來打那兒回去，不再管他人的閒事?!」

仇奕森點頭說：「駱駝教授是明白人，早就猜想到了！」

駱駝心想，他真的遭遇到高強的對手了，仇奕森和左輪泰一樣，很有把握能贏得這揭盅內的賭局。揭盅內的兩枚骰子是單是雙？只是一點之差，要揭開來才可以證實。假如說：駱駝做莊，接受賭注，那就是硬輸硬賠，他認了賭注，就得按照賭場的規矩，莊家也認雙數的話，就可以「賣雙」，只等賭客下單。可是當前的賭局，是三雄各比苗頭，談不上買與賣。

駱駝考慮了片刻，便說：「我們要賭得公平！」

左輪泰說：「請駱駝教授賜教！」

駱駝說：「我們三人各取銅幣一枚，用手按在桌上，若賭雙者，人頭面向上，若賭單者，背面向上，大家機會均等！」

仇奕森含笑說：「駱駝教授揭盅的技術高明，竟然也不賭硬注！」

「在兩位『賭客』的跟前，沒有硬賭的道理！」駱駝說。

「賭得公平也好！」左輪泰首先摸出一枚銅幣置在桌上，以手按著。仇奕森第二個摸出銅幣，向空一拋，以手接住，即按在桌上，同樣的以手掌蓋著。駱駝最後取出銅幣，很穩重地置在桌面上，也用手掌遮蓋著。

這時，駱駝、左輪泰和仇奕森三個人的臉孔都很嚴肅，互相猜疑或會出什麼岔子。當他們的手先後離開銅幣時倒也奇怪，三枚銅幣同樣是人頭面，都是押「雙」。三個人都笑了，笑得不大自然，心中卻互相讚佩，沒有一個人是簡單的。

駱駝格格笑著說：「要就是我們三個人全輸了，要就是再度平手！」

左輪泰說：「這樣足可以證明我們的聽覺並沒有失靈呢！雖然我的女兒正好搖盅的時候趕到！」

仇奕森說：「假如不出毛病的話，我賭的是『地牌』雙么！也或是僥倖猜中！」

駱駝揭了盅，果真，一點不假，兩枚骰子都是一點，稱爲「地牌」，雙數。

他們三個人押的全是「人頭面」，可謂是「棋逢敵手」，半斤八兩，誰也不輸給誰！

賀希妮表示驚詫，故意怔怔地說：「奇怪，你們三位怎麼猜得如此的準確呢？」

常老么向她解釋說：「全憑聽覺，賭徒都是目觀四方，耳聽八方的，跟槍手一樣！」

「耳朵能聽出骰子的點數嗎？」

「比喻說，么點是一個圓形，圓溜溜的，六點是麻酥酥的，落在磁碟上所發出的聲響就不一樣！妳可曾聽說過偷保險箱的竊賊，也能憑它的聲響聽出它的開關樞鈕？」

「那麼賭徒憑他的聽覺也可以盜竊保險箱了？」

「反正是無價的寶藏！……」

仇奕森以抗議的口吻向常老么說：「你以保險箱竊賊來比喻賭徒是不應該的，現在大多數的保險箱都裝設有電動的防盜設備！憑聽覺已失去效用！」

常老么說：「我是隨便比喻罷了！」

仇奕森說：「不過，若切斷了電源，情形又是兩樣了！」

駱駝將揭盅推開，睨了仇奕森與左輪泰一眼，說：「我們二度平手正好是保持了和氣，不必再賭勝負了！」

左輪泰說：「我們的賭注總該有個分曉，否則將來和氣傷得更大！」

駱駝正色說：「仇奕森說得對！電源是第一關鍵，這一關行不通，我們傷和氣，反而有人坐山觀虎鬥呢！」

左輪泰含笑說：「我和仇奕森之間也有賭注！」

駱駝故意一怔，說：「那麼，你們二位並非是對付我一個人來的?!」

左輪泰說：「局面還未定！」

駱駝哈哈一笑，說：「以當前的情勢看，三個人之中，至少有兩個人需要離開墨城！」

仇奕森說：「所以，能在賭局上定輸贏，大家不傷和氣。」

「賭揭盅有什麼藝術可言呢？」關美人插嘴說：「既然是鬥智，應該在撲克牌上用功夫，偷詐拐騙全來，這才有意思！」

左輪泰制止關人美說下去：「妳別多話！仇奕森和駱駝教授都是高手！」

「不！我希望你輸，這樣可以安全離開墨城！」關人美回答說。

「妳別給我洩氣！」

「因爲偷詐拐騙之中，你有一項不行！」

「那一項不行？」

「騙！」關人美說時，俏皮地睨了駱駝一眼。

駱駝不樂，心想，這小妮子是有意朝他來的，真可謂不知天高地厚，遲早要給她點苦頭吃吃。

「妳的意思是，左輪泰偷詐拐全行了？」駱駝笑口盈盈地頻頻點頭說。

「還得要看運氣！」她欠身回答。

「不過按照『公算』，情場得意者，在賭場上必然失敗！妳得相信這一點！」駱駝說。

賀希妮自手提袋中摸出一把旅店鑰匙，拈在纖纖手中，說：「我在這酒店裡預訂了一個客房，正好供大家玩撲克牌！」

「捨棄現成的賭局不用嗎？」仇奕森開始盤算賀希妮的用意。

「人多嘈雜，不如在房間裡清靜，對我們學習者也有好處！」賀希妮說。

駱駝同意賀希妮的說法：「賀小姐說得對，我們何必大庭廣眾，鬥給外人看呢？」

「悉聽尊意就是了！」仇奕森說。

他們一行，各懷鬼胎，竟真的隨同賀希妮登樓去了。

賀希妮特別關照酒店的帳房，他們的餐點開到樓上的包廂去，同時，她們在包廂裡賭撲克，也按照規定抽頭，絕不短欠一文錢。

這是一間豪華包廂，分有寢室、客廳，傢俱都是流線型的，不論色彩大小的搭配，都很現代化。

不一會兒，侍者將撲克牌和籌碼送到了。

賀希妮賞了小費，爲了表現氣派，先行墊付購買籌碼百分之六的抽頭。

仇奕森和左輪泰對賀希妮的身分不禁暗起懷疑，這年輕貌美的女郎真箇是富家千金嗎？真正有錢的人，不會處處表露自己的財富，除了生怕別人不知道她是真有錢的！或是有圖謀的人故意裝腔作勢……

關人美首先進行試探，說：「賀小姐，我們好像有點面善，是曾經在那兒見過面嗎？」

賀希妮一笑，說：「沒有印象！」

關人美說：「也許是在拉斯維加斯，因爲我們是賭博世家，經常在賭城進出的！」

駱駝取笑說：「關小姐說這話未免年齡不符，妳太年輕一點了！」

關人美說：「賭博還有年齡的限制嗎？」

駱駝說：「至少經驗要老到！」他說著，拆開了一副嶄新的撲克牌，扔出兩張鬼牌，隨之以熟練的手法洗牌，橫拉直砌，當中插入，等於是表演，也像是魔術師玩魔術一樣。

仇奕森和左輪泰只注意著駱駝的手法，他的炫耀近乎有點誇張，純是在欺侮外行人罷了。可是賀希妮和關人美卻認爲是奇術，嘆爲觀止。

駱駝可以將整副的撲克牌拉開尺餘高，又重新彈囘在掌心裡。駱駝玩過手法之後，將撲克牌推到左輪泰的跟前，有意要看他的「道行」！

左輪泰不甘示弱，他取起撲克牌在手中一砌，然後用相同的手法，將撲克牌當做玩手風琴似的一拉一扯，伸縮自如……最後，他將撲克牌按在牌桌上，用指頭一劃，整副撲克牌便散開如同一把扇子。

左輪泰的手法乾淨俐落，一點不拖泥帶水，可見得他在撲克牌上用功不是一天的時間，以技術而言，可能與他聞名的槍法相當。

這時，大家的眼光便集中到仇奕森的身上，意思便是要輪到他了。假如說，仇奕森洗牌的特技不如他們倆個，便是輸了頭一遭，賭起來就不用談了。

仇奕森略一遲疑，伸出食指，插進那攤在桌面上如同一把大扇子似的撲克牌的最後一張，手指頭翹起，那張撲克牌豎立，跟著每一張撲克牌好像觸了電似的，一一順序豎立，全翻了面。

仇奕森用另一隻手接住了最後一張牌，手一兜，整副牌像上操似的又翻了回來。仇奕森雙手顛動，那副撲克牌在他的雙手指揮之下，像行軍似的翻過來又倒過去……。

左輪泰和駱駝是明白人，仇奕森玩的是最佳技術，那絕非是三兩年功夫可以練得出來的。假如說，一個賭場的老手，整副牌翻過來又倒過去好幾遍之後，憑他的記憶力，可以順序記出每一張撲克牌，先後不亂。

仇奕森開始洗牌了，他是用雙手腰切法，切的手法很快，其實整副牌根本保持原狀沒動。他自己切了牌，將上面的半疊切到下面去，手掌一磨，整副撲克牌又攤在桌面上，回復扇形。

這三個人玩牌的技術各有所長，可以說半斤八兩，不分上下。自然，他們三個人的心中也很明白，誰也佔不了上風，想贏得這場賭博，談何容易。

駱駝保持他的笑臉，說：「我們是賭『梭哈』或是賭撲克？」

左輪泰說：「還是聽駱駝的！」

仇奕森說：「我沒有意見，反正是奉陪！」

駱駝說：「若以公平而言，賭撲克！可以換三張牌，比較容易勝負！」

左輪泰說：「我們一局牌見勝負，賭注相同！」

駱駝說：「你仍要贏取一次行動的機會，假如輸了就自動退出！」

他倆所指的，仍還是以盜寶爲賭注，誰輸了賭注，就自動退出盜寶，讓出機會給對方單獨行事。駱駝轉而尋求仇奕森的意思，兩人目光灼灼交流。

仇奕森說：「我仍然以你的回程機票作爲賭注，誰輸了，持那張機票走路！」

賀希妮在一旁裝糊塗，說：「我不懂你們所說的呢，你們究竟賭些什麼名堂？」

駱駝說：「這是別開生面的賭法，給妳們一個大好欣賞的機會！」

「我能參加一份嗎？」她問。

「妳的道行還不夠！還是參觀比較穩當！」駱駝正色說：「高手當前，看情形我也可能吃癟！」

「駱駝教授很謙虛，這才是真正的大賭客！」關人美翹起大拇指說。

「在未發牌之前，誰都沒有必勝的把握，先作失敗的打算，免致最後失望！」駱駝說。

左輪泰提醒駱駝說：「我們只有一次失敗的機會，不許翻本的……」

「這是玩槍手的說法，賭徒永遠有機會翻本的！」

「我不懂你的意思！」

駱駝一笑，說：「在晚輩的面前，我們應該鼓勵任何人『敗不餒』，讓他們學習翻本！」

「你對賭注好像有點反悔？」

「不！在未發牌之前，勝負未成定局，我們誰也沒有把握，何不先作失敗的打算？到時才可以減輕痛苦啊！」

左輪泰還是不懂駱駝這番話的用心所在，他皺著眉，看仇奕森的反應。

仇奕森向來是最沉著不過的，他以食指抹著小髫子，直在含笑。

駱駝兩眼一轉，朝仇奕森取笑說：「老狐狸向是以狡詐著名，又在動什麼歪腦筋不成嗎？」

仇奕森說：「我們賭君子不賭小人，誰也不許玩手法！」

左輪泰說：「這是當然的，我走遍大江南北，騙局看得多了，但自己從不搞下三濫的玩藝！」

駱駝呵呵一笑，心想，仇奕森和左輪泰都曾經是賭場的老板，逢賭必有詐，下三濫的玩藝他們全懂，在情急之下沒有不玩手法之理！他們越說不玩手法，可能就是要玩手法，不能不防呢！

若說真要玩手法，駱駝可也不含糊，在他的「行業」當中，「出道」頭一項技術就是騙賭，下三濫的把戲在他們的眼中已經是皮毛技術了。

這時，三個人都各懷鬼胎，很難下決定，究竟對方作什麼打算？在賭技上分勝負是很尋常的事情，但是假如玩手法被抓著的話，就是很難堪的事情了！到時候如何下臺呢？

「三雄聚首」，每個人的表面上都很冷靜沉著，然而內心之中都是惶恐的。

仇奕森暗地裡在桌子底下踩了左輪泰一腳，邊向駱駝說：「我有一項建議，不知你們兩位是否贊同？」

駱駝平淡地說：「老狐狸一直肚子裡有特別的盤算，可是一直遲遲沒有出口，你不妨說說看！」

仇奕森燃著煙捲，緩慢地說：「我們三個人在賭桌上可以說都是高手，所以，若以技術取勝，都不足爲奇，是應該贏的，但是整副牌裡，可以完全佔勝的只有四張王牌，我們三個人不足以分配！」

他說著，伸手在那副攤在桌上散開如同扇形的撲克牌裡，挑選了四張撥到駱駝跟前，隨手翻開，四張都是A。

當然，駱駝和左輪泰也知道那四張牌都是A，那並非是牌面上作什麼暗號，這全憑在洗牌時的記憶力。他們都曾學過這種技術。

仇奕森接著再說：「可以佔全贏的牌只有四張，但是可以賭輸的牌，全副都是，所以，我們得以相反的方式進行！」

駱駝和左輪泰同時一怔，因爲在習慣上，他們只注意王牌，那是勝負的關鍵，顛倒的賭法，又得重新下一翻功夫。

「這倒是很新鮮！」駱駝表示贊同說。

左輪泰說：「以輸爲贏，換句話說，就是拿到最小的牌就是贏了。」

「一點不錯！」仇奕森說：「這樣便不容易作弊了！」

「仇奕森的賭技是著名的，我願意領教一番。」駱駝說：「不過，我也略把規則修正，撲克的賭法，最多可以換三張牌，在換牌之先，可以要求洗牌的。」

左輪泰和仇奕森自然也同意駱駝所定的規則，反正機會均等，誰也佔不了誰的便宜。

駱駝再說：「爲了大家的清白，我們三個人誰也不洗牌，各憑運氣！」

駱駝的眼光向房內一掃，他睨了仇奕森一眼，因爲只有仇奕森是隻身一人的。

「房內有兩位女士，讓她們兩位洗牌如何？」駱駝說。

兩位女士，就是指賀希妮和關人美了，駱駝居然如此大方，關人美是左輪泰的義女，他敢信任關人美，可不簡單呢！

另外一位女郎賀希妮，仇奕森和左輪泰都很懷疑她的身分，可是到目前爲止。他們尚無法證實賀希妮和駱駝是有著什麼關連的，她可能是駱駝搞騙局的「搭配」嗎？

駱駝既然有這樣的要求提出來，兩個女士之中，有一個是左輪泰的義女，仇奕森無法拒絕。

左輪泰卻說：「關人美是我的女兒，應該避嫌……」

駱駝說：「左輪泰一向爲人正直，我們相信你的女兒就是了！」

左輪泰暗暗奇怪，搞不清楚駱駝的葫蘆裏究竟賣什麼藥，箭在弦上，不得不發。他只好聚精會神，密切注意駱駝從何下手搞鬼。

駱駝將撲克牌向關人美跟前一推，說：「小姐，勞駕妳洗牌吧！」

左輪泰向關人美點頭。關人美自小受環境感染，學會的邪門玩藝兒很多，左輪泰交結「三山五嶽」的朋友，刀槍拳技，偷詐拐騙，都有專家可以聆教。可是關人美獨對賭詐這一門學問不感興趣，恁是怎的也學不到家。

她有點惶恐，實在是「三雄聚首」所下的賭注太過特別，每發一張都關係重大，假如出了差錯，不知道會怎樣收場呢？

這時，每個人的臉孔都很嚴肅，一方面也是聚精會神注意著關人美洗牌。

房內空氣沉寂得像凝結了似的，鴉雀無聲，除了關人美雙手洗牌時唰唰作響。

駱駝忽地又打開了話匣子，以取笑的口吻說：「關人美，名字取得美，洗牌的姿勢更美！」

「你這把年紀還吃老豆腐嗎？」關人美瞪目回答。

大家隨之一笑，氣氛稍顯得緩和。

關人美放下了牌，由賀希妮斬之，這樣就開始發牌了。

駱駝坐頭家，發的是「出籠牌」，仇奕森次之，左輪泰是末家牌。撲克的賭法，是每人發牌五張，出價之後，有權換一至三張或者是放棄。

左輪泰摸出煙斗放在桌上。

駱駝立刻取笑，說：「左輪泰先生，我們大家和氣相處，等於是禮讓談判，無需要道具吧？」

左輪泰不樂說：「我的煙斗並非是道具，我曾聲明過，我對賭博從來是最君子不過的，絕對不用詐術！」

駱駝又說：「左輪泰鼎鼎大名，連同你的煙斗也是很出名的，圈內的人，誰不知道你的煙斗就是兇器呢？我說它是道具乃是含蓄之言，戳穿了，它是一支煙斗手槍，我的意思就是聲明，賭博輸贏也不必翻臉，何需要以兇器相向呢？」

左輪泰說：「老妖怪，你想錯了，我在看牌之先，一定得吸一筒煙斗，好聚精會神下注，這可以說是習慣呢。『疑心生暗鬼』最容易誤事，假如說『爲人不做虧心事，夜半敲門也不驚。』莫非是駱駝教授的心中已經生了暗鬼不成？」他說著，取出煙絲。裝滿了煙斗，劃著火柴，悠然自得地吸著。

大家的眼光便同時集中注意在左輪泰手中的一支煙斗上，只見他吞雲吐霧的，說明了那只是一支普通的煙斗。假如它是煙斗手槍的話，它又豈能吸煙呢？

仇奕森和左輪泰都明白駱駝有時故意取笑或是胡說八道，藉以分散大家的注意力，這是一般騙子最習慣玩的手法。他們兩個假如也上這種當的話，就不能稱爲是老江湖了。

駱駝裝模作樣地看了牌，正色說：「該我出價了！我還是保持我的賭注，左輪泰要的是『讓路』，仇奕森要的是機票，你們兩位假如不願意賭這一局，可以聲明放棄！」

仇奕森說：「我沒有放棄之理！」

左輪泰不需要看牌，即說：「我也不放棄！」

駱駝咧大了口，露出大匏牙，有意提醒大家，說：「別忘記了，我們是顛倒的賭法！誰拿了最爛污的牌就算全贏！」

「當然是的，我們已經有言在先了！」仇奕森說。

駱駝將他的五張牌捏在手中，看了又看，故作神秘之狀說：「我要換牌了，拜託關人美小姐再為我洗一次牌，我們有言在先，在換牌之先，是可以要求洗牌的！」

左輪泰和仇奕森同意駱駝的做法，於是，關人美又將未發出的牌洗了一遍，交給賀希妮斬牌。

「我換一張！」駱駝說著，擲出了手中的一張牌。

關人美順手換了一張牌給他，駱駝以手背擋著，按在桌面上偷偷一看，點頭表示滿意。

仇奕森和左輪泰感到很驚訝，駱駝只需換一張牌就能感到滿意，運氣未免太好了。

輪到仇奕森，他同樣要求關人美洗牌，他需要換出三張。

當換到第二張時，他又要求第三張牌重洗，好像是認牌似的。

最後輪到左輪泰。

左輪泰說：「我先換一張，洗牌後，再換一張！」也好像是認牌似的。

左輪泰換牌後，用煙斗將牌一挑，翻了面，那是二、三、四、五、七，沒起對，也不同花也不順，可謂是最蹩腳、天下最小的牌面了。

自然，任何一個人只要有了「對」，就非輸不可的，以顛倒的賭法，左輪泰的牌面是贏了。

第七章　蒙地卡羅之夜

仇奕森也攤了牌。他同樣是二、三、四、五、七，和左輪泰所持有的牌完全一樣。兩人面面相覷，心中暗暗佩服，又告平手。

輪到駱駝攤牌了，這老妖怪笑口盈盈，搔著頭皮說：「你們兩位都輸了！」

仇奕森和左輪泰都不肯相信，不可能再會有比他們更小的牌面了，駱駝怎會贏得這一局呢？除非這老妖怪又玩什麼花樣？

「攤了牌才可以知道！」關人美說。

駱駝將手中的牌先攤開，三張牌全都是A，全場譁然，因爲是顛倒的賭法，誰手中有「對」，都會有全輸的可能性，何況駱駝持有三張A呢？這老妖怪還口出狂言，說仇奕森和左輪泰都輸了。

但是仇奕森和左輪泰面色嚴肅，他倆猜想，駱駝的好戲一定在後面。

駱駝又翻出第四張牌，那是一張老K。

關人美沉不住氣，說：「駱駝教授，王牌都在你的手中，這是顛倒賭法，你不就全輸了嗎？」

駱駝翻出了手中最後的一張牌，大家全傻了眼，因爲那是一張鬼牌！

「一張廢牌在我的手中，不成名堂，不就輸了嗎？」駱駝說。

仇奕森和左輪泰兩人瞪目惶然，搞不清楚這老妖怪玩弄的是什麼手法？爲什麼會弄出一張鬼牌？

他們都看得很清楚，駱駝在拆開那副新撲克牌時，將兩張鬼牌特別扔在一旁。那是兩張多出的廢牌，爲什麼又添進牌裡去了呢？

仇奕森和左輪泰都是老資格的賭徒，就算「道行」再高的郎中老千稍玩手法，也逃不過他倆的眼光。駱駝能在他們兩人面前弄了鬼而不露破綻，可謂不簡單。

駱駝什麼時候把鬼牌換進的呢？這不由得使仇奕森和左輪泰感到慚愧，真箇是「強中還有強中手，一山還比一山高。」

左輪泰忙拾起牌盒子細看，兩張鬼牌是投進牌盒子裡的。駱駝是用他的一張牌由裡面換出來的嗎？那麼他換出的牌，一定在盒子裡！但是左輪泰所看到的，牌盒子裡除了另外一張鬼牌外，再什麼也沒有。牌是關人美發的，假如出差錯，關人美有責任。賀希妮只替他斬牌，她是沒有機會替駱駝換牌的，可以不負任何責任。

駱駝換出的一張牌到哪裡去了呢？他不可能讓那張牌就此失蹤了啊。

仇奕森也很覺難堪，立時去數點關人美面前經發牌後所剩下的一疊牌，一張也沒有少，全副牌只多了一張鬼牌。

駱駝「變魔術」竟能當面騙過了兩名大賭徒，這個人的手法也可想而知了。

仇奕森和左輪泰稍加冷靜之後可以想像得出，在大致上，駱駝早就已經偷了一張鬼牌，這張無關重要的廢牌誰會注意到呢？他聲明換一張牌時，事實上是扔出兩張鬼牌就趁機換進手了……

仇奕森和左輪泰就是疏忽了這一點。到底賭徒還不是騙子的對手呢！

仇奕森和左輪泰在內心中對駱駝的騙術是十分折服的，畢生走江湖，他倆又多學會了一課，不過這種手法近乎有點卑鄙就是了。假如說就此認輸，仇奕森和左輪泰都心有不甘。

「既然發出廢牌，這一局就不能算了！」左輪泰提出建議說。

駱駝回答：「我們有言在先，只以一局決定賭注輸贏！」

「廢牌發出來豈能作數呢？應該再賭一局……」關人美也幫腔說。

「關人美小姐，發牌的是妳，責任也在妳！」駱駝聳肩說。

「嫁禍於我，未免太不磊落了！」關人美咬著牙說。

「論牌面，我有三條A在我手中，我贏定了；以顛倒賭法，我持有廢牌，也輸定了，請問有什麼牌比廢牌更小更爛污的？」駱駝一抱拳，行江湖之禮說：「承讓了，給兄弟我贏了賭注吧！」

左輪泰怎肯就此認輸呢？假如認輸，他就得放棄盜寶，讓駱駝獨行其事，這樣未免太窩囊了，「滿山農場」的問題無法解決，在朱黛詩面前也無法交代。

他觀察仇奕森的形色，假如他認輸，仇奕森也得認輸！仇奕森輸了賭注，就得乘回程機票離開墨城，再也不得管墨城盜寶的這碼子閒事。仇奕森會甘心嗎？

仇奕森沒有反應，他好像存了心，等候左輪泰發動。

左輪泰以槍法著名，在「狗急跳牆」的情況之下，一定會指駱駝詐賭，雙方衝突，就會決鬥，仇奕森就可「坐山觀虎鬥」，讓他們兩敗俱傷，博覽會的寶物保險就會保住了。

「仇奕森，你的意見如何？」左輪泰一拍仇奕森的肩膊問。

仇奕森平淡地說：「有重賭的必要，至少要將廢牌抽出！」

駱駝搖頭，正色說：「我們賭輸不賭賴，君子一言出口，駟馬難追！我們事先言明，以一局賭輸贏，多賭傷感情，就到此爲止了！」

左輪泰考慮翻臉，打算向駱駝挑戰決鬥，這老妖怪活得挺耐煩的。他不會高興做槍下之鬼罷？於是，他站了起來，以煙斗指著駱駝，冷嗤說：「論資格，你比我們老，若利用廢牌贏我們的賭注，就太不夠漂亮了！……」

駱駝堅決說：「賭局是我贏了，到此爲止。假如說，兩位不承認賭輸，可以收回賭注，我駱某人『提得起放得下』，今後你走你的陽關道，我走我的獨木橋，我們各比苗頭，『魔術人人會變，各有手法不同。』我們走著瞧就是了，只是有一點該提醒二位的，不要輕易向他人挑戰，強中自有強中手，強出頭者免不了要栽筋斗的！」

仇奕森和左輪泰等於是受了一頓教訓，兩個人都頗感到難堪。

是時，有人敲門。

常老么過去打開房門，進來的竟是駱駝的義子夏落紅。

他和大家見面打了招呼之後，向駱駝說：「你們竟在這裡賭上了，蒙戈利將軍已經到場，他正要來拜會您老人家呢！」

仇奕森等聽了，又是一怔，搞不清楚駱駝又在擺什麼噱頭，蒙戈利將軍可以說是墨城的權勢人物，很多人想和他見上一面都不容易辦到呢。駱駝有什麼能耐，竟然會和蒙戈利將軍巴結上了呢？這個老騙子真是不可思議。

駱駝向大家深深一鞠躬，說：「非常抱歉，這是一個重要的約會，不論在那一方面都不能爽約，所以告退了！今天的盛會，蒙各位的賜教甚多，永誌難忘，希望以後還有機會！」說時，又笑口盈盈地趨向賀希妮跟前，行了吻手禮，又說：「謝謝妳的款待！」

賀希妮說：「這裏的賭局就此而散，豈不可惜嗎？」

駱駝說：「天下沒有不散的筵席，短暫的歡聚，可以留待回憶呢！」

夏落紅也替他的義父說話：「很抱歉，蒙戈利將軍的身體不好，不會在邦壩水庫停留多久的，所以駱駝教授非去不可！」

仇奕森和左輪泰無法再將駱駝留下，駱駝再次深深一鞠躬，夏落紅替他打開房門，駱駝倒退出門外去了。

仇奕森和左輪泰怎會相信駱駝和蒙戈利將軍有約會呢？他倆也匆忙跟下樓去。

特別是左輪泰爲「滿山農場」的問題，很希望能有機會和蒙戈利將軍當面洽談，冀圖這位墨城特殊權勢人物能了解真實情況，免被手下弄權欺下瞞上，毀了聲譽。他想，蒙戈利將軍會因此重行調查真相的！

這時，「蒙地卡羅之夜」會場內軍警林立，如臨大敵似的，蒙戈利將軍帶來的隨員不知道有多少，光是上校就有好幾名，有替他把門的，武裝整齊，身上掛滿了勳章。

奇怪的是，蒙戈利將軍的外貌並不驚人，他的個子矮小消瘦，眉毛也白了。一撮大白鬍子，眉毛和鬍子幾乎遮掩了他的整張黑臉，假如不是全副武裝的話，十足是一個苦老頭兒呢。他的舉止也很龍鍾，行幾步路也是戰戰兢兢的，手扶著一支楠木大手杖，兩旁的衛士像築了一座肉屏風似的，生怕刮風將他老人家吹走了。

誰能夠和蒙戈利將軍接近呢？隔著好幾個人就會被擋駕住了，他才是墨城真正的「國寶」，墨國人民的象徵。

蒙戈利將軍在進入「皇后酒店」後，立刻就被送進特別預備的貴賓室。那是「皇后酒店」最華麗的客房，佈置得如同皇宮，平日是專供接待國賓用的。為了蒙戈利將軍的安全，早經安全人員三番四次檢查，並留有人駐守戒嚴。誰要想進入這間貴賓室的大門，可需得有特別的允許。

駱駝向衛士長投了名片，等候接見。

左輪泰和仇奕森等候在走廊上，且看這位老妖怪又在攞什麼噱頭？

事情真好像出了奇蹟似的，蒙戈利將軍的侍衛長宣布，蒙戈利將軍第一個要接見駱駝教授。命令傳達，蒙戈利將軍的隨員就在會場裡找尋駱駝。

在蒙戈利將軍的隨員想像中，駱駝教授一定是一位了不起的人物，要不然，許多達官貴人都在恭候著，爲什麼蒙戈利將軍偏偏首先召見這位名不見經傳的教授呢。

「在下早已在此恭候著！」當駱駝來到侍衛長的跟前時，大家全感到出乎意料之外。這人貌不驚人，他的一副尊容也不討人喜歡，個子矮小消瘦，大禿頭，兩隻老鼠眼，朝天鼻八字鬍，還露出兩枚大匏牙，……「穿上龍袍也不像皇帝」。怎麼回事？蒙戈利將軍會首先召見這樣一位人物？

駱駝趨上前，侍衛長的軍服有一枚鈕扣扣歪了，駱駝替他拉正。

侍衛長趕忙行了一個軍禮，帶領駱駝進入貴賓室。

仇奕森和左輪泰面面相覷，相對苦笑，不知道駱駝的葫蘆裡賣什麼藥？

「到底是駱駝棋高一著，他一下子就能巴結上權貴，這是你我不能辦到的！」仇奕森向左輪泰搭訕說。

「我們的手段不夠卑鄙！」左輪泰回答說。

「看情形，我們得攜手合作才能應付這老妖怪！」仇奕森說。

「不！我們的賭注平手，誰也不贏誰！」左輪泰說。

「但是我們全輸給老妖怪了！」

「那是一個卑劣的手段，利用鬼牌來取勝，我們可以拒絕認輸！」

仇奕森說：「假如想擊敗駱駝，惟有我倆攜手合作，否則機會不多呢！」

左輪泰笑了起來，說：「不過有一點，值得提醒你注意的，蒙戈利將軍到達『皇后酒店』後，首先就接見駱駝，足可證明老妖怪另有他的一套。其實，我只要解決『滿山農場』的問題，就無須要盜寶了，關鍵就在蒙戈利將軍的身上，也許搭駱駝的路線，就可以直接和蒙戈利將軍洽談，獲得諒解，問題就迎刃而解，可以省掉許多事情呢！」

仇奕森暗暗吃驚，說：「這樣說，你可能和駱駝聯盟了？」

左輪泰說：「難說，這得要看駱駝和蒙戈利將軍的交情而定，我還不知道老妖怪究竟擺什麼噱頭？居然可以和蒙戈利將軍攀上交情？說不定老騙子失算，又一腳被踢出了門外！」

仇奕森也想不透駱駝究竟賣的什麼藥，老妖怪的「道行」是高深莫測的，他的壞主意，仇奕森還得重行估價呢。

駱駝究竟是玩了什麼把戲呢？原來他在事前，給「仁慈會」去了一封工整的中文信，聲明有一件中國古玩要捐給「仁慈會」代替慈善捐款。該件古玩還有證明文件，是用臘染的宣紙圖案，印製得古色古香，煞有介事的甲骨文、鐘鼎文的印章就有五六枚之多，說明這件古物有千數百年的歷史，經過歷代的名人考證。

駱駝要求，爲慎重計，最好能交給蒙戈利將軍親收，地點就在「蒙地卡羅之夜」「皇后酒店」的會場裡。

駱駝之所以要用中文工筆書寫，也是別具用心的，因爲蒙戈利將軍身旁包圍了弄權的小人，一般的書信公函經常到不了蒙戈利將軍的手中。中文信，那些弄權小人全看不懂，信中還附有古色古香的圖案，自會有善於討好的傢伙親呈蒙戈利將軍過目，然後找懂得中國文字者翻譯之。

蒙戈利將軍偌大的一把年紀，酒色財氣對他已經是過去了，他現在唯一的嗜好就是古董。一件中國上千年的玉雕葡萄，引起蒙戈利將軍的莫大興趣，特別是一位從不相識的中國老教授願意自動捐獻，因之，蒙戈利將軍就決定親自到「皇后酒店」來接見這位駱駝教授了。

駱駝被引進貴賓室和蒙戈利將軍握手分賓主坐下之後。衛士們忙著斟酒遞雪茄煙。

這位老將軍已迫不及待地要看駱駝捐贈的古物。

駱駝不慌不忙，自衣袋中摸出了「豪華酒店」保險箱鑰匙的銅牌，雙手遞交蒙戈利將軍，邊說：「這串玉葡萄有上千年的歷史，曾經入土數次，又重新出土，價值連城，我不敢隨便攜帶身上，所以將它交給了『豪華酒店』帳房的信託保險箱，是爲安全著想呢！」

年紀大的人，就會有小孩子脾氣，蒙戈利將軍有點失望，老遠由墨城趕到邦壩水庫，還不能立刻欣賞到這件價值連城的中國古物，他跺了腳，吩咐侍衛長立刻驅車趕赴墨城「豪華酒店」去打開保險箱，將玉葡萄原車帶回來。

侍衛長哪敢怠慢，連大氣也不敢喘，匆忙展開了腳步，越出「皇后酒店」，登上汽車，吩咐警察用摩托車爲他開道，風掣電馳向墨城去矣。

由邦壩水庫至墨城往返，起碼也要兩三個鐘頭。駱駝在這段時間悠然自得，和蒙戈利將軍扯東拉西的，談古說今，他口若懸河，頭頭是道，而且有豐富的幽默感，經常逗得蒙戈利將軍大樂。蒙戈利將軍也把應該接見的其他貴賓給忘掉了。

「蒙地卡羅之夜」是慈善賭博大會，蒙戈利將軍需要接見的貴賓也無非是禮貌上的寒喧，不接見也

並不失儀。以蒙戈利將軍的地位而言，他是可以拒絕接見其他的貴客的。問題是，許多企圖巴結蒙戈利將軍的上流社會人物，他們很納悶駱駝教授究竟是什麼身分？為什麼蒙戈利將軍會對他如此的重視？又把他們應該可以親近蒙戈利將軍的時間完全佔據了！

兩三個小時很快的就過去了。

他們趕到墨城「豪華大酒店」又折回來了，蒙戈利將軍等著要欣賞駱駝教授捐贈給「仁慈會」的中國千年寶物玉雕葡萄。可是糟糕得很，汽車往返奔馳白跑了一趟，玉葡萄沒有帶回來，可是把「豪華酒店」的總經理和帳房司理給載來了。

這兩位酒店的高級負責人臉色紙白，汗如黃豆，神不守舍，魂不附體，連走路都雙腿發軟。原來，蒙戈利將軍的侍衛長會同帳房司理，打開那隻編號一〇三號的保險箱，裡面竟空無一物，那串玉葡萄已經是不翼而飛了。

酒店的保險箱失竊，影響信譽事小，蒙戈利將軍等著要看那件寶物事大！給客人賠償那是屬於保險公司的事情，問題是，在蒙戈利將軍面前如何交代？「豪華酒店」的總經理和帳房司理都是養尊處優的差事，若飯碗被砸的話，別的地方也不必去混了，以後在墨城還能抬頭嗎？

駱駝聽見警察的摩托車駛到，流露出極其天真的形狀，拍著掌，向蒙戈利將軍說：「我捐贈的寶貝送到了，相信蒙戈利將軍一看之下，就可以知道它是無價之寶了！」

蒙戈利將軍自然高興，他等候了好幾個小時，就是要欣賞這件寶物。

「失竊了……」那位總經理哭喪著臉孔，就只差沒有號啕大哭，上氣不接下氣地說。

蒙戈利將軍的侍衛長有「狗仗人勢」的形色，指著說：「我把你們帶到，就是要你們自己親自解釋呢！」

「什麼東西失竊了？」駱駝裝傻問。

「駱駝教授，你租的那隻保險箱，裡面是空著的！」侍衛長說。

駱駝先是沉下臉色，繼而皺起朝天鼻子，咧口笑著說：「你開玩笑……」

「真的，裡面空無所有！」侍衛長說。

駱駝故意怔著，忽地向那位總經理咆哮說：「價值連城的中國古物，竟然會在你們酒店裡的保險箱丟失？這豈不是天大的笑話嗎？」

「駱駝教授，你可有將它取出來……？」帳房司理邊拭著汗吶吶問。

「任何人要進保險庫去，都得經由帳房的大門，鑰匙在你的手中，哼，肯定是你監守自盜！我今天出門才取了我的銅牌第一次用呢！」

「啊喲，老天……」

蒙戈利將軍在失望之餘也光了火，說：「究竟是怎麼回事？你們把經過情形給我說清楚！」

「駱駝教授租用的保險箱一打開，裡面保存著的古玩失蹤了！」侍衛長攤著雙手說：「我們白跑一趟！」

「我們沒發現絲毫可疑的形跡……」總經理愁眉苦臉，實在無從解釋。

「蒙戈利將軍！墨城的治安情形如此的壞嗎？」駱駝轉向這位老人家，以譏諷的口吻說：「好在我原打算將這件古物捐贈給『仁慈會』的！現在是被賊人拿走了，我僅能說我的心意是盡到了！」

「快通知警署，叫署長來見我！」蒙戈利將軍吩咐說。

「將軍！張揚出去可不得了，『豪華酒店』可要關門大吉了……」總經理直在打恭作揖的。

「我們酒店裡有自己僱用的偵探！」帳房司理說。

「占天霸在什麼地方？事情發生之後，我沒看見他的影子！」總經理還要向司理打官腔。

「占天霸隨同一位姓賀的小姐到邦壩水庫參加『蒙地卡羅之夜』……」司理說。

「那麼該是在這裡了？」

「應該在這裡！」

「那麼還不快去把他找來嗎？」

「你們兩個都該死！」蒙戈利將軍斥罵說：「在萬國博覽會期間，你們替國家丟臉！」

「我願意出重賞將寶物找回來！你們誰替我負責？」駱駝問。

「我們一定負責！」總經理搶著說。

蒙戈利將軍表現出是一個明事理的人，他安慰駱駝說：「他們應該有責任將失物找回來，不用你出賞格。不論在任何情形之下，你的義舉，我代表『仁慈會』向你道謝，致謝函在日內一定送達！至於這件不愉快的事情，我代表墨城人民向你致歉！」

「使蒙戈利將軍掃興，太不應該！」駱駝說。

「唉！」蒙戈利將軍一跺腳，他要告辭了。

蒙戈利將軍要離開「皇后酒店」像是一件大事，他的侍衛長早已經把話傳出去了，他的衛士和隨員早已經在外面擾擾攘攘地排開了一條道路，許多需要巴結蒙戈利將軍的貴客，都趕著過來給蒙戈利將軍送行。

尤其是一些等候著希望蒙戈利將軍召見的所謂達官貴人，他們趨上前，就算和蒙戈利將軍打個照面或是招招手也是好的。可是蒙戈利將軍的臉色鐵青，他不高興和任何人招呼甚至於點頭。

駱駝也跟在蒙戈利將軍的身畔送行，只有他一個人能送到蒙戈利將軍的汽車旁邊，他的身分好像比較特殊，蒙戈利將軍還向他一鞠躬還禮始才鑽進汽車。

「再見！」他一揮手，汽車嘟嘟離去了。警察的摩托車又是鬼哭神號地在前面給他開道……。

駱駝臉帶笑容，一副洋洋自得的形狀，在場所有的人都以極羨慕的眼光向他行注目禮。

「豪華酒店」的總經理和帳房司理可有著相反的表情，喪魂落魄如喪考妣。「皇后酒店」的侍者幫他們找尋占天霸的下落。

占天霸是爲賀希妮提化裝箱做保鏢到邦壩水庫來的，他連做夢也沒想到，「豪華酒店」保險箱失竊的那串玉葡萄，正是藏在他所提的化裝箱裡。他保護著這件東西離開墨城到邦壩水庫來了，到這時爲止，他還被蒙在鼓中呢。

經過「皇后酒店」侍者傳遞消息，占天霸匆忙下樓，在會客室內見著了他的兩位頂頭上司。

這兩位平日作威作福的經理大人，這時急得如熱鍋上的螞蟻，一副焦頭爛額的樣子。

帳房司理見著占天霸還要打官腔，說：「唉，你的任務是負責『豪華酒店』的安全，不讓歹人混進酒店去，維持酒店的信譽，保障貴客的財物安全……誰叫你專替一個女客服務，跑到邦壩水庫來了?……」

占天霸回答說：「我替賀小姐服務，是經過司理先生的特別允許的，您說她是一位特殊的女客……」

「唉，酒店的保險箱失竊了……」

「丟了什麼東西?」

「駱駝教授的一件中國寶物，就是那串玉葡萄呀！」

「是誰偷開了保險箱?」

「你來問我嗎?你是酒店的偵探，該由你負責緝拿賊人……」帳房司理氣急敗壞地說：「唉，酒店裡已經有歹人混進來了！」

「駱駝教授租用的保險箱是第一〇三號，它是被撬開了?或是用配製的鑰匙啓開?總該會有一點痕跡留下的……」

「呸!你在此空口講白話，還不如快回去進行偵查!」總經理說。

占天霸自是也有點手忙腳亂的，「豪華酒店」的保險箱失竊，關係了他的飯碗問題，假如不能將失物追回，今後酒店偵探的這行將不再有他的份兒了，哪一間酒店還敢僱用他做偵探呢?因此占天霸不及向賀希妮辭行，就匆忙跟隨酒店的總經理及帳房司理趕回墨城去進行偵查保險失竊案。

賀希妮正在考慮它的出處問題。駱駝租用的保險箱已經宣告失竊案發，那麼將它留在身旁就很不安全，假如被人發現，就會被認爲是贓物，捉賊拿贓，到時有口難辯，因此，一定得將它移交出去。好在「豪華酒店」保險箱的失竊案沒有向外張揚，此事事關酒店的名譽，又關係「仁慈會」和蒙戈利將軍的不愉快，所以偵辦這件失竊案是在極其高度的機密之下進行。

駱駝曾向賀希妮關照過，「栽贓」最好的對象，就是仇奕森或是左輪泰。他們倆人都是駱駝的重要對手，能擊敗一名對手就少去一名障礙。

據駱駝所知，仇奕森和左輪泰都是風流自賞的人物，以賀希妮的美色，不難引他們其中一人入彀，且看誰先倒霉自動送上門？

「三雄聚首」的一場特殊的鬥智賭博戰，駱駝始終佔了仇奕森及左輪泰的上風。

在場的局外人有關人美和賀希妮。駱駝還利用她們作了「代罪羔羊」，做了發牌的工具。關人美「見多識廣」，曾經小心翼翼地謹防著有人從中作弊，但是終於還是弄出了一張鬼牌，讓駱駝有了口實，以戰勝者的姿態結束了賭局。

關人美很懷疑賀希妮的身分，因爲酒店的套房是她預訂的。這位年輕的女郎一直在炫耀她的財富和社會關係地位，按照這種行徑，是和駱駝同一行，是騙子的成份居多，說不定就是駱駝的手下黨羽，那麼駱駝所持有的一張鬼牌就是她作弊發出來的。因此，關人美決心向賀希妮進行偵查，企圖揭破她的假面目。

當蒙戈利將軍抵達「皇后酒店」時，賀希妮加以迴避，要不然就會當眾出洋相了，因爲她曾經冒認和蒙戈利將軍是世交呢。

關人美留在賀希妮的套房並沒有離去，她以那張鬼牌爲話題，和賀希妮研究那張鬼牌的來處，爲什麼它會落到駱駝的手中？

賀希妮矢口否認她是知情的，這一場古怪的賭博是她有生以來頭一次觀賞。

「據我看，妳絕非善類！」關人美忽地妄下斷語說。

賀希妮怔了好半晌竟說不出一句話來，心中暗想，這個小妮子竟然如此狂膽，出言不遜，也可謂夠大膽了！

「妳憑那一點敢指我不是善類呢？」賀希妮表現得很沉著，以抗議的口吻說。

「妳和駱駝是勾結的！」

「我和駱駝教授素昧平生，是在墨城的『豪華酒店』才邂逅相識的！」

「難道說不是有意如此佈局的嗎？」

賀希妮扳下了臉說：「我可以控告妳誣衊譭謗！」

關人美含笑說：「不要緊，我的監護人左輪泰是世界馳名的神槍手，他正技癢，恨不得找一個人決鬥較量槍法，相信最後爲妳出頭的，還是那個老騙子駱駝！」

「妳連駱駝教授也誣衊了！」

「綽號『陰魂不散』的老騙子並沒什麼大不了，他能騙倒眾生，但是面對左輪泰的槍法，還是膽怯的！」關人美說。

「我要叫我的保鏢了！」賀希妮執起電話聽筒，企圖恫嚇。

可是關人美並不在乎，說：「妳只管請！」

賀希妮見計不得售，又擲下聽筒，說：「我們之間無冤無仇，為什麼要交惡呢？」

關人美吃吃笑了起來，說：「我指出妳和駱駝之間是互相勾結的，假如說，妳不是清楚駱駝的底子的話，又何需要如此的緊張呢？分明是做賊心虛，自露馬腳了。賀小姐，我並不希望妳蹚進這瓢渾水，若捲進漩渦就難以自拔了，莫說我不曾警告妳。」

賀希妮在心中盤算，關人美這小妮子並不簡單，她正需要找一個對象「栽贓」，關人美是左輪泰的義女，正好是自動送上門來的，不如先給她一點苦頭吃吃！

賀希妮想著，便格格一陣傻笑，笑得前仰後合的，說：「關小姐，妳真了不起！」

關人美說：「我只是有先見之明罷了！」

賀希妮說：「我佩服妳的眼光獨到，我們都非善類，但是我並不如妳所想像中的那樣壞，騙子駱駝和我之間沒有絲毫瓜葛，但是我到墨城來的目的，是要訪尋能人，箇中的能手，自然，駱駝是我的對象之一！所以我一直想借機會和他接近！」

關人美不懂，說：「妳有什麼企圖呢？」

賀希妮一擺手，神秘地先將房門下了鎖，邊說：「我不知道妳是否能遵守道義，不揭穿我的秘密？」

「妳且先說秘密的內容！」

「不！妳得先答應不戳穿我的秘密！」

「假如合乎情理，我不會違背道義的！」

「我有一件大案子要幹！」

關人美一怔，她想不到年紀與自己不相上下的賀希妮，也是一個幹黑道的！故意表現得很沉著，說：「是屬於那一類的案子？」

賀希妮一招手，招呼關人美到她的床前，自枕下取出她的首飾箱，打開，只見裡面是一幅紗巾，包著一團亮晶晶的東西。

解開紗巾，竟是一件古玩，原來是一串玉雕的葡萄呢，果子與枝葉分明。葡萄白中透亮，枝葉的纖莖如同活葉似的。以一隻象牙托子襯起，看似甚爲名貴，具有價值。

「這是古董嗎？」關人美拿起來賞玩了一番。

「這可以說是一件樣本！」

「什麼樣的買賣的樣本呢？」

「有著數百件同樣價值的古董倉庫，等著我們去取！」

「天底下那有這種的事情？」

「所謂的古董倉庫，就是一位古董收藏家的私人陳列所，那是一位暴發戶，有收集古玩的癖好，是爲顯耀他的財富也！我取出這件樣本，正是要找高手合作，駱駝自然是我的最好對象之一！他的手下能人甚多，『兵多將廣』。但是我曾聽說駱駝是『吃人不吐骨頭』，若事成之後，他給我來個『黑吃黑』，我就叫天不應叫地不靈了！關小姐，妳來得正好，左輪泰先生也是箇中能手，若有興趣，我們二一添作五，誰也不佔誰的便宜！」賀希妮口若懸河地說，煞有其事似的。

關人美思考猶豫著。她心中想，左輪泰正是為盜寶而到墨城來的。墨城「萬國博覽會」是墨國四年一度的大事，向博覽會盜寶，無異等於向太歲頭上動土，而且還有老狐狸仇奕森做大鏢客，又有駱駝從中作梗，左輪泰就算有天大的本領，左右樹敵，想盜寶成功並不簡單呢！

左輪泰所以要冒這種險，無非是為「滿山農場」朱家打抱不平。說得更簡單，就是為朱黛詩。左輪泰的計畫中，盜寶可以「驚天動地」，轟動墨城，引起蒙戈利將軍的注意，然後替朱家申訴冤屈，了卻一場官司。其實，「滿山農場」的官司有錢就行，錢可通神，不愁不會打到蒙戈利將軍的跟前去！

假如說，賀希妮所說的是事實的話，這倒是一條撈大財的捷徑，不會有多大的風險，而且又不會有駱駝和仇奕森這些人從中作對。

賀希妮見關人美遲疑不決，猜得出她是有點動心了，便說：「妳是否要找妳的義父磋商一番呢？」

「左輪泰並非是我的義父，他只是我的監護人！」關人美正色回答說。

「是妳的監護人也好，妳是否要找他一起來磋商一番呢？」

「我還需要了解全盤的真情實況！」

「有什麼問題妳儘管發問！」

「在什麼地方？」

「距離墨城不遠，一個小時的飛機，像是另一個獨立的小王國！」

「主人是誰？」

「是著名的暴發戶，名喚林邊水，在該城裡，提起林邊水的大名沒有人不知道的，是一位大土佬！」

「古玩的價值總計有多少？」

「難以估計，要知道，一些古物是無價的，我們暫時以數百萬美元爲底價好了！」

關人美真是有點動心了，再問：「行事可方便嗎？」

「假如按照計畫行事，加上有左輪泰和妳的智慧，可以說不費吹灰之力！」

「這樣說，妳是已經有了全盤的計畫了？」

「可以這樣說，但是仍得要將計畫和左輪泰作一次全盤的研究，方可保萬無一失！」

「妳可否將計畫大致上和我說一遍？」

「不！那頗費唇舌，我們得先徵得左輪泰的同意始才進行研究，要不然，機密外洩，被另外第三者作爲藍本，我的損失可就大了！」

關人美搖頭，說：「左輪泰在未能了解詳情之先，不會貿然答應和妳合作的！」

「妳只要將這串玉葡萄給左輪泰過目，他是識貨人，自然就會感到有興趣了！」

關人美皺著眉說：「妳爲什麼不肯將計畫告訴我呢？」

「我認爲和左輪泰直接磋商比較妥當！」賀希妮慫恿說：「我並非是對妳不信任，我可以將玉葡萄交給妳，讓妳將它送給左輪泰過目，假如左輪泰感到有興趣的話，我們再談第二步計畫！」

關人美遲疑不決，可是經不起賀希妮一再慫恿，終於，她接過那串玉葡萄，仍然用紗巾包起，再用廢報紙包在外面，打算送去給左輪泰過目了。

她手持包裹，重新來到樓下的賭廳，跑遍了全場，沒看見左輪泰的影子。

這時，仇奕森和左輪泰是泡上了，他倆跟定了駱駝，因爲駱駝在蒙戈利將軍離去後，就打算離開邦壩水庫。他正在停車場前等候酒店所派的交通車。

關人美遍尋左輪泰不見，手中提著一隻大紙包又有點不大方便，於是，她便將它交給了貯物間，領取了一隻對號領物的銅牌。

是時，朱黛詩也進入了「皇后酒店」，她告訴關人美，她被一無聊男子盯梢！關人美看見林淼那一副傻頭傻腦的樣子，心中就感到好笑。她可以看得出，林淼雖是西裝畢挺，可是仍帶著土味，很可能是一位土財主子弟，他不會是獵豔能手，也不是色狼之流。

經關人美銳利的目光向他不斷地上下打量時，林淼立刻臉紅耳赤，迴避開了。

「這只是一個傻小子，妳別理會他就行了！」關人美關照朱黛詩說：「假如他有越軌的行動，我會給他苦頭吃的！」

邦壩水庫的慈善豪賭是通宵達旦舉行的，凡被邀請的貴賓，每一個人憑帖上的餐券，可以領取一客大餐。進餐的時間不拘，貴客高興在什麼時間去享受那客大餐都可以，只要將餐券交給侍者，餐點就會

送到，甚至於邊賭邊吃也行。但飲料方面，卻是需要貴客們自掏腰包的，特別是各類的美酒還要加稅。

左輪泰好忙了一陣子，也覺得飢腸轆轆，他暫時還不想離開邦壩水庫。

他猜想駱駝的離去，可能是逃避他和仇奕森兩人的糾纏，但是駱駝的黨羽卻一定是仍留在邦壩水庫做偵察工作。知己知彼始能百戰百勝，左輪泰得繼續了解駱駝手底下人的活動，同時，左輪泰自己也很需要知道邦壩水力發電廠輸電的情形。當前最大的問題，還是如何擺脫仇奕森那「老狐狸」，這老傢伙也不容易對付。

左輪泰有信心能對付仇奕森，是因爲仇奕森並不代表墨城警方，他只是憑個人的義氣，爲朋友擔揹道義，所以做了博覽會的保鏢。摜倒仇奕森，只要有特別的詭計即行。

關人美總算在餐廳裡找到左輪泰。他要了一杯雙份的白蘭地，正在用餐。

關人美在他的身畔坐下，侍者過來，她交出了餐劵，一面悄悄地告訴左輪泰，她和賀希妮的一席談話。關人美很天真的認爲這是一樁好買賣，不必冒很大的風險，許多的問題都可迎刃解決。

左輪泰怔著，他覺得事情絕不是這麼回事，問題之中另有問題。

「那串玉葡萄現在在什麼地方？」他急切問。

「很安全，我將它存到了貯物間，不會丟的！」關人美舉著手中的領物銅牌說。

左輪泰搖頭說：「問題並不簡單，假如說，賀希妮那小妞兒和駱駝是有關連的話，那麼這是一種栽贓的手法，那串玉葡萄不知道是由什麼地方弄來的，打算嫁禍於妳，這樣就將我牽制住了！」

關人美有點吃驚，說：「你爲什麼會有這樣的想法呢？」

左輪泰說：「這是最下流的江湖手法，我們和一個騙子接觸，就得步步小心，要不然，隨時都會進圈套！」

關人美說：「假如駱駝有膽量這樣做，豈不是等於向你宣戰了嗎？」

「要不然，駱駝就是有計畫地企圖將我引開，好讓他單獨坐享其成！這兩種想法，其中必有一項是對的！」左輪泰說。

「但是也或者賀希妮所說的是真話，林邊水真有其人其事！」

左輪泰呆了半晌，說：「假如說林邊水擁有如此大的收藏，必定也是一位名人，朱黛詩應該會知道其人，向她打聽一下就可以了解底細了！」

關人美有點著急，說：「待我去把朱黛詩小姐找來！」

左輪泰忙說：「妳得將銅牌留下！」

關人美不解，說：「爲什麼呢？」

「假如這是駱駝的栽贓手法，那麼妳已經成爲他們的箭靶子，隨時都會有危險！」

「銅牌留給你，你不也會有危險嗎？」

「我會對付！」

關人美離開之後，左輪泰將那隻領物銅牌壓在餐碟底下，大敵當前，他得隨時提高警覺，慎防墮入圈套，中了奸計。

關人美雖說是要替左輪泰找尋朱黛詩，打聽林邊水其人其事，但她偷空卻又溜上樓去了。

關人美是企圖找賀希妮算帳去的，假如賀希妮真是駱駝的黨羽，有計畫栽贓謀算她的話，她絕不饒她。

關人美仗著藝高膽大，平日就不肯吃任何的明虧，這是生活環境造成她有著一種狂野不羈的性格，賀希妮的表面看似弱質纖纖，一副嬌滴滴的樣子，關人美心想，「修理」她是絕不會有問題的。

她匆匆忙忙又來到賀希妮的套房，可是賀希妮早已離房他去，值班該層樓的侍者也不知道賀希妮到什麼地方去了！

關人美撲了個空，心中懊惱不迭，她重新下樓來到賭廳，四下找尋了一遍，仍然沒看見賀希妮的影子。賀希妮那裡去了呢？

賀希妮將玉葡萄交到關人美的手中後，滿以爲奸計已告得逞。她將經過情形透過常老么，向駱駝作了一番報告。

駱駝認爲賀希妮太過莽撞，太操之過急了，左輪泰和關人美都不是「善男信女」，怎會輕易上當呢？駱駝認爲栽贓的手法不對，這在騙術中是至爲劣等的技術，假如說，能讓關人美自動將玉葡萄偷走，那麼手段就高了。不過賀希妮既然已經這樣做了，駱駝也無可奈何，誰叫他在事前沒給賀希妮一番授計呢？

駱駝吩咐常老么關照賀希妮，命賀希妮迅速離開「豪華酒店」，以免被「倒打一耙」！

「豪華酒店」的保險箱失竊，駱駝教授鎖在保險箱內的一件無價寶物不翼而飛，這關係了該酒店的信譽，同時，又牽上了蒙戈利將軍的關係。酒店的總經理和帳房司理爲了自己的差事著想，再三磋商，決意央人走蒙戈利將軍的門道，請蒙戈利將軍暫息雷霆，寬以時日，絕對破案將「原物歸趙」。

占天霸越查案子越是糊塗，酒店裡的保險箱是什麼時候失竊的，竊賊又是用什麼方法打開保險箱將寶物竊走？全尋不出答案。

占天霸翻閱顧客登記的名冊，計算失竊的可能時間，再按名冊逐個查詢，藉以尋出可疑的人犯。但是總經理沒批准讓他這樣做。他認爲占天霸這樣做，非但會得罪客人，而且還會將流言擴大，到時候更收不了場了。占天霸正好有了藉口，總經理不讓他以科學方法偵查，就無法破案了。

總經理發雷霆也沒有用，占天霸一口咬定是住在「豪華酒店」裡的住客盜竊的，假如時間趕得上，也許贓物還留在酒店內，搜贓還來得及。可是那位總經理哪敢讓占天霸這樣做呢？在商言商，以顧客至上，得罪顧客是最不智之舉。

他們求教於保險公司。保險公司認爲在要求賠償之先，一定得先透過警方的證明，否則拒絕承認此竊案之發生。

責任問題好像是雙方在踢皮球，踢過來滾過去，誰也搞不清楚……。

邦壩水庫的「皇后酒店」內，慈善豪賭仍在進行。

關人美尋著朱黛詩和雷蘭蘭。左輪泰是要找朱黛詩打聽林邊水的事情，可是朱黛詩的背後卻跟著一個林淼。

朱黛詩坐進了餐廳，林淼也相隨坐進餐廳。他們之間的坐位，只相隔一張餐桌，但卻甚影響左輪泰他們的談話。

關人美搶先向左輪泰報告朱黛詩被「色狼」盯梢。左輪泰先打量了林淼一番，初時，他懷疑林淼是仇奕森或是駱駝所派的「眼線」。但是林淼的那副「德性」，由頭至腳也不像是一個「行家」，更不像是吃公事飯的「便衣」。

「癩蛤蟆想吃天鵝肉，別理會他就行了！」左輪泰說著，忽地露出了笑臉，說：「也許這是天上掉下來的一隻肥鴨，可以供我們利用，在墨城這地方，能廣交人緣也是好的！」

朱黛詩不懂左輪泰的意思，但是關人美卻是一點即通。

朱黛詩這時看著左輪泰的一副形色，納悶不已，忍耐不住，便問：「爲什麼稱爲是天上掉下來的一隻肥鴨子呢？」

左輪泰說：「男女之間的愛情，有一種是天長地久，海枯石爛，專情不二；另外一種，稱之爲『愛情的點心』，如同遊戲人間，供著玩的，有這種大好的機會送上門，不等於像是天上掉下來的肥鴨子嗎？」

朱黛詩搖頭說：「我不懂得你的意思。」

左輪泰說：「我們現在正感到人手不夠，需要有自願供我們跑腿的人物，人選的對象，最好是傻頭傻腦，在社會上又略有金錢地位的人物！」他說時，眼睛瞟了林淼一眼。

朱黛詩噓了口氣，連忙搖首說：「你的意思要我勾引那個人為我們做惡事？噢，不……」

這時，賭廳方面發生了一點不愉快的事情。

原來是金燕妮的哥哥金京華也到「皇后酒店」參加「蒙地卡羅之夜」。他的那位酒肉朋友私家偵探華萊士范倫也追蹤而至。華萊士范倫原是迷戀著某一間賭場的籌碼女郎的，是夜，該籌碼女郎也被調用在「皇后酒店」之內。

華萊士范倫需要在該女郎面前擺闊，所以向金京華借賭資。金京華身邊所帶的現款不多，頭一次借給華萊士范倫二百元，不及他押了兩注就輸了個精光。華萊士范倫再借，金京華不得已打了回票。華萊士范倫正好借題發揮，和金京華起了爭執。

「你聘我做私家偵探保護博覽商展會的寶物展出，我以最低廉的收費，純是看在老朋友的份上，而你呢，又結交江湖上黑道的朋友，另搞名堂將我蒙在鼓裡，你們掩掩藏藏的，到底在搞什麼鬼？我連一點也不知道，假如說你對我感到不滿的話，我們的委託就到此為止了！」

金京華連忙解釋說：「我們交朋友不是一天了，最近生意做得不順利，你又不是不知道，至於博覽會的安全委託費，你早已經借支一空……」

華萊士范倫不樂，說：「博覽會展出的古物是無價之寶，你所給我的委託費用，又是多少呢？」

「可是我們在事前，雙方說得很明白，還簽有合約的！」

「那時候，我們是朋友！」

「現在就不是朋友了嗎？」

「現在你有那個姓仇的給你做保鏢，就不需要我了。我們就到此爲止！」

金京華生了氣，說：「你已經支取全部報酬，怎可以中途毀約？」

「不交朋友就沒什麼信義可言了！」

他倆爭吵愈來越烈，引起了賭廳中一些賭客注意，何立克和金燕妮剛好進入「皇后酒店」，打算向仇奕森報告下午觀察所得之資料。金燕妮發現她的哥哥正在大庭廣眾中和華萊士范倫發生爭吵，趕忙上前去勸阻。何立克攔阻了華萊士范倫，金燕妮則將金京華拖進了餐廳。

那楞頭楞腦的林淼和何立克是相識的。當何立克進餐廳去尋找金燕妮時，林淼趕忙迎上去打招呼。

左輪泰看見金京華兄妹兩人，又看見林淼和他們湊在一起，心中更有把握。

餐廳裡頓時熱鬧起來，金京華交遊甚廣，平日結交的酒肉朋友甚多，每在熱鬧場合有酒飲的地方，總可以遇著金京華的那些酒肉朋友。金京華看見左輪泰甚爲尊敬，特地上前一鞠躬，並招呼酒吧，特別開了一瓶香檳送到左輪泰的桌上。

關人美說：「姓金的對你如此尊敬，倒會使你覺得不好意思了！」

左輪泰笑了起來，說：「不管在任何情況下，我的意志不會輕易動搖的！」

他立刻吩咐侍者，回敬金京華兩瓶白蘭地。

這時，左輪泰不厭其詳地向朱黛詩查詢暴發戶林邊水的底細。

朱黛詩生長在墨城，林邊水其人其事聽聞之傳說多矣，可是這鼎鼎大名的暴發戶，朱黛詩卻從未見過。她說：「假如有機會，我倒真想看看這位暴發戶究竟『土』到什麼樣的一個程度？」

「林邊水真的是一位古玩收藏家嗎？」左輪泰問。

「據說，他所收藏的古玩可以和蒙戈利將軍比美！」朱黛詩正色說：「曾經有一次，林邊水爲了炫耀他的珍藏，大排筵席宴請富豪賢達，公開展覽他的寶庫，蒙戈利將軍也恭逢其盛，彼此之間還發生了不愉快的爭執！」

左輪泰說：「據妳所知，在林邊水的寶庫之中，有什麼古玩是最著名的？」

朱黛詩抬頭想了想，說：「慈禧太后的翡翠馬桶！據說是一個著名的騙子請一位名家仿造的，被林邊水高價搶購而去！」

左輪泰失聲而笑，幾乎將剛吸進口的香檳酒全噴了出來。

「你向我打聽這些，莫非又是在轉什麼念頭？」朱黛詩反問。

左輪泰說：「我對古玩一向是極感興趣的！」

「墨城的事件還沒開始，就準備好下一步驟了嗎？」

「以常理推斷，假如一個人賺的是辛苦錢，不會將大把的鈔票花費在古物上，以歷史文物來標榜自己的財富，這種東西，可以說是多餘的，見者有份！我反正閒著也是閒著，有了下一步驟，頭一件事就會進行很快，儘早結束！」

仇奕森也發現賀希妮的身分有問題，企圖盤她的底子，所以不惜下工本去進行調查。他由「皇后酒店」開始著手，發現賀希妮所訂的房間，是由墨城的「豪華酒店」代訂的。邦壩水庫的「皇后酒店」與墨城的「豪華酒店」原是有著連鎖生意的，所以互相訂房都很方便。大騙子駱駝也是住在墨城的「豪華酒店」裡。

仇奕森心想，假如賀希妮著實是駱駝的黨羽的話，應該不可能會這樣笨，住在同一間酒店裡。不過，駱駝的足跡遍及天下，他的騙術花樣百出，他的要訣是「真真假假，假假真真，疑真似假，疑假似真。」經常會使人捉摸不透的。所以，賀希妮的真實身分，不能因她住在「豪華酒店」裡而下定論。

仇奕森再進一步，請「皇后酒店」的職員撥電話到墨城的「豪華酒店」去打聽。但這時「豪華酒店」亂得一團糟，據說是出了極大的紕漏，整間酒店上下的員工神不守舍，連一個負責人也尋不著。至於出紕漏的內容，該酒店的職員守口如瓶，拒絕吐露。

仇奕森的調查不得要領，只有暫時放棄，待回墨城再說。

他在賭廳裡巡了一下，進入餐廳，左輪泰首先和他打招呼。金京華對仇奕森也頗爲尊敬，連忙起立讓坐，並介紹林淼相見。金燕妮立刻報告華萊士范倫和金京華發生爭執的經過。

仇奕森愁眉不展，說：「華萊士范倫是一個小人，以後要多加小心！」

金京華忙加以解釋說：「我和華萊士是老朋友了，吵鬧是經常會有的事，他不會做對不起我的事情的！」

仇奕森說：「在當前的情況下，我們的處境如同是四面楚歌，我們要防君子，也要防小人，最要避免節外生枝！」

金京華為自己的顏面，不便在林淼和何立克的面前多說什麼，裝著飲酒，將問題打發過去。

仇奕森「轉檯子」來到左輪泰的坐位跟前。關人美和朱黛詩他都曾經見過，就好像是老朋友般的一一打了招呼。左輪泰招呼他坐下，一面為他斟了香檳酒。

「你打聽賀希妮那妞兒可有什麼收穫？」左輪泰先道破仇奕森的行蹤，顯露出他的智慧。

仇奕森並不介意，一聳肩說：「目前還捉摸不透，賀希妮在墨城和駱駝住在同一間酒店！」

「『豪華酒店』嗎？」左輪泰側首說，心中也在盤算其中的奧秘。「你有什麼高見？」

仇奕森說：「很難說，駱駝這老妖怪向來是鬼計多端的，他的作為很難捉摸！」

「『豪華酒店』應該可以吐露一點消息！」

「『豪華酒店』出了大紕漏，酒店現正一團亂，當事人可能正在大傷腦筋呢！」

「怎樣的紕漏呢？」

「不知道，沒有人肯吐露！」

左輪泰格格笑了起來，說：「老妖怪駱駝所到之處，沒有一個地方是安寧的！」

仇奕森一怔，好像是被左輪泰一語提醒，「豪華酒店」所出的紕漏可能與駱駝有關，也或是駱駝故意製造事端，是一種「聲東擊西」的手法，有意吸引他人轉移注意力。「嗯，可能就是這樣……」他喃喃說。

「我們已經在邦壩水庫見過面了，你可以看出駱駝有什麼動靜和計畫嗎？」

仇奕森說：「駱駝手底下還有三個能人還未露面，飛賊孫阿七，九隻手查大媽，大力士彭虎，我想，計畫是在他們三個人的身上，也說不定現在，他們三個人正在活動之中。」

左輪泰取笑說：「仇奕森居然會放他們三個人自由活動，可謂難得！」

仇奕森嘆息說：「我人勢孤單，徒呼奈何！」

「你有金京華的私家偵探可以借用，怎說得上孤單？」

「年輕的小夥子除了酒色財氣之外，什麼經驗也沒有，怎會是老騙子駱駝的對手呢？假如有你和我合夥，相信擊敗駱駝該不成問題了！」

左輪泰不置可否，只吃吃而笑。

關人美卻插口說：「想不到，一向不求人的仇奕森，竟然拉攏手段還滿高明的！」

是時，林淼正在向金京華打聽朱黛詩，他說：「坐在姓仇的身邊的那位女郎是什麼人？」

金京華再三打量朱黛詩，只不斷地搖頭，說：「搞不清楚，我只知道那個蓄小鬍子的叫做左輪泰，是一位聞名的神槍手！」

「你和他們好像很有交情，進門就送過去一瓶香檳酒！」

「禮尚往來，他不立刻就還我兩瓶白蘭地嗎？」

「我很想結識那個女的……」林淼喃喃說。

「嗨，想不到林淼也變成獵豔的能手了，你什麼時候開始學會的？」

林淼的臉上不禁一紅，很不自在地說：「我是相信命運的，我想這是緣份！」

金燕妮插嘴說：「和左輪泰混在一起的，差不多都是『女江湖』，你最好少沾爲上！」

「弱質纖纖，端莊秀麗，可以看得出必定受過良好教育，不可能是一個下流社會的人物，妳看差眼了！」

「既然這樣，何不請仇叔叔替你介紹，他和左輪泰挺熱絡的！」何立克說。

林淼搔著頭皮說：「家父研究『麻布柳莊』，我對相法也很熟稔，這位小姐相貌堂堂，以相法說，可以貴爲一品夫人，旺夫益子，有幫夫運，將來兒女成群，會大大的發跡的。」

「既然這樣，舍妹『穿針引線』最有辦法，請她爲你牽線，包你馬到成功，我們等著吃你的喜酒就是了！」金京華說。

林淼有點忸怩，向金燕妮一揖，說：「就拜託你了！」

金燕妮吙嘴說：「這種事情，有花花公子參與其中不會有好結果的，你假如真的希望譜一曲鳳求凰，趁早別和一些浪蕩子在一起，否則，成事不足敗事有餘！」

林淼知道金燕妮指的是金京華，他兄妹倆一直是不和的，只有含笑說：「金京華在外面玩，向來『盜亦有道』，從不會橫刀奪愛的！」

「我從未聽說過有不搶食的餓狗！」金燕妮說。

賭廳裡忽地起了一陣喧鬧，原來是夏落紅押輪盤賭，連中三元之後一把輸光，旁觀者爲他惋惜。

夏落紅一把輸光也面不改色，好像對輸贏沒當一回事。他說：「贏了，是意外之財，輸了，當捐作慈善事業，我們本就是爲慈善捐款而來的！」

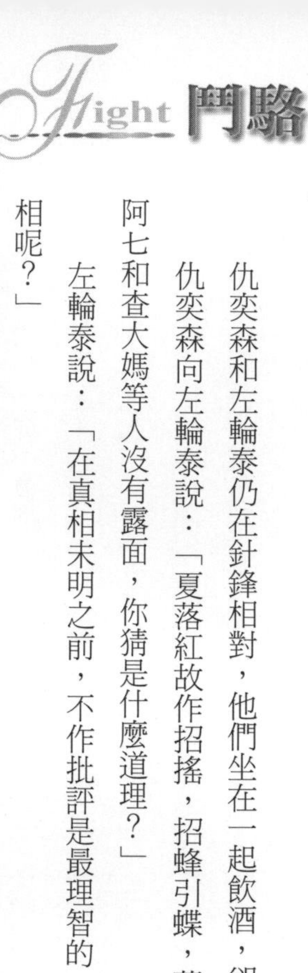

仇奕森和左輪泰仍在針鋒相對，他們坐在一起飲酒，卻是面和心不和，各懷鬼胎，互相在盤算。

仇奕森向左輪泰說：「夏落紅故作招搖，招蜂引蝶，惹人注目，他的義父卻早離開邦壩水庫了，孫阿七和查大媽等人沒有露面，你猜是什麼道理？」

左輪泰說：「在真相未明之前，不作批評是最理智的，駱駝玩的噱頭，不到最後揭曉，誰能明瞭真相呢？」

這時，有侍者舉著燈牌穿行餐廳之中，燈牌上寫著：「賀希妮小姐電話」幾個字。

左輪泰納悶說：「誰會在這時候給賀希妮電話呢？」他呆了半晌，關照關人美說：「妳可以去冒充賀希妮接電話，且看對方是誰，或者可以探聽些許消息！」

仇奕森連忙擺手說：「不必，是我吩咐侍者這樣做的！」

左輪泰皺眉說：「爲什麼要這樣做呢？」

「我可以搞清楚賀希妮是否仍留在酒店裡！」

左輪泰失聲而笑，說：「我差點兒也被老狐狸作弄了！」

仇奕森說：「這僅是雕蟲小技，和駱駝玩的那張鬼牌相同，在事前不加以考慮就很容易上當，事後再冷靜一想，不過如此！」

左輪泰說：「不過，據我的猜想，賀希妮應早離開『皇后酒店』了，她的身分等於敗露，倘若留在此處，容易出洋相，你是多此一舉了！」

「我另外還有其他作用！」

「我願意領教你的高明！」

仇奕森說：「假如賀希妮已經離開『皇后酒店』的話，總歸會有人代替她接電話的！」

「你希望藉此尋出線索，以了解賀希妮的身分？」

仇奕森點首說：「這是很簡易的方法？」

左輪泰嬉笑說：「差點兒是關人美，那時跳進黃河裡也洗不清了！」

仇奕森說：「在亂絲堆裡終歸可以撥出線頭的，問題是你要精心去分析！」

不一會兒，持燈牌的侍者穿進了賭廳的貴賓間，夏落紅向侍者招手，先付給小費。他的出手向來大方，大家以爲夏落紅會去代替賀希妮小姐接電話的。但是夏落紅只關照侍者說：「假如你找著賀希妮小姐時，請告訴她，我找她已經老半天了，我正打算請她喝酒呢！」

侍者遍尋賀希妮不著，只有將唯一的反應——夏落紅所說的一番話回報仇奕森。

這正等於駱駝所說騙術的十六字要訣：「真真假假，假假真真，疑真似假，疑假似真。」究竟賀希妮和駱駝之間有著什麼樣的關係，到這時爲止還是一個謎。

夏落紅是駱駝的義子，也是著名的色狼，由他想請賀希妮喝酒的一番話看來，賀希妮的身分更難確定是真是假呢。

「豪華酒店」的保險箱失竊案，光靠他們自己僱用的酒店偵探占天霸去偵查，可以說是越查越糊

塗。線索越查越多，越查越亂。酒店漏夜召開董事會議，討論該如何應付蒙戈利將軍的責難。

在這同時，蒙戈利將軍府卻接獲好幾個告密電話。

告密者說：「豪華酒店」保險箱失竊的一串玉葡萄，是由一位高手竊得，準備直接送到邦壩水庫的「皇后酒店」去，親自呈遞給蒙戈利將軍，當面討價議價，但是蒙戈利將軍並沒有召見他，所以錯過了機會……

告密者又說：那串玉葡萄在這時仍留在邦壩水庫的「皇后酒店」，假如立刻展開行動，追截還可以來得及呢……

蒙戈利將軍的機要秘書和侍衛長，為處理這件告密案沒敢怠慢。侍衛長和機要秘書經過一番磋商之後，硬著頭皮晉見蒙戈利將軍，將告密者的一番話直接傳達。

蒙戈利將軍立刻連跳帶罵，說：「你們兩個呆瓜，還傻在這裡？為什麼不快通知『豪華酒店』？請他們派人去搜查？……」

機要秘書和侍衛長立即搶著打電話到「豪華酒店」。好在玉葡萄已經有了蹤影。不管告密者的消息是真是假，「豪華酒店」有責任替顧客將失物尋回，他們既不願意驚動警方，自然就將責任丟給占天霸了。

占天霸認為人手不夠，再趕到邦壩水庫去也是枉然，「蒙地卡羅之夜」有賓客近千人，在千人之中搜尋竊犯談何容易？除非是偷東西的人拿著玉葡萄到處招搖。總經理便下令教帳房司理同去，並挑選了幾個中級職員同行，給他們壯膽！於是他們又匆匆趕赴邦壩水庫而去。

他們在汽車疾馳間，已經是將告黎明了，東方發白，「蒙地卡羅之夜」就告結束，賭客散去，他們只是徒勞往返矣！

金燕妮經不起林淼的拜託要求，替他穿針引線，介紹認識朱黛詩。

何立克是替仇奕森跑腿的，金燕妮就讓他「帶路」，先向仇奕森打交道，聲明是金京華有意請大家飲酒，將兩張桌子合併，大家一起暢飲。

左輪泰肚子裡有算盤，正求之不得呢。於是，兩張桌子合併了。金京華請飲酒，表現得十分闊綽，開了一整打玫瑰香檳，剎時餐廳裡劈劈啪啪地，好像放炮竹開什麼慶祝會似的。

其實金京華是慷他人之慨，都是由林淼掏腰包，好在林淼多的就是鈔票，林淼對朱黛詩驚爲天人，只求能夠親近，八打十打玫瑰香檳自是不在乎的。

不久，占天霸和「豪華酒店」的職員趕到「皇后酒店」，展開調查玉葡萄的下落。

占天霸運用頭腦猜想，假如西裝革履的紳士身上要收藏這麼一件古物的話，至少得用包袱或公事包將它裝起來，這樣才不難發現破綻。

占天霸最擔心的是女人的手提袋，利用它收藏一串玉葡萄並不費事。再者，就是女人的化裝箱了，它非但裝得下一串葡萄，連活的鬈毛狗也放得進去……

問題是，他能有權檢查每一位女賓的手提袋和化裝箱嗎？他深感困惑。

透過帳房司理的關說，「皇后酒店」也派出他們僱用的偵探和職員幫忙做「眼線」，以不得罪貴客爲原則，儘量找尋可疑份子，第一個步驟，先搜查空著的房間。

一個輸得喪魂落魄又丟了丈夫的胖婦人首先遭殃，她的口袋型手提包原是滿載著紙幣的。

在輪盤賭局中下了數十局「黑注」，鈔票輸得精光，又擔心被丈夫責備，便在手提包中塞滿了衛生紙。

占天霸一眼看去，很像是手提袋裡裝著那串玉葡萄，便偕同「皇后酒店」的酒店偵探將那胖婦人請進了經理室，檢查她的手提袋。結果翻出來的全是衛生紙！

由此消息傳揚開，「豪華酒店」的偵探占天霸是要找尋一件約八九寸長、三四寸高的橢圓形失物。負責貯物間的女郎報告，衣帽間正有這樣一隻包裹。於是他們一行蜂湧過去，老天！真是「踏破鐵鞋無覓處，得來全不費工夫」！果然，一串玉葡萄安然包在一幅絲巾裡，別著領物銅牌。

在貯物間女郎的記憶中，寄存那件古物的是一位年輕的少女，可是她的容貌和打扮就印象很模糊了，因爲參加「蒙地卡羅之夜」的仕女們都是花枝招展的，羅綺珠翠，爭妍鬥豔，一個個像穿花蝴蝶似的，很難記得清楚。

不過由此，案情好像已明朗化了！失物既已尋獲，向蒙戈利將軍及駱駝教授都有了交代，「豪華酒店」的聲譽亦可挽回，占天霸的身價也被提高。

「豪華酒店」的帳房司理笑得合不攏嘴，趕忙打電話給董事會，報告玉葡萄尋獲的經過，自然趁機大事表功一番。董事長並立刻打電話向蒙戈利將軍報告，並標榜他的酒店服務精神……

占天霸認爲已經無需要再騷擾任何的客人了，他們可以採用「守株待兔」方式，守在貯物間處，等候領取玉葡萄者出現，將他逮捕交給官方，這件信託保險箱失竊案就可以告一段落。

「皇后酒店」自是求之不得，賭局仍繼續進行，不過這時似已是接近尾聲了。

占天霸等一行人來去匆匆進出於貯物間，左輪泰早已經注意到了。他沒把握認定是那串玉葡萄招惹出的風波，可是既有了「動亂」的跡象，就不得不防。因此，他讓關人美迴避，提早離開邦壩水庫。

盛會即將告散，左輪泰宣告「散會」，打算進賭廳去碰最後的運氣，同時順手將銅牌交給朱黛詩。

仇奕森也看出貯物間有特別的「動亂」，情形頗爲可疑，他特別派何立克去打聽，究竟出了什麼岔子？可是酒店的人一個個守口如瓶，因爲他們正設下了「天羅地網」，恭候竊賊出現自投羅網。

左輪泰已進入賭廳，朱黛詩聲明她很疲倦，要求餐廳的侍者爲她僱一輛計程車，她想提前返家呢。

左輪泰故意說：「墨城一年一度才舉辦一次『蒙地卡羅之夜』，我們不賭兩局，豈不辜負『仁慈會』的寵邀嗎？」

「我實在是太累了……」朱黛詩撫著頭，她原就是弱不禁風的樣子，酒後使她的臉頰現出玫瑰紅潤，更顯嬌艷了。

林淼認爲是大好的機會，便說：「那麼我送妳回家也是一樣，也是順路！」

金燕妮幫腔：「林先生有自備汽車，相信不會很費事的！」

「太麻煩，不好意思！」朱黛詩說。

「能夠效勞，不勝榮幸！」林淼忙說。

「那麼雷蘭蘭小姐也麻煩林先生同時相送了，正好她們兩位都同路！」左輪泰也幫同「打邊鼓」，好像有兩位女士同行，大家都比較放心一些。

林淼爲表現他是正人君子，連忙鞠躬表示歡迎。於是，左輪泰親自送他們到「皇后酒店」的大門外道別。

金京華兄妹還希望在賭廳裡發現什麼苗頭，他們和仇奕森聚在一起，繼續監視著左輪泰和夏落紅的動靜。

何立克則是什麼也沒打聽著，給仇奕森繳了白卷。

林淼伴送兩位小姐坐進車廂之後。

朱黛詩忽地一跺腳，說：「該死！我忘了件事，還得回『皇后酒店』一趟！」

林淼表現得很親切，說：「妳忘了什麼事呢？」

朱黛詩說：「我在貯物間存放的一件東西忘記領回來了。」一面遞起手中左輪泰交給她的領物銅牌。

「我替妳跑一趟就是了！」

「噢！太麻煩你，過意不去呢！」

「沒關係，我衷心樂意爲妳服務。」

朱黛詩嫣然一笑，便將領物銅牌交到林淼手中。

不一會兒，林淼拭著汗，行色匆匆，又重新回到「皇后酒店」，直奔貯物間。林淼的一副神色，在占天霸的眼中，正是所謂形跡可疑的人物。

他來到貯物間，氣喘如牛，向貯物間女郎擲出領物銅牌，一面掏出小費。女郎將銅牌舉起一看，臉色如土，銅牌上的號碼，不正就是領取那串玉葡萄的嗎？立刻向貯物間附近「守株待兔」的一夥人遞手打了暗號。

占天霸一夥人不由分說，一湧上前，七手八腳連拉帶扯，將林淼結實擒住。林淼有如丈二金剛摸不著頭，搞不清楚是怎麼回事。

「喂……你們打算幹什麼？……」他喘著氣說。

「朋友，我們恭候已久，你自投羅網了！」占天霸趾高氣揚地說。

「投什麼羅網？你們是幹嘛的？……」林淼再問。

占天霸他們七拉八扯將林淼先架進了經理室。

林森不知內裡，拉大了嗓子怪叫說：「你們真是目無法紀，我要控告你們妨害自由！」

占天霸猛地打了林淼一拳頭，說：「竊賊，你已經被人贓並獲了，假如再胡鬧的話，就是自討苦吃！」

林淼這才吃了一驚，說：「你喊我做竊賊，我偷了什麼東西？」

「你肚子裡明白，快供出你的共犯，要不然拆你的骨頭！」占天霸做出一副準備修理人的樣子。

「我要召我的律師……」

「賊打官司，你是輸定了，不如好好地和我們合作，招出你的共犯，省掉大家的麻煩！」

林淼不服氣，拾起了桌上的電話，說：「我要打電話通知我的父親，教你們有吃不完的官司！」

「豪華酒店」的帳房司理覺得情形有點不對，林淼一副長相肥團團的，眉目五官端正，西裝革履，身上的配飾都是最昂貴的奢侈品，沒有一點像是一個「賊骨頭」；再看他的那副氣派，有得理不讓人的樣子，恐怕還是有點來頭的人物。

占天霸正奪下林淼手中的電話聽筒，提起手來正要摑林淼的耳光。

帳房司理忙上前攔阻，一面問林淼說：「你的父親是什麼人？」

林淼雙手叉腰，氣呼呼地說：「鼎鼎大名的林邊水，和蒙戈利將軍是世交，你們有眼不認識人，誣我爲竊賊，我要和你們打一輩子官司！」

林邊水富甲一方，在華僑社會之中笑話成簍，不見其人也聽過其名。聽見林邊水三個字，帳房司理和占天霸面面相覷，搞不清楚是怎麼回事了。

憑林邊水的財富，摘一根汗毛足可買下一間「豪華酒店」！他的兒子會做竊賊，偷竊一串玉葡萄嗎？帳房司理心中有了疙瘩，擔心可能又會出什麼差錯。

占天霸則認爲林淼可能是假冒林邊水的兒子，藉以嚇唬人，還要盤問林淼的身分。

林淼再說：「我的父親是『仁慈會』的監事，我經常代替父親出席開會的！這還會有假嗎？」他說著，扔出了「蒙地卡羅之夜」的特別請帖。

「仁慈會」理監事所持的請帖，都是特別精緻加上燙金的，那請帖上的一行字印得很清楚，確實是「監事林邊水先生」。

原來，林邊水對「蒙地卡羅之夜」這種聚會並無興趣，因爲林淼已到了墨城，他乾脆就讓兒子代替他出席，所以將請帖寄到墨城林淼的住處，想不到林淼「色星高照」，爲了獵豔，竟惹來了如此巨禍呢。

第八章　愛情的點心

按照法令規定，酒店僱用的私家偵探可以捉賊拿贓，但是處理案子卻得交由警方。

占天霸無權過問林淼的身分，帳房司理見苗頭不對，只有報警了，好在贓物已經追還，對他們酒店的名譽無損。

林淼仍被扣留在經理室裡，占天霸等人既不許他打電話，也不允許他和外面任何人接觸。

不久，邦壩水庫警察分局派來了探目警官，在經理室內問明了案由。著實是「人贓俱獲」，林淼所持有的領物銅牌，正是領取那件無價古玩玉葡萄的。警探自然要查根問底，林淼還不忍供出那領物銅牌是一位新結識的小姐所有，他是代替那位小姐去領取貯物的。警探很快就了解那是竊賊「移花接木」的手法，讓林淼做了「替死鬼」。

這時再派人到停車場去找尋，林淼的汽車還停在那裡，但哪還再有朱黛詩和雷蘭蘭的影子呢？她們還不溜之大吉嗎？連左輪泰和金京華他們全都早已離開邦壩水庫了。

警探決定將全案解送墨城警探總署辦理。

但是林淼既已表明了身分，身世良好，沒有不良紀錄，又是大財主林邊水的公子，他們沒有理由再禁止他借用電話。林淼立刻撥電話求援，好在林邊水在墨城生意買賣交往的朋友甚多，替他辦事的大律師也有好幾名。

林淼求援的電話撥出後，立刻又成爲笑談，竟然一位大財主的公子被人誣爲竊賊，而且人贓並獲。當然，不等林淼被解至墨城，墨城的警察總署裡早就等候了大批的社會名流，有準備替林淼打官司的，也有等著慰問的……。

林淼經過一頓訊問，作了筆錄，很快就見著了他父親的律師。交保後，林淼立刻就恢復自由了。林淼在離開警署時鄭重聲明，不惜傾家蕩產，無論如何得把事情搞個水落石出。

因爲事情鬧到了警署，新聞記者的耳朵特長，消息不脛而走。次日，墨城各大報全以最大的篇幅刊載這件新聞。

林邊水好似「閉門家中坐，禍從天上降」，一天之間接了好幾封急電長途電話，全是報告他的獨生子林淼被人誣爲竊賊之事，林邊水暴跳如雷，憑他的產業，富可敵國，是誰竟敢誣賴他的兒子爲竊賊？

不久，墨城華文報紙航空版寄到了，報上刊登有林淼的照片，新聞記者對他極盡冷嘲熱諷，同時，那一幅臘染圖畫的玉葡萄也一併刊登在顯著的位置。

林邊水橫看豎看，越看那件古玩越是熟悉，他彷彿記得他也曾收集過類似這樣的一件東西，某年在把玩時不慎，曾敲碎了一片葉子，還脫落了一顆葡萄。於是，他打開了他的「寶庫」翻閱寶藏清單，確

實是有著這麼一件東西，不過它在受了損毀後，就被他放到次要的古玩架上了。

他遍尋那次要的古玩架，怪事，他才是真正的失竊了呢！那串玉葡萄竟然不見了。

林邊水暗自盤算，自從那一年公開招待社會名流參觀時，遭受蒙戈利將軍一番奚落之後，就再沒有打開過「寶庫」招待任何人參觀過，除了那次讓駱駝和常老么欣賞。

「王八蛋，一定是駱駝和常老么將它偷走了，這兩個人究竟在搞什麼鬼？爲什麼將它胡亂送到林淼的手中，又使林淼被人誣爲竊賊？」林邊水連鼻子也氣歪了，不肯相信玉葡萄會是林淼由他的庫房偷走的，心中認定是駱駝和常老么作怪。

林邊水一怒之下，包了一架小客機，當天直飛墨城。林邊水並沒通知任何人，也不先到他兒子去的地方查問究竟。他直接到了「豪華酒店」，到櫃檯查問了駱駝的房間號碼，登上樓，怒沖沖到房門前敲門。

林邊水等不及駱駝開門就推門進內，正好是常老么過來應門。

常老么嚇了一大跳，吶吶說：「林邊老，你怎會忽然到了？」

林邊水揚著手中的報紙，叫嚷著道：「你們在搞什麼名堂？這不是有意出我的洋相嗎？」

常老么只有裝含糊，道：「你是說令郎的事情嗎？」

林邊水怪叫：「我是說那串玉葡萄……」

駱駝自房內緩步出來，擺著手說：「不要扯嗓子怪叫，對誰都沒有好處！」

「這串玉葡萄分明是我的東西，記得請你們參觀我的庫房當日，它還好好的放在我的古玩架上，竟然失竊了不說，我的兒子還被當做了竊賊……」

駱駝苦笑說：「人有失手，馬有失蹄，這算不上什麼大不了的事情，你叫嚷也沒有用。只怪令郎太過急色，上了女人的當！」

「還怪我的兒子不好嗎?!」

「他中了美人計！」

林邊水氣憤說：「我查問的是這串玉葡萄爲什麼會跑到墨城來的？」

駱駝說：「釣魚不下餌，魚兒怎會上鉤？提起這串玉葡萄，是您拋棄在二等貨架上的次貨，從沒將它看在眼內的，我替你到墨城盜寶，總要製造一點新聞，先鞏固自己的地位，所以借用了你的那串玉葡萄，小財不去，怎來大財？你一定要斤斤計較一件行將報廢的次貨嗎？」

林邊水說：「你製造新聞，怎可以拿我的兒子做犧牲品？」

「我已經說過了，令郎太過急色，中了美人計，被人當做『愛情的點心』吞掉了！」駱駝嘆息說：「事情發生得非常湊巧，到墨城盜寶的不只是我一個人，大敵當前，我們正傷透了腦筋！」

「另外還有人盜寶嗎？」

「鼎鼎大名的『天下第一槍手』左輪泰，你可聽說過？」

「左輪泰嗎？」林邊水張大了嘴，可見得對左輪泰的大名是如何的深刻。

「可不是嗎，他正和我同樣的要盜取萬國博覽會的寶物，除此之外，還有一個叫做仇奕森的傢伙，你可曾聽說過？」

「仇奕森也是鼎鼎大名的，專愛管閒事打抱不平，在賭城和東南亞地方有過不少驚天動地的案子！」

「嗯！」駱駝點頭說：「仇奕森替萬國商展會的寶物展覽室做鏢客，他們都不是好惹的人物，你說我是否遭遇了強敵？」

林邊水忽地轉怒為喜，格格笑了起來，說：「這樣說，老騙子，你這次盜寶是輸定了！」

駱駝不樂說：「別叫我老騙子，要知道我在墨城的地位是一位老教授！」

林邊水更是笑個不停，說：「假如說，你已自承失敗的話，請關照一聲，我就拿你的支票去兌現，能夠贏得老騙子駱駝的錢，我恐怕是天下第一人！」

駱駝說：「現在說成敗未免言之過早，問題是節外生枝的事情不少，何不請令郎及早回家去，他留在墨城是多餘的！」

「你們兩位在此，還照顧不了他嗎？」

「大敵當前，多一個累贅就是多一個弱點在敵人的掌握之下，特別林淼是你的少爺，很容易就會把你牽出來的，我不願意被對方偵悉你和我的關係，將來若是出了岔子，麻煩的是你，我是可以一走了之的！」

林邊水有點困惑，說：「林淼的官司未了，教他如何離開墨城呢？」

駱駝說：「這算什麼狗屁的官司，委託律師倒打一耙，反控『豪華酒店』誣告，把官司拖得越長越好，大不了是多花幾個錢的事情！」

林邊水搔著頭皮，眨著眼，怔怔地說：「究竟林淼所遇見的那個女人是誰？你可了解其中真相？」

駱駝說：「當時我已離開『皇后酒店』，真實情況如何，我也不大清楚，但按理推測，這女人和左輪泰必然是一夥的。這樣正好，只要尋著這個女人，左輪泰就會被纏住了，至少我們少掉了麻煩的對手！」

忽地，有侍者敲門，常老么過去應門。

侍者說：「有好幾個新聞記者追蹤到此，要訪問林邊水先生！」

駱駝跺腳說：「他們怎會知道你到此呢？」

常老么說：「新聞記者無孔不入，林邊老包了一架飛機到此，機場上有紀錄，不就追蹤到此了嗎？」

「這樣豈不洩底了嗎?!」駱駝皺著眉說：「你簡直是自招麻煩呢！」

「被新聞記者發現你們之間的關係，那絕非是好事，將來盜寶案被揭穿後，林邊老會惹來一身的麻煩，那時想擺脫都相當困難呢！」常老么搔著頭皮說。

林邊水這才略略吃驚，只因一時怒昏了頭，沒考慮到這個問題，經常老么一語提醒，便有點不自在了。他指著駱駝說：「怎樣對付新聞記者?你得給我一個合適的說法啊！」

「這是智慧的考試，你要難倒我了！」駱駝背著雙手，口中喃喃有詞，迅速動著腦筋。

「啊！有了，」他忽地一拍大腿，笑吃吃地向林邊水說：「你是爲高價收購那串玉葡萄來的，因爲讀到報紙上有關你兒子的新聞，發現那件中國古物是無價之寶，所以欲出高價收買，因此，抵達墨城後，首先就到『豪華酒店』來拜會我，如此，我們的關係不就搭上了嗎？這一段話大可以向新聞記者搪塞了！」

林邊水說：「玉葡萄你不是已經贈送給『仁慈會』了嗎？」

「捐贈給慈善機關的東西，是可以用高價折現買回的！」

林邊水晃著肥圓的腦袋，猶豫著說：「玉葡萄原屬我所有，現在又高價將它買回來，豈不是雙重損失嗎……」

「唉，這只是製造新聞的方式，蒙戈利將軍怎肯放手呢？你的出價越高，越抬高玉葡萄的身價，蒙戈利將軍越不肯放手。你我的關係向社會有了交代，將來可省卻許多麻煩！」

林邊水算是被點通了，說：「製造了新聞，對我有什麼好處？」

駱駝說：「對令郎的官司大有幫助，可以說明你們父子的身價，林淼著實是被栽贓，被誣爲竊賊的，等於是一舉兩得呢！」

「好吧，我就聽你的！」林邊水被說服了。

林邊水在離開駱駝的房間時，攝影機的鎂光燈閃個不停。一些聞風而至的新聞記者，追著林邊水一面問一面走筆疾書，煞有介事似的。林邊水原來就是一位新聞人物，對這種場面早見慣了，一點也不慌張，按照駱駝教他應對的一番話對答如流，沒有露出破綻。

林邊水聲明說：「我將不惜代價，一定要購得那串玉葡萄！」

新聞記者詢問有關他兒子的官司。林邊水說：「事情終歸會有水落石出之日，我將出重賞，找尋那個請林淼代替去領物的女郎，我想，天網恢恢，那個害人的女妖怪遲早會落網的！」

林邊水的談話，在當天下午就見了報。

左輪泰當然是最注意這件新聞的一個人，他很詫異，爲什麼林邊水匆匆忙忙趕抵墨城，首先就到「豪華酒店」去拜會駱駝？

這件事情不無令人有可疑之處。固然，林邊水向新聞記者聲明，他想出重金購買那串玉葡萄！可是事情真會是那樣的簡單嗎？他認爲其中必有蹊蹺。

報紙上將朱黛詩形容成爲一個美麗的女妖，是騙子，是竊賊，林淼爲她的美色所蠱惑；左輪泰不得不教朱黛詩避避風頭。好在「滿山農場」佔地頗廣，有好幾座山頭，現在農場雖然歇了工，但是住在農場上有家庭的工人仍有不少，朱家平日對待工人甚好，像是自家人一樣。左輪泰便讓朱黛詩寄居到山地上的人家去，提防林淼來給她找麻煩。

「左輪泰，我看你也夠苦惱的，既然困難重重，何不放棄算了！」關人美忍不住向左輪泰提出勸告：「放棄盜寶並不是丟人的事情！」

「放棄嗎？那顯得我們太沒有鬥志了，會笑掉駱駝的大牙的！火已燃在眉睫，我們唯有提前搶先下手！」左輪泰堅決地說。

「我的意思是，放棄墨城的盜寶，乾脆轉向林邊水的寶庫，不是一樣可以解決朱小姐的問題嗎？」

關人美又說。

「不！」左輪泰說：「由報紙上的新聞報導，就可以看出林邊水和駱駝是有關連的，要不然，林邊水不會一下飛機就到『豪華酒店』去拜會駱駝，這有違人之常情，不論任何人，當自己的兒子出事時，一定會先去看兒子的！林邊水先奔『豪華酒店』，可能就是爲責備駱駝去的！」

「你的研判不嫌太過武斷？」

「這就是所謂的推理！除此以外，我想不出更適當的理由！」

「報紙上刊載林邊水的談話，他是企圖收購那串玉葡萄，所以才先拜會駱駝的！」

左輪泰失笑說：「這種時候，究竟是兒子重要還是古玩重要？分明是欺人之談。據我看，林邊水發表的那番談話，可能還是駱駝教導他這樣說的！林邊水是一個大草包，不可能會和新聞記者對答如流！」

「我認爲你過於武斷，暴發戶的行徑向來怪誕，經常會做出一些教人不可思議的事情！」關人美說。

「現在唯一想不通的問題，就是事情爲什麼會那樣的巧？林邊水的兒子林淼追求朱黛詩，又剛好把駱駝栽贓的贓物嫁禍到林淼的頭上去，這究竟是陰錯陽差還是有意安排的？」

關人美說：「問題非常的簡單，我們只要將那個禍首賀希妮尋出來，真相不難明瞭！」

左輪泰說：「假如賀希妮是駱駝的黨羽，事情已經鬧大，駱駝還會讓她留在墨城嗎？一定早已打發她避風頭去了，正等於我們叫朱黛詩避風頭一樣！」

「你的意思是說，再也尋不著賀希妮了？」

「很難說，假如駱駝還有利用得著她的地方時，我們還會有機會的！」

「你說要加速進行，是有什麼樣的新計畫？」

「駱駝既然不擇手段，我也可以以其人之道還治其人之身，也給他一點卑鄙的苦頭吃吃！」

「你也肯用卑鄙的手段嗎？」

「駱駝總得要嘗嘗我的厲害的！」

林淼在離開警署之後，果真就去拜會金京華兩兄妹，希望打聽朱黛詩的下落。金京華把事情推在妹妹身上。

金燕妮根本也搞不清楚朱黛詩的「來龍去脈」，當時只因為仇奕森和左輪泰等人與朱黛詩同桌共飲，她只有帶林淼去見仇奕森。

仇奕森已經閱讀過報紙上的新聞，可是他還沒有想到案子就是發生在左輪泰的桌子上。

林淼頗為厚道，他在警署裡由始至終沒有供出朱黛詩和雷蘭蘭的姓名，或許是情有所鍾，於心不忍的關係，這時候金燕妮引見，仇奕森始才恍然大悟。自然，他還不會了解栽贓的禍首還是駱駝的爪牙賀希妮呢。

他立刻將全案的新聞報導重新看了一遍，對林淼有了新的認識。

由林淼的解說可想而知，報紙上形容得活龍活現的女竊賊，想必就是「滿山農場」的女主人朱黛詩

了。

仇奕森心想，朱黛詩身家清白，不可能是個女竊賊，這種「移花接木」、嫁禍於人的手法，絕非是朱黛詩所會的，很可能是左輪泰從中搞鬼呢，全案內情絕不會像林淼所說的那樣簡單；左輪泰做事敢作敢爲，從來也是光明磊落的，不會無故誣賴無辜，內中必有蹊蹺，仇奕森也需要查出原因。

仇奕森的心中有了算盤，便說：「找尋那位朱小姐並不太困難，只要尋著左輪泰，就可以有她的下落！不過，我的時間頗爲寶貴，要辦的事情不光只是一件，在我幫你的忙之先，你得盡你的能力也幫我們的忙！」

林淼打躬作揖說：「替仇叔叔效勞，是最榮幸不過的！」

「令尊是一位著名的古玩收藏家，在墨城當然也會有不少的古玩商和他有交往的，我很想知道，在古玩商之中，誰最惡劣狡獪？比方說，會製造古玩的，雕工好手法高明，能夠以假亂真的！」

「有間『薩拉記』就是專門製造假古玩的，每有新奇的發現，就製造兩件，一件售給家父，另一件給蒙戈利將軍，他們是出了名的！」

「令尊和『薩拉記』的交往可多嗎？」

「每年總有好幾次交易，他老人家的錢就是這樣亂花掉的！」

仇奕森取笑說：「以經濟學而言，這也算是經濟交流的方式之一，要不然，貨幣就不會流通了。你一定會樂意領我到『薩拉記』去跑一趟。」

金燕妮不了解，爲什麼仇奕森忽然對古玩店發生了興趣？她認爲仇奕森應該借此機會幫助林淼捉拿栽贓嫁禍的女竊賊，藉此打擊左輪泰，以除禍患。

仇奕森說：「我現在採取的是圍堵政策，邦壩水庫之行，已揭露了駱駝和左輪泰企圖利用停電時間進行盜寶，這樣也很可能逼使他們加速提前行事。古玩贗品商也是一個重要的關鍵，也許他們也正循這方向下手，我若能在事前將他們堵住，可以省掉許多的麻煩呢！」

金燕妮還是不懂，說：「古玩商在這案子中能發生什麼作用呢？」

「若利用偷天換日的手法，就非得請古玩商幫忙不可，不瞞妳說，我已踏遍墨城所有的古玩店，到處碰壁，沒有一家店舖肯承認他們能自製古玩的，林淼來得正好！」

第九章　相生相剋

「羅氏父子電子機械工程公司」傳出了可怕的消息，他們在午夜遭到蒙面賊械劫。

是夜，羅國基老先生還在辦公室內作理論上的研究。

羅老先生的性情孤癖，平日也是沉默寡言，不愛多說話，大概一般的科學家都會有這種古怪的性情。每當他有靈感時，就會廢寢忘食，日以繼夜地埋首在他的研究室中。

蒙面賊大概是三個人，爬牆破窗進入他的辦公室。

辦公室共分三個房間，其中較大的一間，是供擺氣派用的，有辦事員和打字小姐的辦公桌，還有整套的沙發茶几供顧客談買賣用的。羅國基的那間研究室是在大辦公室的閣樓上，室內置滿了儀器及各式各樣的參考書籍，任何人沒得到允許，是絕對禁止擅入他的研究室裡去的。

羅老先生上了年紀，聽覺有點毛病，對一個科學家而言，聽覺有毛病反而會幫助他更爲專心。

三個蒙面賊爬牆破窗進入辦公室，羅老先生根本連一點聲息也沒有聽見，那三個賊人當然也沒有想到，在午夜時分裡辦公室內還有人在。

賊人經過了一番翻箱倒櫃，羅老先生終於警覺，他一副老態龍鍾的樣子推門出來，站在閣樓的欄杆上向下觀望。

「你們是幹什麼的？……」他問。

三個賊子大驚失色，其中一個賊人火速趕上樓梯去，不由分說，用槍柄猛力將羅老先生擊昏。大概過了個把多個鐘頭的時間，羅老先生醒了過來，賊人早已鴻飛冥冥矣。

羅老先生打電話報了警。警探大隊趕抵現場展開偵查。

「羅氏父子電子機械工程公司」內根本沒什麼值錢的東西，但是所有的文件卻翻得亂七八糟，裝有鋼鎖的文件鐵櫃也被撬開，所有羅老先生歷年精心設計的機械藍圖翻得遍地皆是。

總經理室內有著一隻保險箱，那保險箱的鐵門上也有撬過的痕跡，但是賊人並沒有將它弄開。

警探將這案子當做一般普通的竊盜案子處理。他們辦理竊盜案有一個程序，首先就是採集指紋和地上的足跡。但是那三個賊人卻像是箇中老手，全戴有手套，沒有留下絲毫指紋，一些散落在地上的文件被踐踏過的，卻是印上了足印。

因為三個賊人都是蒙著面的，羅老先生無法說出他們的面貌，警方更是束手無策。

經過損失調查，可以說是沒什麼特別的損失，一位女職員遺忘在辦公桌上的一只女用手錶被取走了；羅朋辦公桌上的收音機失蹤；另外還有一支自來水筆也被竊走。失物都是零零星星的，說不上是一些很值錢的東西。

可是最奇怪的，就是文件櫃內「萬國博覽會」的寶物電子防盜設備器械藍圖，也同時被竊走了。

警方認定這是普通竊案，藍圖等於是廢紙，賊人大概是隨手拿它包了東西。

羅老先生的頭頂被用槍柄擊傷，流了一些血，送到外科醫院裡去縫了好幾針。

這消息首先由羅朋告訴了金京華，又由金京華告訴了仇奕森。仇奕森甚感驚詫，三個蒙面賊偷竊一間公司的辦公室並不足爲奇，問題是「羅氏父子電子機械工程公司」的文件櫃被撬開，櫃內有許多羅國基精心設計的藍圖，而單單的丟失了「萬國博覽會」的寶物展覽室設計藍圖。假如說，三個蒙面賊是專爲那幅藍圖而行竊的話，那就不是普通的竊案了。

普通竊盜何需蒙面？這是其中最大疑問之一。

蒙面賊翻牆破窗傷人，只偷去了一些不值錢的東西，這是疑問之二。

文件櫃內多的就是藍圖，單單只取走了博覽會的設計藍圖去包東西，這是疑問之三！

仇奕森假想，竊盜財物只是一種掩飾行爲，蒙面賊的目的自是在那幅博覽會的防盜設計藍圖了。那麼，這是誰幹的事呢？駱駝嗎？還是左輪泰呢？

以駱駝和左輪泰畢生闖蕩江湖，也不知道幹過多少驚天動地的案子，他們不可能會使用這樣低劣的手法！假如他的判斷正確，駱駝和左輪泰早就已經了解博覽會的防盜設計構造了。他們已經進展到利用停電盜寶，不可能又回頭重新研究藍圖。

仇奕森經過反覆考慮，顧慮很多，心中反而形成不安。若是三個蒙面盜的目的志在那份電子防盜設備藍圖的話，而又不是駱駝或左輪泰方面幹的，那麼企圖盜寶者另外還有第四者出現。這豈不糟糕嗎？

仇奕森需要了解實際上的情況，他匆忙趕赴「羅氏父子電子機械工程公司」去，希望作一番現場調查。

這時，羅朋正在接受各方親友各種的慰問，忙得不可開交。

警方已經蒐集了各種可供參考的資料離去，辦公室內的男女職員和工友正在幫同這位年輕的總經理整頓劫後凌亂的各種文件及雜物。

以現場的種種跡象來看，那是外行賊幹的，像羅國基那樣的一個老頭兒，風吹就會倒，還需要用兇器將他擊昏嗎？仇奕森心想，假如三個竊賊不是以盜財為目的，他們可能會將贓物拋棄在大廈內，或是大廈的附近。假如要證實這項想法無誤，可以就近找尋，或許可以將贓物找尋出來。

仇奕森繞著屋子以了解周圍的環境。什麼地方是拋棄贓物最理想的地方呢？那必是最方便而且又不容易被人發現的地方。

仇奕森推窗外望，大廈正對出門的地方，有一座小型的公園。面積不大，有翠綠的草坪，周圍置有供遊人歇息的座椅，正中央築有一座藍花大理石的噴水池。設計的形狀甚為新奇，像許多疊碗似的。噴水的地方，在最高舉的一隻巨碗之上，水噴出來之後，由一隻大碟子盛著，然後漫落四周圍繞著的碗碟，又由碗碟灑落大池之中。

假如說，三個蒙面賊是朝那地方逃走的話，也許就會將贓物拋棄在公園裡。仇奕森心想。

這時，金燕妮、何立克和林淼聽說仇奕森在「羅氏父子電子機械工程公司」，他們也匆匆忙忙地趕到。

林淼是爲仇奕森奔走打聽各古玩店，找尋擅於僞造古玩贗品的工匠而忙碌的。差不多和他父親有生意往來的古玩店，他都帶著仇奕森跑過了，沒什麼結果。這天，他有了新的發現，懷著極興奮的心情，馬不停蹄地趕到「金氏企業大樓」，找著金燕妮和何立克，又匆忙追蹤到此。

他找著仇奕森，上氣不接下氣說：「我找到了一個贗品古玩專家，專門仿造古玩的……」

「現在暫時把古玩的問題放下，先幫忙我在這大廈的附近，凡是有可供收藏贓物的地方，都要特別注意，假如有什麼發現，立刻通知我！」仇奕森吩咐說。

立時，金燕妮和何立克、林淼三人面面相覷，搞不懂仇奕森究竟在弄些什麼名堂?

「『羅氏父子電子機械工程公司』被劫，只丟失了一架收音機、一隻手錶和一支自來水筆，我想，賊人拿著這幾件東西，不過是一種掩飾的行爲，並沒有用處，可能就扔在這附近，我們將它尋出來予以證實！」仇奕森解釋說。

金燕妮還是想不懂，說：「既然沒有用處，他們又何必取走呢？」

「藉以掩飾他們真正的竊取目的！」

「真正的目的又是什麼呢？」

仇奕森向金燕妮附耳說：「是博覽會電子防盜設計的藍圖！」

「你想得太可怕了吧？」

「就是因爲可怕，所以要迅速加以證實！」

不一會兒，金燕妮他們有了發現，在髒污的水溝裡掏出了一支自來水筆，接著，又在垃圾箱裡發現一隻用信封裝著的女用手錶，全是羅氏辦公室內的失物。

仇奕森將尋獲的自來水筆和手錶交給了羅朋，說：「還差一架收音機，但是我相信，很快就能找著的！」

仇奕森教羅朋領他到羅國基老先生所住的醫院，希望能夠了解三個蒙面竊賊的樣貌，從另一方面偵查竊賊的底細。羅朋立刻帶領仇奕森等趕赴醫院去看他的父親。可是羅老先生提供不出新的資料，他所說的，在警署裡已經有了筆錄。

在離開醫院時，林淼問仇奕森說：「僞製古玩的專家你還需要嗎？」

仇奕森說：「當然需要，但是當前這件事情的發生更爲重要……」

「奇怪的是，那位專家竟縫製一件珍珠衫，和萬國博覽商展會展出的一件頗爲相似！」

仇奕森一聽，頓時緊張起來，急說：「你爲什麼不早說呢？」

「我沒有機會，你逼著我去掏陰溝、翻垃圾箱！」

「不多說了，快領我去！」

仇奕森一面和羅朋揮手道別，一面如攫小雞般將林淼推進汽車裡去。

「我們先把條件說好，我幫你去看那位專家，你帶我去看那位朱小姐……」林淼再說。

「別多嚕嗦，我們爭取時間！」仇奕森催促說。

林淼搖著雙手，不肯立刻開車，說：「我一定得先把條件談好！」

金燕妮也著了急，拍著林淼的肩頭說：「仇叔叔向來是言出必行的！」

「燕妮！妳肯負責嗎？」林淼一本正經地問。

「難道說，你不相信我嗎？」

「我就是因爲太相信人了，所以惹來了一身的麻煩！」

這句話惹得何立克格格大笑，但是也並不因此使仇奕森和金燕妮感到輕鬆。

「既然這樣，以後有關朱小姐的問題，我就不管了！」金燕妮佯裝生氣說。

林淼呆了半晌，自覺沒趣，便發動車子，駕車徐徐駛出市郊。

林淼是接受仇奕森的央託，憑他父親和古玩商的交往，踏遍整座墨城的古玩店，企圖找尋出一位贋品古玩專家。

「薩拉記古玩店」是古玩商之中買賣做得最出色的古玩商之一。該店的店東交遊廣闊，又善辭令，客戶大部分都是像林邊水那樣的人物，差不多的交易，可以說是沒有談不成功的。因之，「薩拉記」被同業妒忌，謠言也因此而起，有人說「薩拉記」是最擅長製造假古玩的。

林淼憑他父親的交情，三番兩次和「薩拉記」打交道，但是，又有誰肯承認自己的店舖賣的是假貨呢？林淼一再碰壁，但是爲了討好仇奕森，再接再厲，繼續走動於古玩商叢中。

有和「薩拉記」敵對的古玩商指示了林淼一條線索。居住在市郊三水村某地，有著一位殘廢的雕鑲師李乙堂，據說就是專門替「薩拉記」製造贋品古玩的。

李乙堂吃古玩飯有三十餘年歷史，由學徒而至雕鑲，也曾經自己開過店舖，也許是缺德的事情做得太多，某年，一把天火將他的店舖焚毀，李乙堂也在火場中跌傷了腿，變成殘廢，老婆燒死，姨太太席捲而逃，可以說是家散人亡了。此後，李乙堂便靠替人做幫工。由於雙腿殘廢行動不方便，雕鑲工作便留在家中做。

李乙堂有一段時間生活似已面臨絕境，但是自從和「薩拉記」搭上了關係之後，日漸又闊綽起來，因此謠言也就不脛而走。

汽車急向市郊的三水村行駛。

「你確實發現李乙堂在縫製一件珍珠衫嗎？」他問林淼說。

「非但縫製珍珠衫，而且連龍珠便帽也已經製好了！」林淼若有其事地答。

「難道說，李乙堂是公開這樣做的嗎？」

「不！李乙堂有一間他自己的雕刻室，平日是絕對禁止任何人進內的，連他的家人在內，門前還掛著有謝絕參觀的字樣！」林淼解釋說：「昨天，我得到了李乙堂的地址，特地登門拜訪，李乙堂正好在他的雕刻室裡工作。經女傭傳報，李乙堂看過我的名片之後，知道家父是玩古董的客戶，以為有什麼好買賣上門，他的那所工作室是重門疊戶的，顯得有點神秘，李乙堂有一條腿殘廢，扶著拐杖自內穿出來，請我在客廳裡喝茶，我們正交談間，事有湊巧，李乙堂家中的女傭和丫頭打架……」

「女傭和丫頭打架嗎？」何立克失笑問。

「李乙堂的身體雖然殘廢，但卻是一個下流的色徒，他的家中有女傭和丫頭各一名，但都和李乙堂有染，她倆吵架而至打架，都是為了爭風吃醋！」

「一個殘廢人能如此風流，也不容易了！」何立克說。

「那名女傭和丫頭長得標緻麼？」金燕妮好奇地問。

他們好像被李乙堂的故事吸引，忘卻了當前面臨的難題。

林淼說：「那女傭是道道地地的『老母雞』！雞皮鶴髮加上缺牙，那個丫頭卻是鼻涕蟲，看她倆的樣子就夠使人噴飯的！」

「如此叫做享齊人之福嗎？」何立克吃吃笑了。

「情人眼內出西施，有何不可？」金燕妮說。

墨城的華僑，鄉親觀念甚濃，那座三水村，幾乎全是同鄉華僑。三水村的面積並不大，頂多不過五六十戶人家，依山傍水，景色卻是十分綺麗，該村的進口處是一條新開闢的馬路，建築物散佈在山的兩旁，像梯形似的，有花園洋房，也有中國式的建築，雕梁畫棟，亭台樓閣……

林淼在村口停了車，帶領著仇奕森等沿石級而上，繞到第一層街最末端背著流溪的地方，就是李乙堂的住宅了。

林淼沒有撳門鈴，他直接推門帶仇奕森他們進內。邊說：「不必撳電鈴了，『一個和尚挑水吃，兩個和尚抬水吃，三個和尚沒水吃！』誰叫李乙堂想享齊人之福？女傭和丫頭全變做他的小星，所以屋子內外全是亂糟糟的，根本不會有人做事咧！」

果真，連住屋的大門也沒人管，隨手推門就可以入內。

客廳內的佈置也很簡陋，髒污得令人難以相信，幾張沙發椅好幾處露出了破棉絮。

「屋內有人沒有？」林淼拉大了嗓子問。

可是屋內並沒有反應，靜悄悄的，似乎像是一所空屋呢。

仇奕森不斷地東張西望。「奇怪，好像沒有人咧，難道說都外出了不成？大概又是那兩個寶貝女人吵架，吵到外面去了！」林淼自言自語地說。

「李乙堂的工作室在什麼地方？」仇奕森問。

「哪！」林淼隨手一指，在客廳通道處有著一扇房門，門上掛著一道黑色的布簾，正好掩蓋著房門。「好像很神秘呢。」

仇奕森逕自拉開黑布簾，以手推門，奇怪的是，那扇門僅是虛掩著的，沒有下鎖。這所房間好像曾經改建過，牆壁有尺餘厚，除了那木門之外，另外還有一道大鐵閘，鐵閘關上時，木門根本推不開呢，這就是林淼之所以說它是「重門疊戶」的原因。

假如是一個普通的雕刻家，何需要這樣故作神秘呢？很顯然的，李乙堂是在幹著違法的勾當。那道鐵閘門也沒有鎖上，他們一行輕而易舉地就可以進入室內。

室內靜幽幽，陰森森的，不見有人在內，天花板上懸掛著一盞四十支光的燈泡仍在亮著。繞室四周的牆壁，豎立著許多雕塑石像，大多數是供墳地上擺供用的，也有石獅子，烏龜托碑，大概就是李乙堂偽造的古玩的一部分。

用它來騙外國人，大概價值還是蠻高的。

室內正中央，有兩張極大的工作桌，全堆滿了「藝術品」，琳瑯滿目，亂七八糟，什麼玩藝全有。

但大多數是殘缺不全的，大致上是一些送來修理的破古玩、雕刻用具、金屬熔爐、電焊用具，各類珍珠玉石凌亂擺置各處。

「奇怪！李乙堂也不在這間工作室內！」林淼喃喃自語說。

「也許他已經聞風而逃！」金燕妮自作聰明說。

仇奕森最重要的是要找尋李乙堂所縫製的珍珠衫和一頂龍珠帽，但是他走遍了室內，並沒有發現。

「你說李乙堂正在僞製龍珠帽，珍珠衫，它在什麼地方？」他問林淼。

「奇怪，珍珠衫是置在木桌上的，龍珠帽是戴在一具石像的頭上，還用紗布蓋起……」林淼不斷地東張西望。「也許金燕妮說得對，李乙堂取走了那兩件贋品，聞風而逃了！」

「難道說，你已經洩漏了風聲？」何立克向林淼責備。

「不可能的事，我離開此地，就到『金氏企業大廈』去的！」

「誰發現你進入這間工作室？」仇奕森問。

「沒有！」林淼非常肯定地說：「李乙堂的兩個女人吵架，李乙堂趕出去勸架，我伺機溜進來窺看，停留頂多不過一分鐘的時間，誰也沒有發現！」

「這就奇怪了，它爲什麼會失蹤了呢？整棟屋子空著，連李乙堂和他的兩個女人也同時失蹤！」仇奕森搔著頭皮，希望能找出答案。

「也許是你看差眼了，室內根本沒有那兩件東西！」金燕妮說。

「我可以指天發誓，我看得很清楚，龍珠帽是戴在一具石像的頭頂上，珍珠衫是置在木桌上，還有針線連在一起！線頭都沒拆呢！」林淼著了急，恨不得剖開心肝讓大家看。

「兩件贗品偽製的程度如何？和萬國博覽會展出的相似嗎？」仇奕森問。

「以假可以亂真！」林淼說。

「會是誰委託李乙堂偽製的呢？」仇奕森皺著眉宇，很快的又聯想到左輪泰和駱駝兩人，只有這兩個人嫌疑最大呢。

「慢著！」仇奕森忽然吩咐大家安靜，他側著腦袋，聚精會神地，像是發現什麼似的。「我好像聽見有人呻吟之聲，就在這工作室內。」

立時，大家全安靜下來，集中精神，注意傾聽。

仇奕森拾起了一柄雕刻的鋼刀，在水泥空心磚的牆壁上沿著輕敲。

「仇叔叔，我好像聽到呻吟的聲音在這一邊！」林淼指著幾具倒臥下的殘破石像，拍著一面牆壁說：「瞧，地上還有血跡！」

仇奕森和金燕妮趕忙追過去。果然，地上有著斑斑的血跡，但是已經被人踐踏過了，呻吟之聲發自牆內，甚為微弱。順著空心磚的位置輕敲，試探那扇暗門大小，順著磚縫去找尋，然而，沒有發現它的開關。

林淼已等不及，他抬手在牆上猛拍。「喂！裡面有人嗎？」他高聲大叫。

牆內沒有反應，還是那輕微的聲音呻吟著。

仇奕森以試探的方式在牆上用各種不同的角度用力猛推，但是並沒有推開，他又試著用雕刻刀在牆

縫上撬挖。

嗯，有一塊磚是處在牆縫裡的，輕向外拍，整塊磚可以取出來，裡面有著一根鐵閂，拴著一隻鑲牢了的鐵環，將它拔開，那扇暗門就可以活動了。

拉開暗門，裡面漆黑一片，靠外面的燈光射進去，可以看到有一列木架，堆放了各種不同的古玩，一個人躺在地上，正在斷斷續續地呻吟著。

「幫忙將他抬出來！」仇奕森說著，首先鑽進室內去。

「啊，這不就是李乙堂嗎？」林淼叫了起來。

李乙堂被拖出了密室，只見他的頭頂上有著一個極大的創口，是被人用鈍器猛擊，流了一陣血，這時血漬已凝固了。

他被拖出密室之外，呼吸著新鮮空氣，似感到是死裡逃生，瞪大了眼，向著面前的幾個陌生臉孔不住地打量。

「你們是什麼人？」他吶吶問。

「我們將你由密室內救了出來，是誰將你關進去的呢？」仇奕森一面將李乙堂的兩支手杖自密室內扔了出來，一面掣亮了打火機，尋著電燈的開關，將電燈啓亮了。

李乙堂似不願意回答他們的問題，只支唔著說：「你們是怎麼進來的？屋子裡的人呢？……」

「你的兩個老婆全失蹤了，說不定又是席捲而逃，我們進屋沒看見人！」林淼說。

「我好像曾經見過你！」李乙堂說。

「我上午時曾經來過，那時，你的兩個老婆正在吵架，你忙著給她們勸架呢！」

「嗯，對了，你曾經偷偷進入我的工作室……」

金燕妮看見李乙堂的頭頂受了傷，本來血跡已經凝固了，可是經過了移動之後，傷口創裂，鮮血又告涔涔而下。「你被人打傷了，還是先醫治傷口要緊！」她說。

「可需要找一個醫生？」何立克自告奮勇。

「不！」李乙堂連忙擺手，說：「小傷，不礙事的。我要請問你們幾位，擅入我的工作室有何企圖？」

仇奕森已經察看過密室內的情形，它也可以稱為是一間儲藏室，差不多李乙堂僞製的古玩成品，都收藏在內，它設計了暗門，就是恐怕被人發現，想不到李乙堂被人打傷竟也關在這間密室之內，它的內部空氣不夠流通，假如不是及時發現的話，李乙堂必然窒息致死，真夠冤枉了。

「你是一位古玩贋品專家，唐宋明朝的古玩，隨心所欲，由你雕刻出來！」仇奕森取出了一具宋代的玉佛在手心中把玩，一面向李乙堂詢問。

「製造古玩並不犯法，顧者上鉤，這也等於是藝術品，自然有附庸風雅者收購！」李乙堂理直氣壯地回答。

「但是有人說，你仿製正在博覽會陳列著的珍珠衫和龍珠帽，那就不是尋常的事情了！」仇奕森說。

「沒有的事！這是我的工作室，你可看見有珍珠衫和龍珠帽嗎？誰造謠言天打雷殛！」李乙堂矢口否認，還指天發誓。不過，由李乙堂的形色可以看出蹊蹺，他是意圖抵賴，而且顯得有點慌張。

「我曾經親眼目睹，你抵賴不了的，你一定是將它藏起來了！」林淼正色說。

「這是我唯一的一間貯藏室，它裡面並沒有收藏著什麼珍珠衫、龍珠帽！」李乙堂搖著頭堅決否認，說：「你們幾位是幹什麼的？擅入我的住宅，還含血噴人，我要報警啦！」

「我們將你從密室裡放了出來，救了你的性命，只希望你能誠意合作，我們絕不會為難你的！」仇奕森說。

「我們沒什麼好合作的……」

「我們可以放你出來，也可以重新將你關進去，讓你窒息而死！」仇奕森恫嚇說。

「你們想謀殺嗎……？」李乙堂吶吶說。

「打算殺你滅口的人在前，我們是後到的！」仇奕森說：「我們並非查究你偽製博覽會的古物，只是希望知道是誰委託你偽造的。」

「沒有這回事，我不在乎你的恫嚇！」李乙堂仍堅決抵賴。

「這樣也很簡單，我將你重新關進貯藏室去，窒息的滋味相信你已經嚐到過了！」仇奕森說著就立刻動手，他雙手揪著李乙堂的胳膊和大腿，如攫小雞般提了起來，就要再將李乙堂扔進密室裡去。

「我會喊救命的……」李乙堂掙扎著說，形色頗為慌張。

「那是你自找皮肉受苦，有人可以打破你的頭，我可以折斷你一隻胳膊，讓你變成雙料的殘廢！這樣，你以後想雕刻什麼贋品也不行了！」仇奕森猛一使腕勁，將李乙堂的手臂擰得格格響。

李乙堂齜牙咧嘴，呼痛不已，然而還是不肯招實。

金燕妮的心腸軟，她的心中甚感疑惑，也許李乙堂是冤枉的，便拉著林淼輕聲說：「你真的看到了珍珠衫和龍珠帽嗎？」

林淼氣急敗壞，說：「我可以指天發誓……」

何立克搔著頭皮，眼睛直在室內打轉，說：「那麼爲什麼它會失蹤了呢？」

「也許它被人奪走了，你沒看見李乙堂被人打得頭破血流嗎？」林淼自作聰明說。

「既然被人奪走，李乙堂爲什麼不肯承認呢？」何立克提出第二個疑問。

「這就不知道了……」

仇奕森心中明白，林淼所說的沒有假，李乙堂僞造珍珠衫和龍珠帽必是事實，而且這事必和盜寶有著關連。那必是盜寶者企圖運用「偷天換日」的手法。李乙堂寧死抵賴的原因，自然是因爲知道這是違法的勾當，盜寶案東窗事發之際，他恐怕被牽連上身也。

但是有一點問題，李乙堂被毆傷了，又被禁閉在密室裡，似有殺人滅口的企圖，駱駝和左輪泰做任何案子是從來不傷人的，難道這又是第四者所爲？仇奕森的智慧也略有了迷糊，很簡單的問題也漸趨複雜了。

他狠下心腸將李乙堂重新扔進密室裡去，邊說：「你活得不耐煩，也不能怨天尤人了吧？」

「慢著……」李乙堂不待仇奕森關門，已經告饒矣。仇奕森還是將密室門猛力掩上並下了閂。他守在門外靜候李乙堂的反應。

李乙堂在室內猛力拍門，發聲怪叫，可是沒有用，室外只能聽得到極輕微的聲息。

「仇叔叔，假如將他悶死在內，那該怎麼辦？」金燕妮於心不忍，向仇奕森詢問。

「沒關係，他暫時死不了的！」仇奕森說。

林淼叉著腰說：「這個李乙堂，十足的是老奸巨猾，能懲戒他一番也好！」

「怎麼回事，他既然是僞製了珍珠衫，爲什麼不在這所屋子之內，又被人毆傷關禁在密室之內？」何立克說。

「假如我的判斷正確，可能是被人奪走了！」仇奕森說。

「誰會搶走這東西呢？」

「當然是對萬國博覽會有著特別陰謀的人！」仇奕森說。

「我已經完全糊塗了，搞不清楚是怎麼回事呢！」林淼抓耳搔腮的說。

「你們不用著急，李乙堂一定會招供的，我們耐心等候幾分鐘！」

不一會兒，密室內傳出嚎哭之聲，李乙堂貪生怕死，竟然被仇奕森猜著了，他哭著告饒著，願意從實招供。

仇奕森向大家擠了擠眼，仍然抱臂等候著。

「放我出來，我什麼話都說！」李乙堂邊拍著門叫喊，一面嗆咳不已。

「那就放他出來吧！」金燕妮貼耳偷聽，替李乙堂求情。

「這種人一定要讓他吃夠苦頭，否則又要重費我們的手腳！」仇奕森說著，第二次拔開門閂，拉開暗門。李乙堂整個人跌了出來，滿地打滾嗆咳。

「假如再不說實話，還是不饒你！」仇奕森嚴詞厲色說。

李乙堂哭喪著臉，只希望能先知道仇奕森等人的身分。

仇奕森說：「我們絕非是代表警方，本來打算委託你做一兩件買賣，只因爲你沒有合作的誠意，逼不得已才使用這種手段！」

「你們打算委託我做什麼買賣呢？」

「珍珠衫，龍珠帽！相同的兩件東西！」仇奕森說。

李乙堂大愕，再次怔怔地打量了仇奕森和他身旁的兩男一女一番，注意他們幾個人的臉色，心中仍疑惑不迭。由此可以證明，李乙堂狡黠多詐而且頭腦精明冷靜。

「你們要這兩件東西幹嘛呢？」他問。

「你做這種買賣還要查問根由的嗎？」仇奕森說出了內行話。

李乙堂被逼無奈，只有說出實情。他說，「薩拉記古玩店」的老板介紹了一位不肯吐露姓名的貴客，以一千美元的代價委託他仿造珍珠衫和龍珠帽，雙方言明十天之內交貨，訂洋先付四成，俟交貨日銀貨兩訖，兩不相涉，唯一的條件，就是不向第三者洩漏。對方的要求並不高，只要擺在櫥窗裡，在燈光下，霎眼之間十足相似就行了！

這是一樁好買賣，在李乙堂而言，可以說是輕而易舉，不費吹灰之力。但是事情卻出了意外，距離交貨日期還有三天，在林淼光臨他的住宅，偷窺他的工作室離去後，不久，突然來了三名彪形大漢，以

手帕蒙面，闖進他的工作室，將他毆傷，逼他打開了貯藏室，將兩件贗品古玩奪走了。

李乙堂指著林淼說：「先前，我曾考慮過，那三個蒙面大漢是你帶來的，但是現在看起來好像是兩路的……」

「又是三個蒙面賊！」仇奕森困惱不已，這三個神秘的人物是打那兒冒出來的呢？

「事情為什麼會發生得那樣巧呢？剛好就是我離去之後……」林淼有點不大相信，以為是李乙堂存心含血噴人。

「我可以肯定說，最低限度，這三個人是因你招惹而來，沒有一點關係，又毫無線索，誰會找到我？又直接登門入室呢？」李乙堂到底是在「黑道」上混過的，已找出了可疑的眉目。「我想請問，你是怎樣找上門的？」

「『薩拉記古玩店』的對頭指點，將你的地址給我！」林淼說。

「你是否被人跟蹤呢？」

「狗屁，誰跟蹤我幹嘛？」

仇奕森也有了警覺，根據李乙堂所說的經過，林淼被人跟蹤的成份很大，問題是，誰會跟蹤林淼？又有誰知道林淼是在為仇奕森跑腿呢？

「難道說，你所知道的就是被三個來歷不明的蒙面客襲擊，奪走贗品珍珠衫，然後將你擊昏鎖在貯藏室內？」仇奕森問。

「我可以指天發誓，事實的經過就是如此！」李乙堂斬釘截鐵地說。

「家中遭遇賊劫，你可打算報警嗎？」何立克問。

「呸！我做這種買賣，能報警嗎？豈不等於自找麻煩嗎？」

金燕妮也說出她的見解：「也許是你的那兩位大小老婆給賊人做內線的，要不然，她倆爲什麼全跑掉了？」

「全跑掉了嗎？……」李乙堂露出驚訝之色。「妳怎知道她們全跑掉了？……」

「我們進屋，屋內空無一人，所以才直接進入你的工作室！」金燕妮說：「要不然，也不會及時救了你的性命呢！」

李乙堂搖手失笑說：「醜八怪的婆娘跑掉了誰要？她倆不過是吵了架，一時氣憤回娘家去了吧！假如是內賊，她們要拿的東西多著呢，何需要一件不值錢的贋品珍珠衫，龍珠帽呢？」

「那麼據你的判斷，是什麼人下的手呢？」何立克又問。

「還用說嗎？和訂製這兩件古玩的人同一路線！」李乙堂漸漸神智恢復正常，他雙手摸著咽喉，邊說：「既然我們大家把話都談開了，可以交得上朋友，現在我想請各位飲一杯酒，不知道各位是否同意？」

林淼等人都看仇奕森的反應，仇奕森暗暗點頭。

李乙堂指出在他工作桌的抽屜裡收藏著有好幾瓶美酒，是供工作時邊飲提神的，因爲他的行動不方便，請何立克代勞。

李乙堂打開酒瓶，先灌了兩杯下肚，頓時好像情緒也變了，連頭上的傷也忘卻了。

「閒話少說，現在你將贗品丟失了，到了交貨時限，如何應付呢？」仇奕森問。

「那只是時間上的問題，我可以漏夜加工，稍緩一兩天交貨，應該是不成問題的！」李乙堂一面答話，他又倒了一杯酒，雙手給仇奕森遞了過去。仇奕森揮手婉拒。

李乙堂真是個老酒徒，他喝開了就不停口，連著又是兩杯下肚。

「假如我也需要一套珍珠衫和龍珠帽，需要多少時間可以交貨？」仇奕森問。

李乙堂兩眼灼灼，好像已經料想到仇奕森的意圖，他露出貪婪的形色，故意遲疑著說：「這要看你肯出的代價如何了？」。

「你原先的那位主顧，和他相同的代價！但是得先交我的貨，將他的延遲押後！」仇奕森說。

「不可以稍爲增高嗎？因爲這是有違信用和道義的買賣！」

「假如你能在最短的時間交貨，我可以增加兩百元！」仇奕森說。

李乙堂搖首說：「『又要馬兒好，又要馬兒不吃草。』那怎麼行？這樣怎會令客戶滿意呢？」

「你好像有把握提前交貨？」

李乙堂笑了，帶著幾分酒意說：「幹我們這項買賣的，你該知道，總是有備分的！」

仇奕森一怔，聽李乙堂的語氣，他僞製的珍珠衫和龍珠帽，還不光只是製了一套，除了被三個蒙面賊奪走的之外，另外還有一套藏在室內。

仇奕森兩眼灼灼，憑他的經驗，又開始在室內打量。李乙堂是一個狡黠的人物，室內的秘密機關恐怕還不光只是那道暗門密室呢。

「別打歪主意，我們既然袒誠相見，就要規矩談買賣，誰也別想佔誰的便宜！」李乙堂機警地說。

「你想要多少錢？」

「你瞧著辦，可不要太小氣就行了！」

「給你一千五……」

「我要現金！」

「當然給你現金！」

「現錢交現貨！」

仇奕森摸摸身上，他所攜的現款不多，便問林淼和何立克兩人，大家合湊。林淼和何立克都是富家子弟，隨時身上都會有著大把鈔票的。

湊足一千五百美元現款，李乙堂數點過鈔票之後，露出了笑臉，遞手說：「那麼，你們幾位請到客室去稍坐，我去拿東西交貨！」

仇奕森兩眼一瞪，說：「李乙堂，我先給你警告，我們別來玩花樣，後果會很嚴重！」

李乙堂拍拍胸脯說：「不會的，我李某人不是那種人，我今後還要吃這種飯呢！」

林淼和金燕妮都很不放心，遲疑著看仇奕森的反應。

仇奕森便說：「好的，我就相信你一次！」

「我的行動不方便，可否將手杖還給我！」李乙堂指著被扔在地板上的手杖說。

何立克勉爲其難地爲他拾起手杖，擲在他的身畔。

「我們就守在門外，希望你能保守信用，否則後果是很難堪的！」仇奕森最後警告說。

「爲什麼不相信朋友呢？」李乙堂含笑。

仇奕森帶著三個年輕人出了室外，就守在門前的黑布簾邊。

金燕妮說：「這雕刻匠一臉老奸巨猾，真不可以相信！」

仇奕森逕自接過金燕妮手中的皮包，邊打開邊說：「我要借妳的小鏡子一用！」

仇奕森取出小鏡子，一閃身又穿進密門裡去。他將鏡子伸進密室去，借以偷窺李乙堂的動靜。

這時，李乙堂伏在地上，原來在他的工作桌的坐椅底下，有一塊揭板，揭板底下是一道像棺材大小的槽穴，裡面竟是「八寶箱」呢，滿載贗品古玩。

李乙堂已經將一件縫製好的珍珠衫和一頂仿製的龍珠帽取出來了。他的行動不大方便，還要將揭板重新掩蓋，坐椅歸還原狀……

仇奕森失笑，很明顯的，是當三名蒙面賊登門打劫時，李乙堂寧死不肯供出贗品珍珠衫和龍珠帽收藏的地方。他寧可打開壁上的秘密暗門，接受賊人的痛毆，然後被關進暗門之內。

這種人，要錢不要命！有了錢，什麼事情都肯幹的。

不一會兒，李乙堂扶著拐杖，一手提著珍珠衫，腋下挾著龍珠帽，一拐一拐地自他的工作室走出來了。

他說：「我李某人向來是言而有信的，只要條件談妥，絕對遵守道義，現在可以交貨了！」

仇奕森接過珍珠衫，驚嘆不已，底這是出自名家之手的贗品，真是可以以假亂真呢。

李乙堂最後很鄭重地說：「你們要遵守道義，此事不足爲外人道也！」

「不過，以後若有好生意時，我們還是會關照你的！」林淼說。

仇奕森既取著贗品珍珠衫和龍珠帽，便用了一副包袱將它小心包起，然後向李乙堂告辭，離開了這位贗品專家的住宅。

金燕妮很覺納悶，問仇奕森說：「你出高價購買這兩件東西，有何作用呢？」

仇奕森說：「『先下手爲強，後下手遭殃。』這是『作戰』的道理，既然對方已經有了這種意圖，我們何不先將它弄到手呢？」

金燕妮不懂。說：「怎樣下手？」

仇奕森說：「我仍在考慮！」

他們四人重新坐進汽車時，仇奕森鄭重地向林淼說：「我現在懷疑，你到李乙堂住宅來的時候，是否曾被人跟蹤呢？」

林淼怔怔回答說：「我會被誰跟蹤呢？」

「這要你去回想，要不然，三個蒙面賊怎會趕巧在你離開李乙堂的住宅後便搜劫李乙堂的工作室呢？」

「不可能有人跟蹤我的！」林淼斬釘截鐵地說。

「那麼找尋贗品古玩專家的事情，你可曾向任何人洩漏過嗎？」仇奕森又問。

「沒有！」林淼非常肯定。

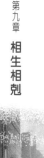

「可能是我們非常接近的人！」

「除了我們幾個人之外，金京華曾詢問過這件事！」

「金京華嗎？」仇奕森兩眼灼灼。

林淼說：「他想知道我爲什麼事情替你跑腿，跑得如此的起勁？」

金燕妮失笑說：「難道說，你們懷疑金京華會是蒙面賊嗎？」

「嗯，除了金京華以外，和我們最接近的，又能夠刺探我們內幕的，還會有什麼人？」仇奕森說。

「我相信沒有！」何立克說：「你們不要懷疑到我的頭上才好！」

「你這個『秀才』！扮什麼也不像，別說扮蒙面賊了！」金燕妮說。

四個人全笑了。

汽車已重返市區，來到「金氏企業大樓」大廈，大家還未下車時，仇奕森向他們關照說：

「我們曾經到過李乙堂處，贗品珍珠衫和龍珠帽已經取到手，此事只有我們四個人知道，不論是誰，不得向第五者洩漏！」

「仇叔叔，你有什麼作用呢？」金燕妮問。

「成敗在此一舉，我們一直是處在不利的地位上呢！」仇奕森答。

「你們究竟在搞什麼名堂？我簡直如丈二金剛摸不著頭！」林淼說。

「等到水落石出之日，你自然會了解的！」仇奕森說。

林淼要求仇奕森帶他去找朱黛詩，他說：「你委託我替你辦的事情都已經搞妥，現在，你總不能再推托不帶我去找那位朱小姐了！」

仇奕森說：「那位朱小姐不是一個簡單的人物，必然行蹤飄忽，我們假如堂皇登門拜訪，定會吃閉門羹，因此，一定要出其不意的將她尋著！」

「怎樣算是出其不意呢？」

「等於突擊行動一樣！」

林淼不樂說：「哼，你是打算黃牛了不成？」

「年輕人不要急躁，『打草驚蛇』就會被跑掉了。倘若鴻飛冥冥，你就再也難找著了。只要有緣，我會爲你做這個牽線人的！」

仇奕森讓金京華通知「羅氏父子電子機械工程公司」，因爲博覽會展覽室的電子防盜設計藍圖失竊，所以該會場的電子防盜設備需要變更設計，將它改裝一番。

改裝工作當然不簡單，等於一個嚴重的病患要動大手術似的。博覽會是屬國際性的公共場所，每日遊人何止十數萬人？因之，改裝工作得在博覽會打烊過後，在夜間進行。

「燕京保險公司」是負責兩件中國寶物展出的安全的，同時，天壇展覽室內的電子防盜設備，也是由「燕京保險公司」委託「羅氏父子電子工程公司」設計裝設，所以，由「燕京保險公司」出面，具呈文向展覽大會當局申請變更改裝，金京華和羅朋奔走了一番，很快的就獲得當局批准。

是夜，博覽會打烊後，整個展覽會場實行清場，守衛人員如臨大敵似地，在各要道處作安全佈置。「羅氏父子電子機械工程公司」駛來了好幾部工程車，工人到了不少，攜來許多稀奇古怪的工具及各種零件。大小箱子及電器檢查設備在天壇展覽室的門前推疊，工人熙熙攘攘的，工程車也不斷地進出，顯得十分忙碌。

羅國基因爲受傷躺在醫院裡，所以這項改裝工程就由他的兒子羅朋主持。

羅朋原是個花花公子，不學無術，長時間的花天酒地，早將所學的電子工程學拋到九霄雲外了，讓他主持變更設計，改裝電子防盜工程，豈不就要手忙腳亂嗎？好在「老狐狸」仇奕森像是一位「萬能博士」、「萬事通」，他沒有事情不懂，「喧賓奪主」，竟由他指揮變更工作了。

當夜要開夜工，仇奕森早宣布過要趕通宵，準備工作做得非常完善，天壇展覽室內外，均備有豐盛的酒食。簡直像宴會似的，陳年的美酒，山珍海味，分爲兩席，一席設在天壇戶外露天處，色香味俱佳；另一席擺在室內，是供在內部的工作人員果腹，提高工作情緒。

展覽台上的玻璃櫥罩經拆下後，那價值連城的珍珠衫和龍珠帽便移置在警衛室內，由金燕妮和何立克負責看管。

金燕妮天真活潑的竟披起了珍珠衫，戴上龍珠帽，獨個兒玩「扮皇帝」。警衛室內裝設有各種不同角度的電眼，由電視的螢幕上，可以看到天壇內外的活動情形，大家都忙碌得不可開交，只有羅朋和金京華兩人相對飲酒，看他倆一杯來一杯往的，總會喝得酩酊大醉爲止。

金燕妮又將珍珠衫披在何立克的身上，將龍珠帽給他戴上。

「瞧你那副德性，穿上了龍袍也不像皇帝！」金燕妮笑得前仰後合的。

這時，戶外起了一陣爭吵之聲，原來是金京華僱用的私家偵探華萊士范倫聽說「羅氏父子電子機械工程公司」要變更設計，改裝電子防盜設備，正在趕夜工，所以漏夜趕來了，但是把守外圍的警衛禁止他踏進天壇，所以發生爭吵。

這是仇奕森向警衛關照的，除了工作人員及「燕京保險公司」所指定的幾個人之外，任何人禁止進內！

華萊士范倫咆哮說：「我是受聘的私家偵探，是負責展覽所安全的，爲什麼不許我入內？」

警衛說：「上面交代下來是如此，我們只是盡職責行事！」

華萊士范倫帶著他的兩名助手史葛脫和威廉士同來，三個人三張嘴，拉大了嗓子亂吼，幾乎動武。

金京華不明白仇奕森爲什麼連華萊士也不信任，向仇奕森請示說：「華萊士受聘負責天壇展覽所的安全，這展覽所的電子防盜設備，是由他監工，眼看著它裝置起來的，這時候的改裝工作，不可以讓他進來參觀嗎？」

仇奕森說：「華萊士對電子設備懂得多少？」

「他根本不會懂的！」

「那麼看也是白看了?!」

「所以說，這只是面子上的問題，防盜設備改裝，負責安全的私家偵探被禁止進內，傳聞出去，對華萊士來說，是非常難堪的！」

仇奕森趁此機會向金京華盤問說：「我叫林淼查訪墨城的贗品古玩製造專家，你可曾有向任何人洩漏過？」

「沒有……」金京華吶吶回答。

「華萊士可知道這件事情？」

「華萊士曾經向我問過，但是我們全不懂你的用意何在。」金京華終於承認曾經向華萊士吐露過。

仇奕森推窗外望，這時，華萊士仍在向警衛交涉，他要請金京華出來論理。仇奕森注意的是華萊士的兩名助手，威廉士和史葛脫都是彪形大漢，他倆和華萊士合在一起正好三個人，三個蒙面賊循著他們的路線二度出現傷人，那麼華萊士就不無可疑之處。

「華萊士可有派人跟蹤林淼？」仇奕森再問。

「這我就不知道了……」金京華惶然答。

「除了華萊士之外，還有誰會知道我讓林淼尋訪贗品古玩製造專家呢？」

「仇叔叔，難道說，你懷疑三個蒙面賊就是華萊士和他的助手？」

「我們一直處在困境，不能不加以提防！」

「不可能的，華萊士和我的交情甚厚，我們吃喝玩樂，稱兄道弟，已經有多少年，可以說是肝膽相照的朋友，他怎會做出這類的事情？」

「酒肉朋友經常會吃內扒外的！」仇奕森說。

「華萊士喬扮蒙面賊，偷襲羅氏電子公司，劫奪李乙堂的工作室？會有什麼企圖呢？噢！這是不可能的事情，仇叔叔，你太富於幻想了！」金京華直在替他的朋友辯論。

仇奕森說：「我並沒有肯定我的見解，但是華萊士的行徑不無使人生疑之處！」

不多久，警衛向金京華報告，華萊士堅持要他出外會面。

仇奕森便說：「既然如此，你就讓他們進來參觀就是了！」

華萊士的臉色鐵青，向金京華埋怨不迭，說：「既然你完全相信仇奕森，那麼又何需要僱用我這個私家偵探呢？假如在事後出了亂子，一切責任與我無干！」

金京華沒敢辯駁，在朋友的道義上，他也很覺過意不去，實在說，仇奕森的用心何在？他也搞不大清楚呢！

華萊士和他的兩名助手走進了天壇展覽室，眼看著那座展覽臺拆得七零八落，地底下裝設的器材像亂棉絮似的，誰能找出它的頭緒？拆卸開的零件整齊排列在展覽臺的兩側，好像是在展覽那些零件一樣。

仇奕森很注意華萊士的神色，自從三個蒙面賊出現之後，他幾乎對每一個人都不大信任。

何立克扮「皇帝」穿著那件珍珠衫，頭戴龍珠帽，也是閒著無聊，和金燕妮兩人在警衛室內嬉耍，他倆嘻嘻哈哈的，似是兩小無猜，也像是在打情罵俏。

警衛室和天壇展覽室隔著有一道玻璃門，室外各處都佈有電眼，由各種角度可以監視室外的動靜，電視機一打開，螢幕上會映射出來。

華萊士的兩名助手史葛脫和威廉士在玻璃門前鬼頭鬼腦張望。金燕妮已經在螢幕上發現，立刻提出警告說：「任何人不得入警衛室，否則警鈴會全面大響！」

史葛脫和威廉士非常不樂，但他倆沒敢胡亂闖進去。

「為什麼要改裝防盜設備？」華萊士向羅朋盤問，因為這項設計，還是由他們的公司負責。

「我不知道，據金京華說，是因為我們的電子防盜設備的藍圖失竊的原因！」羅朋答。

「怎樣改裝呢？」

「我也搞不清楚，你看，不是仇奕森一個人在主持嗎，他指手劃腳的，代替我負了全責！」

「仇奕森會懂得電子設備的改裝嗎？」華萊士再問。

「我不知道……」

「呸！你為什麼全不知道呢？到底電子防盜設備是由你們公司負責？還是由仇奕森負責？」

「最大原因，是我們的藍圖失竊了，假如出了差錯，我們公司就名譽掃地了！」羅朋沮喪說。

「仇奕森只是一名老江湖，值得你們如此相信嗎？」華萊士說。

「金京華兄妹對他信任，他是我們的僱主，我無可奈何呢！」

「窩囊廢！」

「反正出了問題，由他們自己負責！」

仇奕森的工作頗為認真，幾乎每一件零件，他都仔細加以檢查。其實仇奕森並非真懂，他是故作姿態，裝模作樣罷了。

華萊士終於忍不住，走到仇奕森的身畔探問：「你對電子機械工程，究竟懂得多少？」

仇奕森呵呵笑了，說：「在外面跑跑，四處混混，肚子裡就需要有一本『百科全書』，任何事情不能全盤精通，也得加以了解，機械是刻板的學問，只要電路接通，沒有故障，不會錯到那裡去！」

「你如何改裝呢？」

仇奕森說：「你不是外人，告訴你也無妨，一切還原，只是多添一些小玩藝進去！」

「什麼樣的小玩藝？」

仇奕森故作神秘，向他附耳說：「觸電！誰想覬覦這展覽臺上的兩件寶物，誤踏機關就會觸電！」

華萊士暗暗咋舌，說：「真的嗎？假如是購票參觀的觀眾誤踩機關，豈不要出人命了？」

仇奕森搖頭道：「觀眾不可能會踩上展覽臺上去的，除非是不肖份子！」

這時，又有警衛進內報告，說是林淼先生要求拜會仇奕森先生。

華萊士聽見林淼的名字就有點不自然，他又急切說：「林淼是一位新聞人物，他來幹什麼？」

仇奕森回答說：「林淼曾經到李乙堂處去過，他被人暗地跟蹤，所以到這裡來是辨認跟蹤者的！」

「李乙堂是誰？」華萊士怔怔地問。

「你不知道李乙堂其人嗎？」

華萊士搖頭。「李乙堂是幹什麼的？和我們有什麼關連？」

仇奕森頓感詫異，假如說，華萊士范倫連李乙堂也不知道，那麼他就和三個蒙面賊是不相干的了，這樣豈非又走錯了路線了嗎？

的，他兩眼灼灼，猜不透華萊士的心思，凡是有「犯罪心理」的人，都容易露出破綻的，也是善於狡詐華萊士值得可疑嗎？

仇奕森吩咐金京華監工，然後走出展覽室和林淼會面。

林淼這次是奉父親之命，到博覽會裡來察看仇奕森等人興建改造工程的。

林淼之抵達墨城，原是奉林邊水之命監視駱駝和常老么之動靜，並負責經濟上的支援。至於林邊水和駱駝之間的默契，進行盜寶的陰謀，林淼完全被蒙在鼓裡，他的父親沒讓他知道，陰錯陽差，林淼竟和仇奕森、金京華他們廝混到一起去了，這事大出駱駝的意料之外。

林淼為追求朱黛詩，鬧了天大的笑話，被人捉進警察局裡去；林邊水有龐大的家產，光只這麼一個寶貝兒子，盜寶事件自然不希望林淼牽涉在內。駱駝認為他是個累贅，建議林邊水把林淼帶回家去，但是林淼哪裡會肯呢？他非要尋著朱黛詩才甘休。

林邊水非常氣惱，林淼竟和仇奕森、金京華他們廝混到一起去了，豈不是「吃內扒外」嗎？而且林淼幫同仇奕森跑腿，他的作為，對駱駝是絕對不利的。林邊水有口難言，有苦說不出。

林淼是自幼被縱慣壞了，他怎的也不肯離開墨城回家去，林邊水又能奈何他？

常老么是根據林邊水的指示介紹尋著李乙堂的，這位著名的贋品古玩製造專家，經常和林邊水有接觸，一般的古玩商還被蒙在鼓裡！

吃這一行飯的人，壞主意特別的多，比方說，某某古玩商向林邊水推薦某一件古玩，林邊水有意收購，李乙堂僞造的贗品捷足先登，「價廉物美」，橫腰裡搶奪過一票好買賣。反正林邊水並不是什麼真的古玩鑑賞家，他之所以收藏古玩，無非是標榜自己的家當和身價罷了。收藏一件贗品，和收藏一件「貨真價實」的寶貝，對林邊水沒有兩樣。

古玩商與古玩商明爭暗鬥，要找著一位「冤大頭」的主顧頗不容易，李乙堂自縫隙之中坐享「漁人之利」，關係頗爲微妙。

駱駝盜寶需要有贗製的珍珠衫和龍珠帽，他的計畫是以「偷天換日」的手法將寶物盜走，展覽臺上換上贗品，這是一種障眼法以拖延一段時日，好便於將寶物偷運出墨城去。

常老么得到林邊水的指點尋著李乙堂，以千元的高價訂製兩件贗品，想不到林淼竟摸索著相同的路線，幫同仇奕森將兩件「成品」先行取走。常老么到了取貨日期，如約往訪李乙堂，李乙堂僞稱遭遇盜劫。

常老么是大騙子駱駝的把弟，排行老么，在江湖道上混了也有一段歷史，經驗還是夠豐富的，李乙堂能瞞得過他嗎？

李乙堂的話未說完，已經被常老么軋出苗頭，看出內情必有蹊蹺。常老么是個大塊頭，「老虎不吃人，形狀嚇煞人。」像李乙堂那種人，生來就是賊頭賊腦的和一把刁嘴，除了揍他以外，沒有其他的好辦法，三兩下拳頭就把李乙堂的真情實況全揍出來了。

經過李乙堂的描繪，那購去贗製古玩的三男一女的樣子，仇奕森有著他特別的標誌，個子高大，唇上一撮小鬍，髮鬢略有花白……那女郎自然就是金燕妮了。一個戴眼鏡消瘦的青年男子，自是金燕妮的男友何立克無疑。問題是另外一個肥團團臉孔的青年人是誰？常老么經過一番盤算之後，很難猜出那第四者究竟是何人。

常老么了解詳情後，匆忙向駱駝報告。

駱駝也感躊躇，仇奕森能尋著李乙堂很不簡單，其中必定是有牽線人的。那第四個人是誰呢？

駱駝分配給孫阿七和彭虎、查大媽的任務，是隨時監視仇奕森的行動，蒐集他的情報。

在這一兩天之間，他們發現林淼和仇奕森、金燕妮等接觸頻頻。假如：找尋贗品古玩製造商必需要有牽線人，那麼熟悉這一方面的，必是林淼無疑，林淼是憑著他的父親林邊水和古玩商的關係，循線索尋獲李乙堂的匿藏處的。

林淼會爲仇奕森跑腿，可謂陰錯陽差，他根本不了解父親和駱駝之間進行的盜寶陰謀，所以「吃內扒外」，竟幫到敵對的方面去了。

駱駝很敏感，腦筋一轉，就猜想到那第四個人必定是林淼！

駱駝正打算找林邊水理論，消息傳來，仇奕森正在博覽商展會大動機械工程。這時候博覽會的天壇古物展覽室大興機械工程，駱駝搞不清楚仇奕森又是在搞什麼鬼？

關於「羅氏父子電子機械工程公司」的失竊案已經見了報，駱駝非常注意那則新聞，那三個蒙面賊究竟是從什麼地方冒出來的？駱駝也感到諱莫如深！是否因爲「羅氏父子電子機械工程公司」的防盜設計藍圖失竊，仇奕森有計畫變更設計，實行改裝呢？

駱駝剛摸清楚該防盜設備的底細，有了妥善的應對方法，假如仇奕森實行變更改裝的話，那麼駱駝又得重頭再加以擬計了。

駱駝靈機一動，就想到林淼，決意要利用林淼一番。

仇奕森正在應付華萊士范倫，聽說林淼抵步，他並不覺得驚訝。最令仇奕森感到可疑的，是三個蒙面賊和林淼所發生的關係。

林淼是憑他的父親和墨城的古玩商的交往，而循線索尋獲贗品製造專家李乙堂的。林淼往訪李乙堂，蒙面賊跟蹤而至，他們究竟是跟蹤或是同林淼走的相同的路線？蒙面賊是根據什麼線索找尋李乙堂的？又怎麼知道他正在著手贗品珍珠衫和龍珠帽？

林淼既到了博覽會的天壇展覽會，仇奕森立刻外出接見。

「你怎會知道我們在此的？」仇奕森問。

「我到過金氏企業大樓，看門的告訴我……」林淼支吾以對。

「看門的並不知道我們在此動工程呢！」

「我可以猜得出，你們忙碌的就在這幾個地方！」林淼說。

「一定是有人給你傳遞消息的！」

「誰？」林淼反問。

仇奕森皺著眉，考慮了老半晌，又說：「報紙上說令尊趕抵墨城，第一件事就是去拜訪住在『豪華酒店』的駱駝教授！」

「家父是古董迷，他有意高價收購那串玉葡萄！」林淼說。

「古董迷嗎？」仇奕森兩眼灼灼。

「他的古董，大可以和蒙戈利將軍的收藏軋苗頭，不過大部分都是贋品……」

「駱駝教授和令尊在過去時可有交往？」

「家父曾招待駱駝教授參觀過我們家中珍藏的古物！」

仇奕森更覺情形不對，以駱駝和林邊水的關係而言，那麼林淼和他們也是一夥的了。

「你是得到駱駝教授給你的消息，所以到博覽會來的？」他問。

林淼連忙否認，說：「是家父叫我來的……」

「令尊是得到駱駝教授的消息？」

「不知道……」

仇奕森立時將林淼整個人加以重新估計。由他在邦壩水庫的「蒙地卡羅之夜」出現開始，央求金燕妮給他介紹結識朱黛詩……直到他被誣爲竊賊，鬧出笑話。看林淼的樣子，有點傻頭呆腦的，心腸不壞，爲人極其敦厚，爲什麼他的父親會和駱駝搞在一起呢？林淼是奉駱駝之命做「反間諜工作」的嗎？不過，看林淼的外型，他不會是給騙子「踩線」的，若以林邊水的家當而言，他怎會和騙子軋在一起，串同合夥盜寶呢？

「你們在這裡動的是什麼工程呢？」林森問。

「改裝防盜設備！」仇奕森說。

林淼傻笑說：「博覽會是公共場所，那會有賊人如此斗膽，敢在這上面動腦筋？」

「天底下的事情很難逆料，就是會有這種賊人，專門向這種地方下手的！」

「那不等於自找麻煩嗎？」

仇奕森延請林淼進入天壇展覽室，這時，工人正忙碌著，拆卸的機件重新安裝，羅朋對機械配件懂得不多，一切全靠藍圖，其中發生了問題時，還得向仇奕森請示。

「這麼複雜嗎？」林淼問。

仇奕森說：「科學越是昌明，盜賊的智慧越高，這是相對的，這防盜設備的機械看似複雜，但是有頭腦的盜賊仍然能夠攻破機械的弱點，照樣得逞，我們可以列舉世界許多尚未偵破的稀奇古怪的竊案，有一些盜賊，是專門找麻煩的事情幹的！」

林淼對機械懂的不多，那些複雜零碎的零件使他發生興趣。他彎下身子，撿拾一些零件過目。

仇奕森有意要讓華萊士范倫和林淼見面。他招呼華萊士過來，特別給林淼介紹。

林淼說：「我們曾經見過面了。是金京華介紹的，華萊士先生是金京華主持的保險公司的私家偵探！」

「林淼先生是鼎鼎大名富豪林邊水的公子，沒有人不相識的，尤其是最近報紙上刊登過你的照片！」華萊士范倫說。

「別提了，說出來怪難爲情的！」

金京華走上前，笑說：「我替華萊士拉一筆生意，林淼何不聘用華萊士爲專案偵探，豈不很容易的就將那兩名美麗的竊賊查出來了嗎？」

「我有很多的檔案，任何竊賊逃不出我的掌握，除非是新出道，以前沒有過犯案記錄的！」

林淼搖手說：「警署已翻看過所有的記錄，根本沒有這兩個人呢！」

「警署的記錄有時是糊裡糊塗的，經常會誤誣好人！」華萊士說。

「凡是私家偵探都詆毀警署，否則他們哪來的生意？」一個工人忽地插嘴說。

華萊士很不自在。

林淼向金京華說：「沒關係，仇叔叔已經答應過替我找出那兩個女人，包在他的身上！」

「真的？」金京華問。

仇奕森搔著頭皮，說：「誰能有把握呢？不過根據線索，應該是可以查得出那兩個女人的來龍去脈的，問題是線索是否正確？」

「據我看，你們所有的人，心情都緊張在展覽會之上，假如展覽會出了亂子，其他的事情就休想再提了！」林淼說。

金京華剛嚥進咽喉的一口酒幾乎噴了出來，結結巴巴地說：「展覽會會出什麼樣的亂子呢？」

「誰知道？我是隨便說說而已！也說不定是出了竊賊，將寶物盜走了！」林淼說。

「呸！我們裝有電子防盜設備，又僱有私家偵探保護……」

「那有什麼用？強中自有強中手，竊賊的手法也隨之高明，就算你有更周密的防範，竊賊照樣可以得手，這種例子太多了，我不以為你們的電子防盜設備有什麼作用！」

金京華不樂，說：「你是在危言聳聽！」

這時，已近凌晨五時，過不久就要天亮了，又有警衛進室報告說，羅國基老先生已自醫院來到。

原來，這電子防盜設備的改裝工程，仇奕森還是徵求過羅老先生的同意加以修改的。怪不得仇奕森可以根據藍圖，指手劃腳指揮工作拆卸改裝，滿像那麼回事似的，工人們還以為他是個內行呢。

最後的安裝工作還是需要羅老先生親自到場，這樣才不會出什麼差錯。

仇奕森吩咐清場，說：「除了羅老先生需要留下的人，大家一律迴避，否則將來出了亂子，是要負責任的！」

經過了仇奕森的吩咐，展覽室內除了羅國基必需要的工人之外，大家紛紛離場，走出戶外。

羅朋希望留在室內幫忙他的父親。仇奕森拍著他的肩膊說：「你和我一樣，反正都是不懂的，何不迴避？否則，偷竊藍圖的蒙面賊可能又會找你的麻煩了！」

羅國基老先生聽覺不太靈敏，他是一位標準的電子研究家，外表看來有點神經兮兮的，實際上他對工作至為精密細心，在未抵達之前，他早已將精神集中在那些複雜凌亂的機構之上了。

林淼仍在纏著仇奕森，說：「仇叔叔，我對你一直是最尊敬的，希望你言而有信，我們什麼時候去找那位朱小姐？」

「有緣千里來相聚！你急也沒有用，只要時機到了，我自會讓你們相會的！」仇奕森說。

「自然，在你的心目之中，一定知道那個女人是誰了？」林淼問。

「知道！」仇奕森說。

「何不指點我一條路？讓我自己去進行！」

「憑你自己，恐怕一輩子也找不著，若搞得不對，發生了意外，我豈非對不起很多的朋友？」

林淼不大服氣，說：「我連李乙堂那種最險惡的人也能單槍匹馬去找著！」

「那是因爲你有駱駝教授做你後臺的關係！」

「那又與駱駝教授何干？」

仇奕森並不將林淼和駱駝之間的關係拆穿，他在考慮，林淼也許是不知情的。

仇奕森不時東張西望的注意著街面上，他搔著頭皮，喃喃說：「我在等一個人出現，只要他出現了，許多事情都容易解決！」

「什麼人？」

「左輪泰！」仇奕森說：「天壇展覽所大興機械工程，左輪泰一定會得到消息的，他應該會出來窺探一番！」

「我不懂你的意思！」林淼說。

「駱駝教授都會派人出來刺探行情，左輪泰怎會心甘寂寞？」

「難道說，你認爲左輪泰會在這上面動腦筋？」林淼指著展覽室說。

「有些閒著無事的人，因爲他的智慧過於發達，會在這些地方發洩！」

林淼不由自主地也跟著仇奕森向博覽商展會的四周不斷地打量，希望能發現左輪泰。

仇奕森說：「假如尋著左輪泰的話，不就等於尋著了朱小姐了嗎？」

林淼說：「原來你是『一石二鳥』的做法！」

「這是最簡便的方法，比我們到處去摸索找尋朱小姐的下落，不是方便得多了嗎？」
林淼說：「四下裡黑黝黝的，連行人都絕了跡，左輪泰會在這時間出現嗎？」
「年輕人要有耐心！」
「說不定左輪泰會躲藏在附近黑暗的角落裡，他不露面和我們相見，那我們不是白等嗎？」
仇奕森笑著說：「假如我們在此附近發現左輪泰的匿藏處，不比朱黛詩的匿藏處要簡便得多嗎？」
林淼搔著頭皮說：「仇叔叔有『歪理十八條』，你總是有理由的！」
仇奕森說：「你還沒告訴我，令尊爲什麼派你到博覽會裡來，他又爲什麼會知道我們在此改裝防盜設備？」
林淼不願回答此一問題，說：「我幫忙你在這四周查看，左輪泰是否會躲藏在什麼地方。」
仇奕森沒得到答案，但是心中已經有了懷疑，假如駱駝和林邊水之間是互相勾結的，可能就會派林淼做「奸細」……。
忽地，由那條直通博覽會正門的大馬路上，迎面急疾駛來一輛汽車，直奔至仇奕森的跟前戛然停下。那兩盞強而有力的車燈，照得仇奕森的眼睛幾乎不能睜開。
車廂後面的一扇門推開了，踉蹌走出來一個人。仇奕森還不及避開車燈細看，那人已匆忙過來張開嗓門說話。
「仇老弟，你們在搞什麼名堂？」那是一個極其蒼老的嗓音，話未說完已是一陣咳嗽。
聽嗓音，仇奕森發現那好像是金京華的父親金範昇。這位老人家怎會在這個時間趕到博覽會裡來

的？

「嗨！金老大哥，你怎會趕來了？」仇奕森忙上前去迎接。

「仇老弟，你在搞什麼鬼？」金範昇上氣不接下氣地說。

「我們在修改防盜設備的工程！」仇奕森回答。

「你居心不良嗎？」金範昇說。

「這話從何說起……」

「我得到有人告密……」

「告密？竟然有人在你的面前告密？」仇奕森失笑。

金範昇將仇奕森拖在一旁，極其慎重地說：「仇老弟，究竟是怎麼回事，我們是多年的老兄弟了，你總不至於出賣我吧？」

仇奕森說：「這話從何說起？」

金範昇說：「有人向我告密，指出你打算實行自盜……」

仇奕森一怔，說：「是誰告密的？」

「不知道，一個嗓音古怪的人打電話來向我提出警告……」

「你會相信這種謠言嗎？」

「我想，仇老弟江湖四海名氣混得響亮，急公好義，嫉惡如仇，應不會做出這種狼心狗肺的事情的！」

「這就好了！」仇奕森說：「你別中了歹人挑撥離間的奸計，讓我們自起內訌！」

金範昇皺著眉宇，抓著頭皮，一面指著天壇展覽所鬧哄哄的情形，說：「那這又是爲什麼呢？」

仇奕森說：「『羅氏父子電子機械工程公司』的防盜設計藍圖失蹤，我們的工程改裝，是以防萬一！」

「那麼爲什麼有人告密，指你是實行自盜呢？」

「那是胡說八道的，存心可想而知！」

金範昇說：「告密者是誰？」

仇奕森說：「應該問你才對！」

金範昇遲疑著說：「無論怎樣，至少是已經有人在這兩件展出的寶物上動腦筋！」

仇奕森說：「我正在防範！」

金範昇一跺腳說：「唉！我很後悔爲什麼會把這份事業交給了京華，又爲什麼會讓他接上這筆生意，假如出了事，會連根一起完了！」

仇奕森的心中也在暗暗地盤算，向金範昇告密的是什麼人，這種挑撥離間的手段用得有點幾近卑鄙！告密者的用心是可想而知的。天壇展覽會場的情況愈來越惡劣，好像盜寶者越逼越緊，隨時都可能會有意外事件發生。

仇奕森忽地注意到金範昇所乘來的一部出租汽車，靜靜地停在一旁，那位司機正用手肘撐著車窗，扶著腦袋在打盹呢。

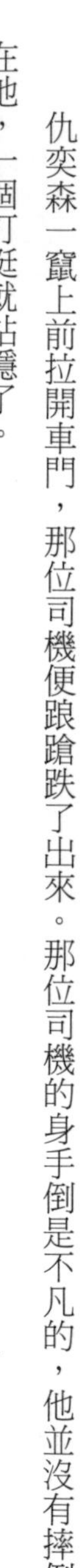

仇奕森一竄上前拉開車門，那位司機便踉蹌跌了出來。那位司機的身手倒是不凡的，他並沒有摔倒在地，一個打挺就站穩了。

司機並沒有生氣，他仰起脖子格格大笑，說：「『老狐狸』果然厲害，你怎會認出我的？」

仇奕森說：「除了左輪泰會採用這種卑鄙可惡的手段之外，還會有什麼人呢？」

原來，那位司機竟是左輪泰喬扮的，可想而知，向金範昇老先生電話告密也是左輪泰幹的了，他將時間配合得十分恰當，等到金範昇走出「金氏大樓」時，左輪泰所駕駛的出租汽車就迎了上去，金範昇不知內裡，就乘著他的出租汽車馳到博覽會天壇展覽室來了。

左輪泰的臉孔一沉，正色向仇奕森說：「你罵人不太惡毒了嗎？這會有損朋友之間的和氣！」

「既然你要站在敵對的立場，我們還有什麼和氣可言的？」仇奕森說。

左輪泰聳肩說：「結論別下得太快，我尚在舉棋不定呢！假如你一定要將界線畫清楚的話，就等於是逼我敵對了！」

金範昇見仇奕森和他所乘來的出租汽車司機發生了爭執，便戰戰兢兢地趕了過去。

「你們爲什麼爭吵？」他問。

「這位就是剛才向你告密，打算挑撥離間的小人！」仇奕森介紹說。

「你是什麼人？」金範昇皺著眉宇問。

「待我介紹，這位是鼎鼎大名的『天下第一槍手』左輪泰！」仇奕森搶著說。

「左輪泰？」金範昇聽見「左輪泰」三個字，打了一個寒顫。「你爲什麼喬扮出租司機？」

左輪泰冷冷地道：「本人流落在墨城，生活無著，不得已，需要找一點生活費用！」

仇奕森向林淼招手，說：「左輪泰，你來得正好，有人正在此等候你呢！」

林淼匆匆過來了，說：「仇叔叔，什麼事？」

仇奕森說：「你要找的人已經到了！」

林淼細細打量了當前站著的司機一番，左輪泰已完全改了裝，戴著鴨舌帽，身著陳舊的工作服，和在邦壩水庫見面時完全是兩回事。他不相信眼前站的就是左輪泰，除了他的唇上有著一撮小鬚可以識別外。

「左輪泰先生怎麼判若兩人了？」林淼並無惡意，趨上前就要和左輪泰握手。

「只有左輪泰可以告訴你朱小姐的下落，你只管纏著他就是了！」仇奕森向林淼慫恿說。

左輪泰接金範昇到博覽會來的目的，無非是窺探仇奕森在天壇展覽室動工的情形，這時既被仇奕森識破，就打算一走了之。他正打算跨上汽車，掉頭而去，仇奕森的動作更快，一個箭步跨上前，拉住左輪泰的胳膊說：

「不必溜！林淼的家產富甲一方，在經濟上對滿山農場有極大的幫助，這年輕人對朱黛詩更是一片癡心，假如你對朱家並無私心的話，何不玉成他的好事？」

左輪泰不自在地吶吶說：「嗨！老狐狸除了做大鏢客之外，還有意做大媒人呢！」

仇奕森說：「君子有成人之美！」

「你的目的只是想攀一點親戚關係嗎？」

仇奕森低聲加以警告說：「林淼到現在為止還未向任何人洩露過那名女竊賊的姓名，假如他張揚出去，會讓你也脫不了身啦！」

左輪泰感到很為難，氣惱說：「老狐狸，你好厲害！」

仇奕森格格笑著說：「彼此彼此！」

林淼再次上前向左輪泰說：「左先生，不管在任何情形之下，我對你仍是感激的！」

左輪泰無可奈何，一拍林淼的肩膊說：「小子，上車吧！」

林淼大喜，臨坐上車之際，回首向仇奕森說：「仇叔叔，謝謝你了！」

「我向來是言而有信的！」仇奕森向他擠眼說。

「老頭兒，你還欠我車資一元二角！」左輪泰跳上車時，向金範昇招呼說。

一陣馬達發動之後，出租汽車打了個倒退而去。

是時，天色已告大亮，博覽會場內的防盜設備工程改裝也告結束，所有的工人疲乏地踱出天壇。

最後由室內出來的是羅老先生和金燕妮兩個人。

羅老先生搓著雙手，狀至興奮，說：「好啦，現在一切回復原狀了，保險萬無一失！」

這時候，警衛恢復了佈防，博覽會當局也派出人來察看他們的防盜設備改裝工作是否竣工？因為距離開放的時間只有一個小時了。

仇奕森隨同大家重新進入展覽室去，室內的情形和原先沒有兩樣。那隻巨型玻璃罩下的人形，頭戴龍珠帽，身披珍珠衫，在強有力的兩支探射燈照射下，華光奪目，令人神往。

牆壁上佈置的電眼位置並沒有改變，仍然還在原地，只是那隻巨型玻璃罩的底下卻多裝上了一把鬼頭大鎖。

華萊士范倫向羅國基老先生打聽說：「我看除了多了一把鎖之外，並沒有什麼改變呢！」

羅國基說：「看似沒有改變，實際上卻改變得多了！」

仇奕森走過來向羅國基握手說：「最好是天機不可洩漏，否則你的設計就沒有價值了！」

仇奕森吩咐說：「現在我們應該離場了，博覽會場不久就要全面開放了！」

於是，大家紛紛收拾離開天壇展覽場，又交由大會的警衛接班，由他們完全負責。

請續看《鬥駱駝》下冊

國家圖書館出版品預行編目資料

鬥駱駝／牛哥著. — 初版.— 臺北市：風雲時代，2009.03

冊；　　公分

ISBN 978-986-146-523-4（上冊：平裝）

857.81　　98000636

懷念好書懷念老書系列

鬥駱駝〈上〉

作者：牛哥
出版者：風雲時代出版股份有限公司
出版所：風雲時代出版股份有限公司
地址：105台北市民生東路五段178號7樓之3
風雲書網：http://www.eastbooks.com.tw
官方部落格：http://eastbooks.pixnet.net/blog
信箱：h7560949@ms15.hinet.net
郵撥帳號：12043291
服務專線：(02)2756-0949 傳真：(02)2765-3799
執行主編：朱墨菲
美術編輯：許芳瑜

法律顧問：永然法律事務所 李永然律師
北辰著作權事務所 蕭雄淋律師
版權授權：李馮娜妮（牛嫂）

初版日期：2009年4月

ISBN 978-986-146-523-4

總經銷：成信文化事業股份有限公司
地址：台北縣新店市中正路四維巷二弄2號4樓
電話：(02)2219-2080

行政院新聞局局版台業字第3595號
營利事業統一編號22759935

定價：240元